Das Yang-Kopfgeld

Für Leonard Nimoy.

In welcher Galaxie
Du jetzt auch sein magst:

dif-tor heh smusma

F.W.G. Transchel

Das Yang-Kopfgeld

Ein Misa Vebiletti-Abenteuer (#3)

Bibliografische Information der Deutschen Nationalbibliothek:
Die Deutsche Nationalbibliothek verzeichnet diese Publikation in der
Deutschen Nationalbibliografie; detaillierte bibliografische Daten sind im
Internet über http://dnb.dnb.de abrufbar.

© 2017 Copyright F.W.G. Transchel, www.fwgt.de

Illustration: Vadim Motov, vadim-motov.com

Korrektorat: Sabine Maria Steck

Herstellung und Verlag: BoD – Books on Demand, Norderstedt

ISBN: 978-3-741-27471-8

Prolog

Misa Vebiletti kniff die Augen zusammen und starrte der langsam verblassenden Schrift auf dem Tablet nach, bis sie ganz mit der Dunkelheit des Hintergrundes verschmolzen war.

Zwei Millionen stellare Credits?!

Verblüfft wanderte ihr Blick von dem ahnungslosen Ecco-Mann, der das Tablet gebracht hatte, zu dem kleinen Stück Technologie und wieder zurück.

Einen Teufel würde sie tun und weiter Weltenretterin spielen. Mit so viel Geld würde sie nicht einmal mehr für die MSA arbeiten müssen, geschweige denn für den undurchsichtigen Bavaria-Konzern. Nein, sie schuldete ihnen rein gar nichts, und genauso würde sie sie auch behandeln. Gleichgültig.

Noch einmal schüttelte sie den Kopf. So viel Geld. Damit hatte sie wirklich nicht gerechnet.

»Hmm-mhh.«

Sie wurde abrupt aus ihren Gedanken gerissen und begriff auf einmal, dass sie noch immer an der Schwelle der aufgebrachten Rettungskapsel kniete und nur knapp der Strahlenkrankheit entronnen war.

»Ja?«, fragte sie zaghaft.

Der Mann im gelben Ecco-Overall blickte sie mit einer seltsamen Mischung aus Ehrfurcht und Mitleid an. Ein gequältes Lächeln verzerrte sein Oberlippenbärtchen zu einer schmalen, unscharfen Tilde, die die einzelnen Bartstoppeln durch schweres Atmen wie loses Herbstlaub erbeben ließ.

»Der CoB hat mich angewiesen, Ihnen nun Ihr Quartier zu zeigen ... das heißt, wenn Sie so weit sind.«

»Ich ... denke schon, ja.« Unschlüssig blickte sie auf die Kommunikationspads. Auch auf das zweite, dessen Inhalt ihr erst jetzt wieder einfiel.

»Absender: unbekannt.

Laufen Sie weg, Misa Vebiletti. Weit weg. Denn ich werde Sie jagen, bis Sie tot sind.

Y.«

Belustigt schüttelte sie den Kopf. Was konnte Henry Yang schon tun? Man würde seine Flotte, deren einzige »Bewaffnung« aus Dieselgeneratoren und Wasseraufbereitern bestand, schließlich aufbringen und ihn festsetzen. Das war das Ende von Millennium.

Nein, sie nahm die Drohung nicht ernst.

Ohne sich die Mühe zu machen, die Nachricht zu löschen, reichte sie sie dem Ecco-Angestellten und nickte. »Gehen wir.«

1

Die Reise nach Hause, die Misa nun antrat, war so ganz anders als der Hinflug. Während zuvor die wilden Mysterien des äußeren Sonnensystems gelockt hatten, eine ebenso überstürzte wie kopflose Jagd zum Ganymed anzutreten, hatte das Ecco-Raumschiff *Illumination*, nicht unerheblich beschädigt von den Abwehrbatterien der Burst-Struktur, alle Zeit der Welt, zur Zivilisation zurückzukehren.

Dass erst zwei von sechs projektierten Wochen vergangen waren, störte Misa überhaupt nicht. Dass allerdings der Captain der *Illumination* zum Abendessen geladen hatte, schon eher.

Mit breitem Grinsen empfing Pedro Marquez sie in der ausladenden Offiziersmesse des Ecco-Flaggschiffs. Misa erhaschte einen Blick auf die Tafel, die für ein halbes Dutzend Leute gedeckt war, direkt vor dem Panorama der Finsternis und Einsamkeit des Asteroidengürtels zwischen Jupiter und Mars, dessen Ausmaße durch die großen Aussichtsfenster zur Bugseite des Schiffes hin grotesk überzeichnet wurden. Halb vermutete sie bereits, dass es nicht die üblichen Trockenrationen geben würde, doch dachte sie hauptsächlich darüber nach, wie sie dem Anlass möglichst elegant und schnell wieder entfliehen konnte. Sie war nicht, was man soziophob nannte, doch auch nicht eloquent genug, um Gesellschaft als uneingeschränkt angenehm zu empfinden. Und dann fiel es ihr wieder ein. Sie war jetzt reich. Sie konnte tun und lassen, was sie wollte. Man würde sie schon nicht aus der Luftschleuse werfen.

»Willkommen, meine Teuerste«, sagte Marquez auf Englisch, dem man jedoch einen letzten Rest spanischen Einflusses abgewinnen konnte, wenn man nur genau genug hinhörte.

»Guten Abend«, erwiderte Misa brav. Schon der erste Satz ließ so viele Fragen unbeantwortet, doch sie beschloss, sich dem Prozedere zu ergeben und einfach abzuwarten, was geschah. Eins jedoch stand für sie fest: Sie hatte zu viel erlebt, um noch daran zu glauben, dass irgendetwas im Sonnensystem je ohne Hintergedanken geschah.

»Schön, dass Sie es einrichten konnten.«

»Ich habe momentan nicht eben viel zu tun«, erwiderte sie trocken.

»Die *Illumination* ist kein Ausflugsdampfer«, sagte Marquez.

»Nein«, sagte Misa. »Es ist ein Kriegsschiff Ihres Konzerns.« Marquez blickte unzufrieden drein.

»Meine liebe Frau Vebiletti«, sagte er sanft, »Sie müssten doch am besten wissen, dass ohne dieses … Kriegsschiff unser schöner blauer Heimatplanet von einem Gamma-Ray-Burst, der in der Geschichte seinesgleichen gesucht hätte, verheert worden wäre.«

Sie rümpfte die Nase. »Das ist also ihre Version der Ereignisse?«, fragte Misa.

»PR«, sagte Marquez. »Unsere zweite Hauptmission. Und auch die Ihres Arbeitgebers, nicht wahr?«

Ach, Bavaria. Misa verspürte keine große Loyalität mehr, nun, da alles vorbei war. Doch wenn er sie so betrachtete …

»Alles nur Rauch und Spiegel«, antwortete Misa.

»Nun … bei Ecco steckt etwas mehr dahinter«, sagte Marquez vielsagend und machte eine ausladende Handbewegung. »Darf ich Ihnen meinen Führungsstab vorstellen?«

'Nicht nötig', dachte Misa, doch erinnerte sich daran, dass es vielleicht echtes Essen geben würde, und dafür konnte sie schon über die langweiligen Einzelheiten des Protokolls hinweg sehen. Sie nickte so würdevoll, wie ihre neureiche Vorstellung von Anstand es erlaubte, hörte jedoch nur mit halbem Ohr hin.

Da war Lee Huhyn Cha, Erster Offizier. Hochgestochener britischer Akzent. Cissé Lavalle, Ingenieur. Dem Vernehmen nach Mars-Kameruner.

Misa musste ein Gähnen unterdrücken, und so verschluckte das Dröhnen ihrer Ohren die Namen des Navigators und des leitenden Wissenschaftlers. Zum Schluss kam Iyatzinco Navas, wie Marquez Mexikaner. Was er tat, wurde ihr nicht gesagt, doch sie hatte jetzt so viel Erfahrung, dass sie sich denken konnte, einem Special Ops-Commander zu begegnen. Navas sprach kein Wort, setzte sich aber als erster an die gedeckte Tafel und beobachtete sie mit scharfen, dunkelbraunen Augen. Sein Blick erinnerte Misa an Hugo Marcus, als sie ihn das erste Mal gesehen hatte – ohne Helm und mit verbundenem Schädel hatte er sie so durchdringend angestarrt wie noch niemals ein Mensch zuvor …

»Ich darf die Menüfolge verkünden«, rief Captain Marquez, als sich alle gesetzt hatten.

Misa, zur Rechten des Captains, linste unter die offene Krempe einer bauchigen Karaffe und vermutete echten Wein darin. Umso besser, dachte sie. Davon konnte sie reichlich gebrauchen.

»Es ist angerichtet«, referierte Marquez, »als Aperitif Kräuterlikör der Auvergne an Antipasti Milanese, gefolgt von Rindercarpaccio, einem Trüffelomelette nach Elsässer Art, und schließlich abgerundet von Crème brulée mit Provenzalischen Blaubeernoten.«

Anerkennendes Nicken der Offiziere. Misa hatte bis auf wenige Gelegenheiten nur Marsianische Repliken der versprochenen Speisen probiert und würde einmal mehr ihre kulturelle Emanzipation vom roten Planeten vorantreiben können. Sie bewunderte und verachtete die dekadenten Speisen und jene, die sie sich gönnten, zutiefst und erinnerte sich doch entfernt daran, dass sie mit all dem Bavaria-Geld bald auch leben konnte, wie es ihr gefiel – allein, sie hatte überhaupt keine Idee davon, wie man sich als wohlhabender Bürger des Sonnensystems so geben durfte. Ein ferner Gedanke fragte sie, wo und auf welche Weise sie in Zukunft leben würde, doch wurde dieser umgehend vom Aroma des wahrhaftig himmlisch, anstatt irdisch riechenden und zweifellos unanständig teuren Kräuterlikörs verdrängt.

»Genießen Sie das Bouquet«, sagte Marquez zu seiner Mannschaft. »Auch wir haben das Vergnügen nicht alle Tage. Doch heute haben wir es uns verdient.«

»Ist dies die offizielle Siegesfeier über Millennium?«, fragte Misa.

Pablo Navas zuckte mit den Schultern. »Wie kann man davon sprechen, dass sie jemals endgültig 'besiegt' sein können, solange sich wichtige Funktionäre in den finsteren Ecken des Sonnensystems verstecken können?«

»'Verstecken' ist nicht das gleiche, wie ‚die ganze Erde bedrohen'«, sagte Misa.

»Nun, wenn man andererseits danach geht, dass der Konzern als monolithisches Gebilde handlungsunfähig geworden ist, dann waren sie das vorher auch schon. Die einzige Frage, die durch diese ganze Operation negiert wurde, war ja, wie viel Schaden man anrichten kann, bevor es jemandem auffällt.«

»Ich verstehe Ihre Sichtweise«, sagte Misa. Sehr gut sogar konnte sie sie verstehen. Traurig dachte sie an jemand anderen, der sie geteilt hätte. Der immer opportunistisch-funktional dachte, nein, gedacht hatte. Misa war jetzt völlig klar, welche Aufgabe Navas an Bord der *Illumination* innehatte, doch sie äußerte sich nicht weiter.

»Sagen Sie, Frau Vebiletti«, sagte Marquez nun, der zu ihrem kleinen Dialog mit dem Schiffsspion nichts beigetragen hatte, »was haben Sie für Pläne, nun da diese aufregende Episode vorbei ist? Sie sind schließlich nur knapp dem nuklearen Feuer Jupiters entronnen, wenn ich es so pathetisch ausdrücken darf.«

Misa nippte ein weiteres Mal am Likör und lächelte vielsagend. »Auch wenn bereits Zeit ins Land gegangen ist, so muss ich doch ehrlich berichten, dass ich daran noch nicht allzu viele Gedanken verschwendet habe.«

»Ich verstehe«, sagte Captain Marquez. »Sie müssen wohl auf den Mars für irgendeine MSA-Ehrung, nehme ich an?«

»Ich habe nichts dergleichen gehört«, gab Misa an. Sie hätte zwar keine Lust gehabt, ins MSA-Hauptquartier zurückzukehren, doch wenn es beinhaltet hätte, von Winston Grünbaum eine klobige Medaille angesteckt zu bekommen, dann ließe es sich vielleicht einrichten.

»Kein Vergleich mit dem Wunder des Lebens, das Sie sich bewahrt haben, nicht wahr?«, sagte er feixend. »Für manch einen Soldaten an Bord dieses Schiffes verhält es sich zweifellos umgekehrt.«

»Genau das ist der Grund, Captain, warum ich nicht Ihren Beruf gewählt habe.«

Marquez nickte abwesend. »Natürlich.«

Dann ermaß er die Stille des Moments, vergewisserte sich, dass der Kräuterlikör in den Kehlen der Männer versickert war, und hob in seiner ganzen Autorität als Captain die Arme. »Wir wollen jetzt speisen.«

Augenblicklich stand ein Dienstroboter hinter ihm bereit und reichte in vollendeter Garçon-Manier die Rinderstreifen.

»Die irdische Küche ist im gesamten Sonnensystem unübertroffen«, sagte Marquez zufrieden. Dann erhob er sein Glas. »Auf den Sieg.«

Seine Mannschaft tat es ihm gleich, und auch Misa hob schließlich widerwillig den großen Weinkelch, der vor ihr stand.

Die Kombüse der *Illumination* hatte einen halbtrockenen Burgunder zum Carpaccio gewählt, doch Misa sah sich nicht in der Lage, die Kombination zu würdigen. Zu überwältigend war jeder Geschmack für sich.

»Man muss fairerweise zu bedenken geben«, sagte sie, »dass keineswegs überall gleiche Bedingungen herrschen, was die Haute Cuisine angeht.«

»Wie meinen Sie das?«, fragte Navas, der nach wie vor an ihren Lippen hing und jede einzelne Gemütsäußerung zu kartieren schien.

»Nun, wo außer auf der Erde gibt es überhaupt die Bedingungen, Geschmack zu entwickeln?«, fragte sie.

»Sie tun den Marsianern unrecht«, sagte Navas mit etwas, das sich anhörte wie gekränkter Stolz. »Über einhundert Jahre Erforschungsgeschichte. Da könnte man schon erwarten, dass sich jemand fände, der Gefallen daran findet, etwas Neues auszuprobieren.«

»Geschmack«, sagte Misa und zögerte, als sie begriff, mit welcher Überzeugung sie in Hugo Marcus' verblichener Stimme sprach, »lässt sich nicht erzwingen.« Düster erinnerte sie sich an seinen Monolog über die Abhängigkeit des roten Planeten vom blauen und wie das Aufkeimen der Kultur unausweichlich das Ende der einseitigen Beziehung der ungleichen Nachbarn bedeuten musste.

»Wenn ich nicht wüsste«, sagte Navas brüskiert, »dass Sie selbst viele Jahre dort gewesen sind, so müsste man annehmen, dass Sie sich für etwas Besseres halten.«

Misa schüttelte den Kopf. »Keineswegs«, sagte sie. »Doch Sie müssen einsehen, dass der Mars berühmt für seine – zugegeben notwendige – Effizienz bei der Ressourcenverwendung ist, und nicht für Abschweifungen davon, die gehobenen Geschmack erst möglich machen.«

»Ich sehe, worauf Sie hinaus wollen«, sagte Navas.»Dennoch glaube ich, dass Sie das Potential des Mars unterschätzen.«

Nachdenklich wog Misa ihren Kopf hin und her.»Da haben Sie womöglich Recht. Vielleicht kommt auch noch etwas Bitterkeit hinzu, doch das muss ihrer Aufmerksamkeit nicht wert sein.«

»Einverstanden. Doch gehe ich jede Wette ein, dass, sollte es eines Tages Rinder auf dem Mars geben, man aus ihnen genauso gutes oder besseres Carpaccio machen kann als dieses.«

»Das werden wir wohl niemals herausfinden«, lachte Captain Marquez.»Aber Sie dürfen gerne die Trüffel mit dem gleichen Mute inspizieren, denn sie stammen aus der Hydroponie des Mars.«

»Tatsächlich?« Misa riss die Augen auf.»Ich dachte nicht, dass man sie züchten könnte.«

»Sehen Sie«, sagte Navas umgehend,»da haben wir es schon. Sie trauen dem Mars nichts zu, dabei sind wir in einigen Bereichen der Erde längst entwachsen.«

Sie nickte nachdenklich. Vielleicht hatte er Recht. Vielleicht war der Mars genau der Platz, an dem sie sich zur Ruhe setzen sollte. Und doch lockten die endlosen Strände, Berge und Wiesen der Erde … die Natur in ihrer ganzen Pracht. Misa korrigierte sich. Natürlich würde sie ihr Leben in einer mondänen Großstadtwohnung in einem der höchsten Türme verbringen, auf teure Partys gehen und sich einen ebenso wohlhabenden Mann suchen … oder?

»Ich denke«, sagte Captain Marquez,»wir können diese Diskussion zusammenfassend als durchaus interessant betrachten. Der Mars hat uns noch immer wieder überrascht, nicht wahr?«

Die Mannschaft nickte kauend. Widerspruch gab es natürlich keinen, aber das hatte Misa von einem Kriegsschiff der Ecco-Corporation auch nicht wirklich erwartet. Dies war nicht die MSA, wo man ungerührt Widersprüche anbringen … nein. Das durfte man auch in der Marsianischen Weltraumagentur nicht, erinnerte sie sich. Aber es spielte für sie keine Rolle mehr.

»Kommen wir zum Hauptgang«, sagte Marquez und klatschte in die Hände.»Frau Vebiletti, Sie werden zweifellos beeindruckt sein von der kulinarischen Qualität, wie Señor Navas bereits angekündigt hat.«

»Ich bin gespannt«, sagte Misa lustlos. Sie würde nur zu gern ein sprichwörtliches Haar im Omelette finden – und zwar des Triumphs wegen, nicht, um die schnöde, langweilige Wahrheit hervorzubringen, dass der Mars der Erde nicht das Wasser reichen konnte. Wehmut erfasste einmal mehr ihre Brust. Wie hätte Hugo Marcus es ausgedrückt? 'Die kulturelle Überlegenheit ist erdrückend und der Status Quo wird von allen einflussreichen Kräften aus eigenem Interesse aufrecht gehalten.' So vielleicht? Sie würde es niemals erfahren.

Der Dienstroboter stellte nun einen dampfenden Teller voller Eier und Pilze vor ihr ab. Das miefige Odeur stieß ihr beinahe übel auf, doch so plump konnte sie nicht vorgehen.

»Es riecht hervorragend«, sagte sie strahlend an Navas gewandt.

»Ja, nicht wahr?«

Das konnte doch nicht vergiftet sein, oder? Immerhin hatte Ecco auch ein Interesse daran, gegnerische Agenten … Moment mal, hatte sie gerade sich selbst einen 'Agenten' genannt? Misa schüttelte belustigt den Kopf.

»Stimmt etwas nicht?«, fragte Navas sofort, der sie nach wie vor kritisch beäugte.

»Ich …« Misa stockte. »Ich bin offen gesagt aufrichtig überrascht über das geschmackliche Spektrum der Speise.«

»Das … ist ein Ausdruck der Bewunderung, ja?«, fragte Marquez, doch Navas lachte schallend.

»Sie hält sich alle Optionen offen, Captain.«

Misa nickte und rang sich ein Lächeln ab. »Nein, es ist hervorragend.«

»Das sagen Sie nur, weil Sie sich keine Blöße geben möchten«, entgegnete der Ecco-Agent.

»Nein, im Ernst.«

»Meinen Sie je etwas vollkommen ernst?«, lautete seine Gegenfrage.

Misa lachte. Die jähe Erkenntnis fühlte sich rein und frisch und echt an. Und sie kam vollkommen unerwartet. »Nein«, sagte sie voller Überzeugung und sah ein Universum voller Zweifel und Täuschung vor sich, das sie nicht ihr Eigen nennen wollte und das sich doch so vertraut anfühlte wie nichts in dieser Offiziersmesse voller Misstrauen.

»Sehen Sie.« Navas verschränkte zufrieden die Arme vor der Brust. »Das einzig bedauerliche ist, dass wir so niemals herausfinden werden, wie gut es Ihnen wirklich schmeckt.«

»Wieso ist Ihnen das so wichtig?«, fragte Misa. Sie ... nein – das war doch nicht möglich – begann, die Diskussion zu genießen.

»Es ist unbedeutend«, sagte Navas. »Aber die Art, es herauszufinden, ist es nicht.«

»Sehr philosophisch«, spottete Misa.

»Aber bitte«, konterte Navas. »Spotten Sie meiner nicht. Wie heißt es doch so schön: 'Nichts entlarvt die Menschen besser als die Art, wie sie spielen'.«

»Oder der Einsatz, auf den sie wetten«, korrigierte sie ihn.

»Ganz genau«, erklärte Navas.

»Was ist also Ihr Einsatz?«, fragte Misa und stopfte eine weitere Gabel Omelett in sich hinein.

»Wie wäre es mit ... Ihnen?«, sagte Navas mit zuckersüßer Stimme.

Empört ließ Misa die Handknöchel auf den Tisch knallen. »Was erlauben Sie sich!«

»Aber, aber ...«, sagte Navas und schielte zu Marquez, »ich würde mir natürlich nicht anmaßen, Sie ... persönlich zu meinen ... sondern Ihre ... Fähigkeiten.«

Misa spürte, wie sie rot wurde. Die Stimmung am Tisch war angespannt. Sie würde Navas nicht so leicht vom Haken lassen. Marquez würde ihn wegen der ausgesprochen unpassenden Andeutung rüffeln müssen. Dafür würde sie schon sorgen. Nicht einmal Hugo Marcus hatte sich zu einer so widerlichen Bemerkung hinreißen lassen ...

»Welche Fähigkeiten genau meinen Sie denn, wo wir gerade dabei sind?«, fragte sie spitz. Da würde er wohl kaum eine Antwort wissen.

»Natürlich die, die sich mit Täuschung, Tarnung und verdeckten Operationen befassen.«

Was?

»Nun blicken Sie nicht so unverständig drein«, sagte Navas halb empört und halb überrascht. »Es muss Ihnen doch klar sein, dass Ihre Dienste nicht länger nur für Bavaria interessant sind.«

So langsam dämmerte es ihr. Nicht nur, dass Navas sie überschätzt hatte – sie selbst hatte es auch. Deshalb war es umso absurder, dass Ecco sie offenbar abwerben wollte.

»Ich werde nicht wieder für Bavaria arbeiten«, sagte sie und blickte in gespannte Gesichter, die zunehmende Zufriedenheit zeigten. »Doch … fürchte ich«, fügte sie hinzu und bemühte sich, enttäuscht die Mundwinkel hängen zu lassen, »kann ich auch Ihre Offerte, egal, wie … zuvorkommend … sie ausfallen mag, keinesfalls annehmen.«

»Das werden wir ja sehen«, sagte Navas und lächelte. Misa sah, wie er ein kleines Kärtchen aus dem Revers nahm und es verdeckt über den Tisch schob. Zittrig nahm sie es auf. Ihr war bewusst, dass das Ansehen der Karte allein schon eine kleine Niederlage darstellen würde, doch sie war sicher, dass sie ihnen widerstehen konnte. Zu groß war der systematische Hass auf das System der großen Konzerne, die sich gottgleich den stellaren Kuchen teilten und ohne die nichts im Sonnensystem lief.

Ein Schauer lief ihren Rücken hinunter, als sie die Karte endlich umgedreht hatte. Eine Visitenkarte hatte sie erwartet … Und stattdessen las sie: »Dreihunderttausend pro Monat, zuzüglich Material und Spesen.«

Wie zum Hohn war handschriftlich darunter gekritzelt: »Fünfundzwanzig Tage Landurlaub pro Jahr – garantiert.«

Fassungslos ließ sie den Karton auf den Tisch zurück sinken.

»Dafür der ganze Aufzug hier?«, fragte sie.

»Aber nein«, sagte Marquez, der als einziger am Tisch nicht angespannt schien. Die Aufgabe, sie anzuwerben, lag bei Navas. Marquez würde sicher einfach weiterhin Captain des mächtigsten Schiffes des Konzerns bleiben. »Wir, Frau Vebiletti, speisen jede Woche einmal so. Es … wie sagt man … dient nicht nur der Ernährung.«

»Tatsächlich?«, schnaubte sie. Es war kaum zu glauben, doch sie hatten es geschafft, dass sie zumindest darüber nachdenken musste. Dreihunderttausend? Pro Monat?!

Misa war heiß und kalt zugleich. Beinahe wäre es nur angemessen gewesen, wenn eine Stümperin wie sie Ecco um dreihunderttausend pro Monat erleichtern könnte, bevor sie begriffen, was für eine Fehlinvestition es gewesen wäre …

»Nein«, sagte Misa.

»Nein?«

Navas blickte sie ungläubig an. »Wie viel?«, fragte er.

»Ich bin nicht käuflich«, sagte sie.

»Jeder, Frau Vebiletti, hat seinen Preis«, flüsterte Navas kaum hörbar.

Misa hob eine Augenbraue. »Ich muss Sie ja mächtig beeindruckt haben.«

»Sie haben Hugo Marcus überlebt.«

Sie zuckte die Schultern. Egal war es ihr keineswegs, doch tief in ihrem Herzen wusste sie, dass genauso gut sie dort hätte sterben können. »Einer der vielen unergründlichen Zufälle dessen, was man das wahre Leben nennt.«

»Ecco glaubt nicht an Zufälle«, wandte Navas ein, »und ich, nebenbei gesagt, auch nicht. Doch … wenn Sie es so sehen, dann kann man schwerlich dagegen argumentieren.«

»Hervorragend.«

»Denken Sie darüber nach.«

Misa seufzte. »Ich werde wohl oder übel noch vier Wochen auf diesem Schiff verbringen, also schätze ich, Sie werden nicht müde werden, mich daran zu erinnern.«

Navas lächelte. »Aber im Gegenteil. Wir werden Sie noch besser behandeln als zuvor, doch mit keinem Wort jemals mehr dieses Angebot erwähnen. Sie werden sich ganz von selbst daran erinnern.«

Misa lächelte nun ihrerseits. Spürte den Anflug von Spaß an dieser … Diskussion. »Ich bin recht gut darin, irrelevante Informationen herauszufiltern. Sie wissen ja, dass ich Operator bei der MSA war.«

»In der Tat. Und doch wissen wir auch, wieso Sie es nicht mehr sind und ziemlich sicher niemals mehr sein werden«, sagte Navas und erhob sich. »Guten Abend.« Damit nickte er Misa und seinen Offizierskollegen zu und entfernte sich.

Nur zu gern hätte Misa ihm mit offenem Mund nachgestarrt, doch wollte sie sich die Blöße nicht geben. Sie ärgerte sich, dass sie nicht vorhergesehen hatte, dass Ecco so etwas versuchen würde, nachdem bereits Bavaria ihr ein deutliches, wenngleich undotiertes Angebot gemacht hatte. Sie musste sich zwar damit abfinden, eine gefragte Spionin zu sein, aber sie musste nicht danach handeln.

»Ich entschuldige mich für Iyatzinco«, sagte Captain Marquez. »Seine Impulsivität ist nicht immer angemessen.« Mit einem Lächeln fügte er hinzu: »Auch wenn ich zugeben muss, dass sie sich bisweilen als recht effektiv herausstellt.«

»Ich werde Ihnen meine Entscheidung in dem Moment mitteilen, da ich dieses Schiff verlasse«, sagte Misa. »Und bis dahin werden Sie seiner Ankündigung folgen und kein Sterbenswort mehr darüber verlieren, verstanden?«

Marquez nickte höflich. »Selbstverständlich, ja.«

Misa war zufrieden mit sich. So sehr sie sich auch hatte überrumpeln lassen, dieser Zug war elegant und genial, denn immerhin würde sie auf diese Weise den Rest der Reise in Ruhe gelassen werden – zumindest wenn Ecco das Angebot ernst meinte. Nicht, dass sie es in Erwägung zog – doch die Gewissheit darüber zu bekommen schien ihr dennoch … interessant.

»Und jetzt? Kann das Essen dann weitergehen?«, sagte sie gutgelaunt in Richtung Marquez.

Irritiert blickte der Captain der *Illumination* sie an. »Was? A… aber ja!« Er klatschte in die Hände und augenblicklich erfüllte der süßlich-scharfe Geruch von kandierten Blaubeeren die Luft.

»Ich hoffe, dies kann unser kleines Dinner trotz aller Widrigkeiten noch abrunden«, sagte Marquez, bevor er seinen Löffel in die gelbliche Masse tunkte, die Misa mehr als alles andere eine geschmackliche Explosion verschaffte, die sie herbeigesehnt, doch in ihrer Fülle nicht erwartet hatte.

»Vorzüglich«, brachte sie beinahe atemlos hervor.

»Es ist erstaunlich, was reiner Zucker mit uns anstellen kann, nicht wahr?« Marquez grinste in die Runde, doch fand er einmal mehr keine Zustimmung. Die Offiziere waren noch immer wie versteinert von dem Dialog, der sich zuvor entsponnen hatte. Sie wollten sich offenbar keine Blöße bei dieser Angelegenheit geben und zogen es vor, zu schweigen. 'Spione bei der Arbeit unterbricht man nicht', dachte Misa und nahm sich fest vor, jeden einzelnen Offizier im Verlauf der Reise an seinem Arbeitsplatz zu besuchen, um es ganz und gar auszukosten, dass sie sich um ihre Dienste bemühen mussten, selbst wenn sie überhaupt nichts mit der Rekrutierung von neuen Agenten zu tun hatten – ihre Anwesenheit bei dem Gespräch reichte aus, sie in den Verdacht geraten zu lassen, den Erfolg des Unternehmens in Gefahr zu bringen. Misa genoss den Gedanken und erschrak. Navas hatte Recht. Sie dachte wie ein Spion. Nicht darüber, den Offizieren zu gefallen – oder zumindest nicht negativ in Erinnerung zu bleiben, wie es jeder normale, einfältige Mensch getan hätte, wie sie es Zeit ihres Lebens getan hatte – sondern darüber, wie sie ihre Situation zu ihrem Vorteil nutzen konnte.

Augenblicklich erschien Hugo Marcus' zufriedene Grimasse vor ihrem inneren Auge und grinste. »Ich habe es immer gewusst«, sagte der Tote voller Selbstsicherheit und zerstob in tausend Sterne.

Misa schüttelte sich unwillkürlich.

»Stimmt etwas nicht?«, fragte Captain Marquez, ganz zurück in seiner Rolle des souveränen Gastgebers.

»Das Dessert ist vorzüglich«, gab Misa vor. Glücklicherweise stimmte es auch noch, sodass sie kein schlechtes Gewissen beim Vorschieben der Aussage hatte. Und überhaupt: Hätte sie eines gehabt, wenn es gelogen gewesen wäre?

Ihr Blick fand die Reflektion ihres eigenen Gesichtes in der Fensterfront der Aussichtslounge. Misa blinzelte. Navas hatte Recht.

Trotzdem würde er nicht bekommen, was er wollte.

Zurück in ihrem Quartier blickte Misa durch das gepanzerte Bullauge hinaus in die Unendlichkeit des Universums und versuchte, ihre beißenden Fragen zum Schweigen zu bringen. War sie übergeschnappt? Sie wollte auf keinen Fall weiter täuschen, tarnen und töten. Nein, Misa Vebiletti wollte nur ihre Ruhe haben. Und dennoch – dreihunderttausend im Monat waren mehr, als sie in ihrem ganzen Leben zusammengenommen verdient hatte, abgesehen von den knapp zwei Millionen Credits auf ihrem Marsianischen Konto, überwiesen von Bavaria. Sie würde doch nicht …

Ungläubig über ihr eigenes Verhalten sah sie ihren Fingern dabei zu, wie sie das Kommunikationspad nahmen, Bavaria in die Empfängerzeile setzten und begannen, eine Nachricht zu tippen, die so ungeheuerlich war, dass sie am liebsten jenen Teil von ihr, der dafür verantwortlich war – wenn sie herausfand, welcher Teil es denn war – aus der nächsten Luftschleuse geworfen hätte.

»*Sehr geehrte Damen und Herren,*

mit großem Interesse habe ich Ihr Angebot bezüglich meiner Dienste aufgenommen. Mir ist klar, dass die Illumination *noch vier Wochen Reise vor sich hat, dennoch würde ich es begrüßen, wenn wir uns vorzeitig Gedanken über die Entlohnung weiterer Abenteuer machen könnten, denn – wenn ich so offen sein darf – meine Dienste sind auch anderswo gefragt.*«

Zufrieden und verwirrt blickte Misa auf den Text. Wollte sie das absenden? Natürlich nicht. Nicht nur war es arrogant und hochmütig, es war auch unanständig. Sie wollte ja gar nicht für Ecco oder Bavaria oder sonst irgendjemanden arbeiten. Sie wollte nur ihre Ruhe.

Leise surrte es neben Misa. Überrascht nahm sie zur Kenntnis, dass eine Art Stahlabdeckung über das Panzerglas ihres Bullauges fuhr. Sofort war sie hellwach. Die Abdeckung konnte nur dem Schutz des Schiffes, beziehungsweise dem Kabinendruck gelten. Was war los? Stand ein Kampf bevor?

»Misa an ... irgendwen«, sagte sie unüberlegt, nachdem sie die Taste für die schiffsinterne Kommunikation gefunden hatte. »Mein Fenster ist zugegangen. Stimmt etwas nicht?«

Der Lautsprecher knackte. »Frau Vebiletti.«

Die Stimme gehörte Navas. War ja klar. »Hören Sie, das ist nur eine Vorsichtsmaßnahme. Wir kommen in Kürze durch einen Sonnensturm der Stärke drei und wollen sichergehen, dass keine Strahlungsspitzen in die Quartiere gelangen. Vielen Dank für Ihr Verständnis. Es gibt wirklich keinen Grund zur Beunruhigung.«

Keinen Grund zur Beunruhigung? Sie waren noch vier Wochen von der Erde entfernt. Wenn so weit draußen ein Sonnensturm vorbeikam, bedeutete das ...

»Navas«, sagte sie betont ruhig. »Ich verstehe. Wo kann ich mehr über die astrometrischen Gegebenheiten in Erfahrung bringen?«

»Oh, das interessiert Sie?«

»Ich … ja. Alte Angewohnheit, wissen Sie?«

Misa hätte schwören können, Navas' Ungeduld durch den Lautsprecherkanal zu hören, doch es knackte nur von der Hintergrundstrahlung. Ruhe. Nicht einmal ein Seufzen. »Ich schiebe Ihnen die gesamten Daten zu dem Sturm auf Ihr Tablet. Navas Ende.«

Noch einmal knackte der Lautsprecher, dann war es so still, wie es auf einem brummenden interplanetaren Raumschiff sein konnte. Misa wunderte sich. Sie hatte viele Stürme an Erde, Mars und Ganymed vorbeirauschen sehen. Woher stammte ihre Unruhe? War es der biedere Wunsch, an ihrem langweiligen Schreibtisch im MSA-Hauptquartier zu sitzen und die Satelliten einen nach dem anderen auf Strahlungsmodus zu setzen?

Entschlossen wischte sie auf dem Tablet herum. Das würde sie schon herausfinden. Misa bemerkte, wie sie mit den Fingern auf die Stuhllehne trommelte, während sie auf den Datentransfer wartete – beinahe so wie als Operator. Damals. Für sie fühlte es sich plötzlich so an, als läge eine Ewigkeit zwischen der Operator-Misa und der Misa, die sie jetzt war. Und irgendwie, befand sie, stimmte es ja auch. Schließlich hätte sie mehr als einmal den Tod finden können. Sehnte sie sich wirklich zurück zu ihrem miefigen Schreibtischjob?

Der Gedanke wurde jäh von bunten Diagrammen und Datenreihen unterbrochen. Navas hatte anscheinend tatsächlich alles geschickt, was die *Illumination* dazu hatte. Fasziniert scrollte sie durch Falschfarbenaufnahmen der Sonnenkorona, Partikelmessungen der solaren Überwachungssatelliten. Und dann begriff sie, woher das Kribbeln stammte. Noch einmal scrollte sie durch das Gelesene. Nein, da gab es nichts. Kein Rätsel kosmischen Ausmaßes. Aber … es fühlte sich so an.

'Oh nein', dachte Misa. 'Diesmal nicht.'

Ein normaler Sonnensturm. Und er würde schon gar nicht der *Illumination*, sieben astronomische Einheiten weit draußen, gefährlich werden können …

Wie ein malediktisches Vorzeichen flackerte kurz die Deckenbeleuchtung. Nur im Schein des Tablets schauderte Misa. Blickte erneut auf die Intensitätsverläufe. In drei Stunden wäre irgendwann die maximale Partikeldichte erreicht.

Belustigt schüttelte sie den Kopf. Wollte sie für den Rest ihres Lebens Gespenster sehen?

Misa Vebiletti entschied sich, es nicht zu tun, und legte sich in die warme, luxuriöse Koje der *Illumination*. Vier Wochen, dann war sie im Zentrum der Zivilisation und würde weder wie ein Operator noch ein kaum mit der eigenen Haut am Leib davongekommener Geheimagent leben müssen.

2

Heimtücke war ein Wort, das Misa selten auf Naturphänomene anwenden mochte – doch als die Notsirenen ertönten und die Beleuchtung nicht länger nur einmal, sondern durchgehend flackerte, wusste sie, dass es für diesen Sonnensturm angebracht war. Es begann mit dem leisen Gefühl, dass die Antriebsstränge der *Illumination* nicht ganz synchron, nein, stotterig liefen, doch das war nur ein flüchtiger Eindruck, der ganz und gar von der Vorstellung verdrängt wurde, dass sie mal wieder in großen Schwierigkeiten steckte. Hastig zwängte sie sich in den viel zu eng geschnittenen Overall, den sie von der *Illumination*-Crew angesichts der Tatsache bekommen hatte, dass sie ohne jegliche Habseligkeiten in einer Rettungskapsel aufgelesen worden war. Sie hatte es vermieden, anhand des recht offenherzigen Schnittmusters auf fortgeschrittenen Zivilisationsentzug der Besatzung zu schließen, sondern stattdessen vorgezogen, sich zu sagen, dass sicher ein Dienstroboter ohne exakte Größenkalibrierung das Stück Stoff angefertigt hatte. Als sie im Dämmerlicht ihrer Kabine stand, stellte sie fest, dass sie wie ein futuristischer Superheld darin aussah. Zugleich fühlte sie sich wie eine ganz und gar unheroische Presswurst, obschon sie sicher viele Blicke auf sich gezogen hätte. Doch dann erinnerte sie sich daran, dass sie derartige Überlegungen vielleicht für einen Zeitpunkt aufheben sollte, zu dem sie in Sicherheit war. Was immer das bedeuten mochte – schließlich hatte sie den Rückflug auf der *Illumination* bis gerade eben für genau das gehalten.

Misas Innenohr vermerkte jetzt durch seinen Gleichgewichtssinn ohne jeden noch zuvor geäußerten Zweifel, dass die *Illumination* schlingerte. Hastig schnappte sie ihr Pad und drückte den Türöffner, doch nichts passierte. Auch das noch. Ohne jede Vorstellung, wie schlimm es war, reichte die verschlossene, störrische Tür, ihr die Vorahnung zu bestärken, dass es vermutlich *ziemlich schlimm* war. Sie erinnert sich, wie die manuelle Überbrückung auf der *Leopold* ausgesehen hatte, doch dann begriff sie erschreckt, dass sie an Bord der *Illumination* noch kein einziges manuelles Ventil an den Türen gesehen hatte. Misa zuckte mit den

Schultern und trat enttäuscht, aber mit voller Kraft gegen den Rahmen unter dem Öffner-Button.

Zack. Mit einem leisen, metallischen Knirschen hatte die Wandabdeckung nachgegeben und zeigte einen matt-orange glühenden Knopf. Misa versuchte sich an der Vorstellung eines gleichgültigen Gesichtsausdruckes, den niemand sehen konnte, und drückte auf den gefundenen Knopf. Was konnte schon …

Im selben Moment zischte es, sodass sie hastig zurückfuhr, doch dann verstand sie, dass in die Tür eine Einmaltreibladung eingebaut worden war. 'Für genau solche Fälle', dachte sie zufrieden und legte sich eine Ausrede dafür zurecht, falls ihr jemand die Tür in Rechnung stellen wollte.

Vorsichtig tastete sie sich in den finsteren, viel zu stillen Korridor. Die *Illumination* war zwar ein wesentlich größeres Schiff als die, auf denen sie bisher gewesen war, dennoch gab es keinen Grund für den Eindruck, dass es weitläufiger gewesen wäre – auch hier hatte Form der Funktion zu folgen, und da gab es keinen Platz für ineffiziente Vergeudung von Ressourcen. Dementsprechend war die Ruhe ungewöhnlich, schien ihr geradewegs bedrohlich.

Wohin?

Sie kannte den Weg zur Luftschleuse, zum Aussichtsdeck mit der Offiziersmesse und die allgemeine Kombüse. Doch keiner dieser Orte verhieß mehr Information als das klaustrophobisch-dunkle Einpassagier-Quartier, aus dem sie kam. Angestrengt dachte Misa nach, doch sie hatte sich zwei Wochen nach ihrer Ankunft einzugestehen, dass sie wirklich keine Ahnung hatte, wo auf dem Schiff sie sich befand.

Zittrige, aufgeregte Finger fuhren schließlich auf dem Pad umher. Ja, es gab einen Plan. Zwölf Decks, stellte sie ernüchtert fest, und noch immer kein Hinweis darauf, wo sie sich befand. Doch wenn diese geometrischen Angaben stimmten, dann wäre es das Beste gewesen, einfach zur Mitte des Schiffes zu gehen, wo die großen Lift-Schächte sich befanden, die zwar sicher nicht funktionierten, doch immerhin Orientierung bieten konnten.

Misa musste um zwei Ecken gehen und stieß dann auf einen langen Korridor, der sie im Flackern der Notbeleuchtung schon beinahe schmerzhaft an die kilometerlangen Gänge an Bord des Burst-Arrays erinnerte. Doch so schlimm konnte es hier nicht sein –

sie wusste genau, dass die *Illumination* 'nur' wenige hundert Meter im Durchmesser maß.

Schwer atmend erreichte sie schließlich die vier nebeneinander liegenden Lifttüren, auf denen große, piktographische Fünfen angebracht waren, die keinen Zweifel daran ließen, welches Deck es war.

Misa seufzte. Das war schon fast zu komisch, dass sie die einzige auf dem ganzen fünften Deck war. Es sei denn …

Hastig suchte sie den Zugang zu den Umgebungsvariablen. Ja, der Computer hatte genug Saft und die kabellose Verbindung zum Tablet war auch noch da … sie erschrak, denn ihre Vermutung wurde bestätigt. Auf den Decks vier bis neun war die Lebenserhaltung ausgefallen. Deswegen war niemand mehr hier. Vielleicht hatte man sie sogar absichtlich deaktiviert, um Energie zu sparen. Doch niemand hatte ihr Bescheid gesagt … wie witzig. Misa erschrak erneut. Ihr wurde klar, wieso mittlerweile alles so lustig schien. Hätte sie nicht die bitter-süße Erfahrung von interstellarem Sauerstoffentzug schon gemacht, wäre sie vermutlich einfach in ihr Verderben gelallt. Doch so begriff sie gerade noch rechtzeitig, was sie zu tun hatte.

So schnell wie möglich, doch dabei betont ruhig atmend, nahm sie zwei Treppenstufen auf einmal und erreichte schließlich das hoffentlich rettende dritte Deck. Das sah schon mehr nach Raumschiff-Havarie aus, dachte sie: Hektisch umherrennende Menschen versuchten irgendwie, die Strahlungseindämmung in den Griff zu kriegen, doch erkannte Misas geschulter, entlarvender Blick, dass die meisten von ihnen wirklich nur planlos von einer Konsole zur nächsten eilten. Sie selbst sammelte sich und begann erneut, auf ihrem Tablet herum zu wischen. Leider bekam sie keinen Zugriff auf die vitalen Schiffssysteme, sodass sie schließlich auch zu einer der Wand-Konsolen ging und Abfragen hinein tippte.

Zunächst einmal, wie die Abmessungen des Partikelstroms waren, der sie bombardierte. Dann, wie lange das Schiff brauchte, um aus dem Einflussbereich zu kommen. Noch immer hatte sie keine Ahnung, wie der Zustand der Schiffssysteme war. Logisch, dass sie keinen Zugriff hatte. Doch andererseits hämmerte eine Stimme in ihrem Verstand auf sie ein, dass es sicher einen

Fusionsreaktor an Bord gab und sie sicherstellen musste, nicht mehr auf dem Schiff zu sein, falls er beschloss, die Eindämmung zu verlieren.

Misa wunderte sich. Dutzende Menschen liefen an ihr vorbei, doch niemand schien es für nötig zu halten, zu stoppen und zumindest zu kommunizieren, was zu tun war. Sie konnte kaum glauben, dass sie alle einem bestimmten Notfallprotokoll folgten.

Konzentriert dachte sie nach, auf welche Weise sie die Schiffssoftware davon überzeugen konnte, ihr die gewünschte Information zu geben, doch wieder und wieder bekam sie nur ein generisches »Zugriffsstufe zu gering – bitte wenden Sie sich an die Administration«. Dann also auf die altmodische Weise.

Misa flippte einen Plan des Schiffes auf ihr Pad und dachte nach. Der Maschinenraum war weit unter ihr – natürlich. Auf den Decks zehn, elf und zwölf funktionierte die Lebenserhaltung noch, und genau dort musste sie auch hin. Nur, wie sollte sie das anstellen? Zwei Decks nach oben zu gelangen, war eine Sache, doch acht Decks nach unten? Mittlerweile gab es sicher noch weniger Sauerstoff in den Korridoren, und nach und nach würde es unerträglich heiß werden, wenn die Schiffswärme nicht abgestrahlt werden konnte …

Sie hatte eine Idee. Entschlossen tippte sie »Raumanzug« in ihr Pad und wartete.

Sieben Punkte erschienen auf ihrem Lageplan. Deck zwei, Sektion Gamma.

Ohne noch weiter darüber nachzudenken, rannte sie los. Sektion Gamma war nicht weit entfernt, und da das Haupttreppenhaus direkt neben ihr lag, war es die beste Idee seit Langem.

Prustend erreichte sie die Tür mit der Aufschrift »air lock – authorized personnel only« und einem traurig blinkenden, roten Warnlicht. Misa wusste, dass die Tür nicht aufgehen würde, doch sie war vorbereitet. Präzise visierte sie die Abdeckung unter dem Türöffner an …

Sie blickte sich um. Niemand schien Notiz davon zu nehmen, dass sie sich mittels manueller, nein, pedalischer Überbrückung Zutritt zu dem Luftschleusenvorraum verschaffte.

Drinnen: Flackernde Notbeleuchtung. Auch hier die Stahlabdeckung vor der transparenten Luftschleuse. Zufrieden musterte Misa die an den Wänden hängenden Schutzanzüge, suchte nach einem einigermaßen passenden Exemplar und entschied sich für das schmalere der zwei verfügbaren Unisex-Modelle.

Während sie den Anzug um sich herum zwängte und mittels der charakteristischen, den Anzug viel zu eng zurrenden Magnetverschlüsse zu einer hermetisch abgeriegelten Biosphäre machte, kehrte ein allzu bekanntes Gefühl zurück. Es war nicht Beengung oder Panik angesichts der Situation. Die unmittelbare Erinnerung an den Weltraumausflug im Asteroidengürtel und ihre Trajektorie ins weit aufgerissene, unbarmherzige Nichts ...

Misa schloss die Augen und schüttelte den Kopf. Nichts davon war rational. Es ging darum, den Maschinenraum zu erreichen und zu entscheiden, ob sie von Bord gehen musste. Sollten die anderen doch kopflos durch die Gegend stürzen – sie war nicht Teil der Mannschaft und konnte machen, was sie wollte – erst recht, wenn niemand Notiz von ihr nahm.

Sie zuckte erneut zusammen, als das schmatzend-zischende Geräusch der atmosphärischen Versiegelung an ihr Ohr drang, nachdem sie den Helm aufgesetzt hatte. Kurz fragte sie sich, ob es hilfreich sein würde, komplett verkleidet an der Besatzung vorbeizurennen, doch sie sagte sich, dass noch mehr Panik ohnehin nichts ändern würde.

Zufrieden blickte Misa auf die spiegelnde Abdeckung der Luftschleuse, formte für ihr milchiges Spiegelbild ein Daumen-Hoch und stampfte los.

Mühsam kämpfte sie sich in das für Raumanzüge viel zu schmale, ebenso den Gesetzen der Raumschiffeffizienz gehorchende Treppenhaus. Sie ärgerte sich, dass eine solche Vorsichtsmaßnahme nötig war, doch sie fühlte sich bei allen Flashbacks und Beengungsgefühlen sicherer als ohne den Anzug. Womöglich würde es lächerlich aussehen, wenn sie den Helm abnahm und den Chefingenieur nach dem Zustand des Fusionskerns fragte, doch darauf konnte sie kaum Rücksicht nehmen.

Sie nahm jede Stufe mit beiden Beinen, sodass sie wirklich nur langsam vorankam. Misa vermisste ihr Pad, denn sie hatte sich den Weg nur rudimentär eingeprägt. Und das HUD des Anzugs war … freundlich ausgedrückt schon etwas betagt. Andererseits: Wer baute eigentlich ständig Raumschiffe ohne anständige Ausschilderung?!

Egal. Sie konzentrierte sich darauf, das elfte Deck zu erreichen, alles andere konnte warten.

Die Treppe unter ihr wackelte. Sie war doch nicht zu spät? Misa trieb sich weiter voran, Stufe um Stufe, Etage für Etage.

Als die piktographische Nummer vor der Tür endlich die ersehnte Elf zeigte, musste sie dem Drang widerstehen, zuerst den Helm zu entriegeln. Doch das wäre unvernünftig gewesen.

Sie checkte die Außentemperatur. Siebenundzwanzig Grad Celsius. Noch nicht besorgniserregend jedenfalls. Dennoch zwang sie sich, den Helm aufzulassen. Misa genoss das unverhoffte Déjà-Vu, als sie den vollkommen identisch aussehenden Korridor vor den vier Liften betrat und keine Ahnung hatte, in welche Richtung sie gehen musste. Zweifellos war der Gang selbst rechtwinklig zur Längsachse angeordnet, doch wo war vorne oder hinten? Gedankenversunken legte sie die Hände an die Stirn und bemerkte nur abseitig, dass sie in Wahrheit am Helmvisier hingen und keinerlei sensorisches Feedback bieten konnten, was ihr folglich auch nicht beim Denken helfen würde. Misa seufzte und ließ damit zum ersten Mal von innen den Helm beschlagen.

Ratlos konsultierte sie nochmals die viel zu undeutlichen Piktogramme an den Wänden vor dem Treppenhaus und entschloss sich dann einfach für eine Richtung. Sie erinnerte sich, dass an Bord der *Leopold* und anderer Schiffe stets das durchdringende Brummen der Antriebsanlagen den Weg gewiesen hatte, doch hier war anscheinend wirklich alles ausgefallen. Misa verfluchte erneut die Konstrukteure, die vergessen hatten, Wegweiser für orientierungslimitierte Menschen anzubringen, und trieb sich voran ins Ungewisse.

Mit der seltsamen Mischung aus aufkommendem Unbehagen und unterdrückter Verzweiflung begriff sie nur langsam, dass sie einfach die eingeschlagene Richtung halten musste, um schon irgendwann auf eine Außenwand zu treffen, gleichzeitig mit der Erkenntnis, die falsche Richtung gewählt zu haben.

Doch dann stand sie unvermittelt vor der haushohen Aushöhlung des Schiffsrumpfes, in der der große, glühende Plasmakern untergebracht war, und blickte auf rotleuchtende Warnhinweise auf allen Monitoren, austretendes Kühlmittel und panisch dagegen ankämpfende Leute, alles im orangefarbenen Dämmerlicht der flackernden Notbeleuchtung.

»Wie schlimm ist es?«, rief sie dem Helm gegen die Scheibe, doch sie musste einsehen, dass niemand der Ingenieure sie verstehen konnte. Mühsam und widerwillig entriegelte sie den Helm und setzte ihren Kopf der Sauna aus, die der Maschinenraum mittlerweile darstellte.

Umfangen von lautem Tumult, Verzweiflungsschreien und dem Zischen der plötzlich deplaziert antik wirkenden Technik, versuchte sie mit zusammengekniffenen Augen zu erraten, welcher der panisch umherlaufenden, Konsolen checkenden Männer hier eigentlich das Kommando hatte.

Sie erkannte, nein, meinte zu erkennen, wer der Chefingenieur war. Er war beim Dinner gewesen, oder? An einer ausladenden Konsole mit drei Bildschirmen, den Kopf in die rechte Hand gestützt, saß er und tippte unruhig mit den Fingern der linken auf die Tischplatte.

Vorsichtig, geradezu zaghaft berührte sie ihn an der Schulter. Erschreckt fuhr er herum und starrte Misa in seiner ganzen Panik an. Wie musste auch die Bavaria-Spionin im Raumanzug auf ihn wirken?

»Sie«, sagte er atemlos.

Misa nickte gnädig und beschloss, jede ungelenke Formulierung zu vermeiden. ›Keine Diplomatie‹, sagte ihr Verstand und verwendete das gleiche Idiom wie zuvor: »Wie schlimm ist es?«

Er riss die Hände in die Höhe. »Wie schlimm es ist, fragt sie.« Mit der bedrohlichsten Mischung von Wut und Verzweiflung, die Misa je gesehen hatte, blickte er sie finster an und schrie zugleich gegen in den Krach des Chaos hinein. »Wenn ich dieses Kühlmittel nicht beruhigen kann, dann schmilzt der Kern uns hier bald ein Loch in den Rumpf.«

Misa zögerte keine Sekunde mit ihrer Schlussfolgerung. »Warum wird das Schiff nicht evakuiert?«, fragte sie schreiend zurück.

»Ich bin nicht der Captain«, sagte der Chefingenieur.

Misa nickte nachdenklich.

»Was?«, schrie der Mann.

Misa blickte ihn fragend an.

»Was tun Sie jetzt?«

Misa zuckte mit den Schultern. »Ich verlasse das Schiff.«

Der Mann nickte, entweder neidisch oder enttäuscht über ihre Entschlossenheit. »Viel Erfolg.«

Sie deutete eine Verbeugung an, dann rannte sie los, riss beinahe noch zwei umherlaufende Ingenieure um, und blickte ein letztes Mal auf den bratenden Antriebskern. Wenn das gut ging, dachte Misa, dann würde man sie wieder einsammeln. Und wenn nicht ... dann würde sie halt mal wieder etwas Zeit in der Ruhe und Abgeschiedenheit einer Rettungskapsel verbringen ...

Wo waren die eigentlich?

Der mittlerweile geübte Handgriff zum Pad, das mit den schweren Handschuhen nur schwer zu bedienen war. Misa seufzte, denn es dauerte viel zu lange, den Begriff 'Rettungskapsel' einzutippen. Dann leuchteten endlich die rot markierten Punkte am Rand des Schiffsplanes auf. Aber nicht auf Deck elf. Natürlich. Von Deck elf wollte schließlich niemand flüchten. Außer Misa. Hoch oder runter? Der schwere Anzug traf die Entscheidung für Misa. Runter.

Sie verriegelte den Helm wieder, der sofort von der Hitze der Maschinensektion beschlug, und stapfte wie im Nebel zurück zum zentralen Korridor.

Moment mal, dachte sie plötzlich. Wenn der Captain noch keine Evakuierung beschlossen hat, dann müsste es doch auch ...

Plötzlich war es leichter, handschuhbewehrt auf dem Pad zu schreiben. »Shuttle« floss ganz von allein in die Bildschirmtastatur des kleinen Stücks Technologie. Und auch wenn es auf Deck neun war, so schien es ihr doch die bessere Option. Mit einem Shuttle könnte sie nämlich auch aus eigener Kraft den nächsten menschlichen Außenposten erreichen. Nicht, dass sie es eilig hatte ...

Der Abstieg war dennoch ein Wagnis, das Misa nur unzureichend durchdacht hatte. Die Lifte waren zweifellos weiterhin außer Betrieb, und die Treppe war eher für den normalen Betrieb, denn die Verwendung in Raumanzügen konzipiert. Es dauerte eine gefühlte Ewigkeit, ehe sie, quer zur Bewegungsrichtung jeweils ein Bein auf die nächste Stufe ziehend, die zwei Decks überwunden hatte. Doch dann stand sie auf der neunten Ebene und setzte einen zittrigen Fuß vor den anderen zur hinteren Sektion.

Eine gewaltige Erschütterung ließ Misa, nein, das Raumschiff *Illumination* an sich wanken. Düster fragte sie sich, ob es der Antriebskern gewesen sein mochte, doch sie erinnerte sich, dass das thermonukleare Feuer einer geborstenen Fusionsanlage sicher sofort alles im Umkreis dutzender Kilometer atomisieren würde. Vielleicht hatte sie noch Zeit.

Misas Helmlautsprecher knackte.

»Test, Mayday, Mayday.«

»Hallo?«, sagte sie vorsichtig.

»Ist da jemand auf dem Kanal?«

»Vebiletti. Hier spricht Misa Vebiletti«, sagte Misa pflichtbewusst, während sie atemlos weiter halben Meter um halben Meter einen Fuß vor den anderen setzte.

»Wieso bin ich nicht überrascht?«, sagte die Stimme, die seltsam verzerrt, doch bekannt erschien.

»Navas?«

»Natürlich, Frau Vebiletti. Wo sind Sie?«

»Deck neun«, sagte Misa.

»Sie wollen zur Shuttlerampe?«

»Woher wissen Sie …«

»Agentendenke«, sagte Navas gleichgültig. »Ich bin in wenigen Minuten da. Fliegen Sie nicht ohne mich.«

»Verstanden«, sagte Misa verdattert.

Ohne ihn fliegen? Bisher wusste sie ja nicht einmal, dass jemand von Bord durfte. Dummerweise konnte sie jetzt, nachdem er ihren Plan kannte, kaum noch einfach so ein Shuttle »ausleihen«. So ein Mist. Missmutig stapfte Misa weiter. Ihr Helm beschlug wieder. Zwar hatte sie mitbekommen, wie Arme und Beine von der Bewegung des an Schwerelosigkeit anstatt enge Korridore der

Illumination angepassten Anzugs schwer geworden waren, doch die Wucht der Erschöpfung traf sie unvorbereitet. Sie musste kurz innehalten und verschnaufen.

Wieder traf eine Erschütterung das Deck. Misa wankte, doch schaffte sie es noch, das Gleichgewicht zu halten. Düster visualisierte sie einen Maikäfer-förmigen Raumanzug auf den Rücken gedreht, nicht in der Lage, allein aufzustehen. Misa schüttelte sich und fand Zeit, sich zu erinnern, warum sie in dieser Montur an genau dieser Stelle stand. Wille und letzte Reserven trieben sie voran. So leicht ging ihr nicht die Puste aus. Zumindest noch nicht.

Die Geometrie der Außenhülle war ihr zwar vertraut, doch das bedeutete noch lange nicht, dass die Korridortopologie innen dies auch widerspiegelte. Misa vermutete, dass der lange Weg zu den Shuttles irgendwie um die massive, mehrere Decks umfassende Peripherie des Fusionskerns herumging, doch wäre sie schwerlich jetzt in der Lage gewesen, es zu überprüfen. Nur weiter. Die *Illumination* wackelte mittlerweile bedenklich, und längst vermutete sie, dass die Flugsteuerung außer Kontrolle war. Es hatte indes Vor- und Nachteile, dass mit künstlicher Gravitation die Besatzung kaum nachvollziehen konnte, wenn ein Raumschiff »Schlagseite« hatte, weil es so etwas wie die Bewegungsebene nur bezüglich der willkürlich festgelegten Ekliptik gab. Gut, es ergab schon Sinn, jegliche Bewegung im Raum relativ zur festen Ebene der Planetenbahnen zu definieren, doch es blieb letztlich willkürlich und war für die aktuellen Probleme kaum von Belang.

Während Misa all dies durch den Kopf ging, bemerkte sie nicht, dass die Beine leichter und die Schritte schneller wurden.

Und dann strampelte sie beinahe in der Luft herum. Die künstliche Gravitation war ausgefallen und sie konnte sehen, dass die linke obere Ecke des Korridors langsam auf sie zu driftete. Die *Illumination* drehte sich um … irgendeine Achse. Misas Eingeweide zogen sich zusammen unter dem unerwarteten Fehlen einer Vorzugsrichtung, doch sie blieb standhaft und vermied den Würgereflex. Da hatte sie schon Schlimmeres erlebt.

Routiniert zog sie Arme und Beine an der Körper, um die Bewegungsrichtung zu bestimmen in die sie trieb. Schließlich bekam sie wieder Kontakt zur Wand, und zwar nur knapp unterhalb dessen, was sie noch zuvor die Decke des Korridors genannt hätte. Doch sobald sie sich einmal neu hatte abstoßen können, wurde ihr Unterfangen tatsächlich eher leichter als schwieriger. Von Verstrebung zu Verstrebung hangelte sie sich.

Doch wenn die Gravitation ausgefallen war ... Misa checkte die Umgebungsparameter. Achtunddreißig Grad hatte die Luft auf dem Deck bereits. Die *Illumination* heizte sich unaufhaltsam weiter auf, und wenn sie nicht auseinanderbrach, dann würde irgendwann ein Teil der strukturellen Integrität beschließen zu schmelzen – was letztlich das gleiche zur Folge hätte. Das Schiff, schloss Misa, war verloren. Und im Gegensatz zur restlichen Besatzung schienen nur Navas und sie das zu begreifen.

Misa konnte im dunklen Flackern der Beleuchtung, die sich momentan »unter« ihr befand, erkennen, dass sich am Ende des Korridors eine breite Luke befand. Sie war beinahe da.

Dann erschrak sie. Ein dumpfer, durchdringender Warnton erklang in dem Korridor, so laut, dass sie selbst durch den Helm kein Gefühl der Abschwächung wahrnahm.

»Achtung, an die Besatzung. Evakuierungsprotokoll Alpha wird angewendet. Wiederhole: Evakuierungsprotokoll Alpha wird angewendet. Begeben Sie sich zur nächstgelegenen Fluchtoption. Vermeiden Sie längere Wege. Verlassen Sie so schnell wie möglich das Schiff.«

Jetzt also doch. Zufrieden fokussierte sie ihren Blick auf die Shuttlerampe vor ihr. Sie stieß sich noch einmal druckvoll ab ... und schwebte die letzten zehn Meter bis an die Tür heran. Mühsam drehte Misa sich so, dass sie mit einem klobigen Handschuh den Türöffner betätigen konnte.

Nichts geschah. Natürlich.

Sie seufzte. Ohne die Möglichkeit, Gegendruck aufzubauen, würde der Versuch, gewaltsam die Notabdeckung zu öffnen, zweifellos dazu führen, dass sie rücklings den Korridor zurück schwebte. Also?

In einem Aufbäumen motorischer Entschlossenheit, das man leicht mit dem bemitleidenswerten Anblick eines marsianischen Obdachlosen nach zu viel synthetischem Alkohol hätte verwechseln können, versuchte sie, so viel Körperspannung aufzubringen, dass das schräge Anstellen der Beine gegen die Seitenwand ausreichte, die Abdeckung einschlagen zu können.

In einem letzten Ausbruch verbliebener Energie brach Misa die Notöffnungsklappe auf und drückte, so fest sie konnte, die Auslöser für die Treibladung an der Tür.

Zwischen sprühenden Funken und ohrenbetäubendem Quietschen der Servomotoren, die ohne Schmiermittel oder Elektrizität gewaltsam zur Seite geschoben wurden, öffnete sich Misa gleichsam das Tor zur Hölle – oder zu dem, was von der Shuttlerampe der *Illumination* noch übrig war.

Der ungewohnte Feuerschein tauchte die verhältnismäßig große Halle in ein gespenstisches Licht. Nach und nach begriff Misa, dass sich die Außenhülle der *Illumination* bereits zu verformen schien, denn die Hangartore waren alles andere als symmetrisch. Drei Kleinstraumschiffe standen zusammengeschoben an der hinteren Wand, als habe jemand aufräumen wollen und kein Kehrblech gefunden. Vorsichtig tastete sie sich an der Wand entlang hinein. Misa musterte den Anblick und fragte sich, ob und welches Raumgefährt davon noch flugfähig war. Zittrig arbeitete sie sich an der Wand entlang weiter auf die Shuttles zu, als es wieder knirschte und rumpelte. Ganz deutlich wusste sie, dass nur Sekunden blieben. Und sie hatte keine Ahnung, ob sie überhaupt noch hier herauskam. Sollte sie umkehren und eine Rettungskapsel suchen? Nein, es war besser, ein Shuttle zu nehmen. Sie beschloss, das am weitesten von der Wand entfernte Schiff zu versuchen. Es hatte die anderen beiden zusammengeschoben und war selbst vielleicht nicht oder zumindest weniger beschädigt.

Die Schwierigkeit bestand nun darin, den Sprung zu wagen. Misa musste düstere Erinnerungen an Weltraum und Frachträume und Sicherungsleinen wegschieben, ehe sie vor dem erneut beschlagenden Helmvisier das Shuttle wieder erahnen konnte. Es mochten etwa sieben Meter sein, doch wenn es ihr nicht gelang, Halt zu finden, würde sie geradewegs auf die andere Wand zu schweben, die viel weiter entfernt war – ein Risiko, das zu viel Zeit kosten konnte. Sie konzentrierte sich ganz auf die altmodischen Verstrebungen an der Einstiegsluke – sie würde mit beiden

Händen versuchen, sich daran festzukrallen und dann ... mit etwas Glück, einen Weg hinein finden.

Misa nahm allen Mut und die wirklich allerletzte Kraft zusammen und erinnerte sich an ein Gefühl, das vollkommen falsch und doch allgegenwärtig war. Die Unbesiegbarkeit des Überlebenden. Sie hatte *Ganymed* überlebt und das *Burst-Array*, und wusste: Sie würde auch hier herauskommen. Dann stieß sie sich mit den Füßen ab, gab so viel Impuls, wie durch den dicken Raumanzug überhaupt möglich war, und hoffte, alles richtig gemacht zu haben.

Doch wie so oft, wenn sie alles richtig gemacht hatte, wurde sie jäh daran erinnert, niemals die Unwägbarkeiten des Zufalls zu unterschätzen. Zwei Meter unterwegs, knirschte das Deck erneut. Misas ganzer Körper erstarrte zu einem eiskalten Klumpen Horror, als eine der Verstrebungen auf dem Fußboden sich ihrer Schweißnähte entledigte und in grotesk verkrüppelter Weise nach oben schnellte. Schmerz, Schreck, Desorientierung. Nein, sie war nicht tot, vielleicht nicht einmal verletzt, doch sie drehte sich schneller um die eigene Achse, als es je ein menschlicher Brummkreisel getan haben mochte. Hilflos versuchte sie, die Arme auszustrecken, was die Rotation bremste, doch nicht wirklich erträglich machte, und einen festen Punkt irgendwo im Shuttlehangar zu fixieren. Dann, neuer Schmerz. Misa war geradewegs gegen das Shuttle geknallt und wurde von der nicht perfekten Kompressibilität ihres Anzugs und des biologischen Gewebes darunter quasi-elastisch reflektiert. In einem kakophonischen Feuerwerk von Flashbacks wurde die Einstiegsverstrebung des Shuttles zur Sicherheitsleine der *Leopold*, und die harten, verformten Wände des Hangars zum gleichsam tödlichen, unendlichen Weltall, und als das Universum irgendwann, irgendwie aufgehört hatte, sich zu drehen, begriff Misa, dass sie noch immer die Stange festhielt und vielleicht die bis hierher heile gebliebene Hand gebrochen hatte.

Sie unterdrückte einen Schmerzensschrei und nahm stattdessen Vorlieb damit, ausgiebig zu fluchen.

»Frau Vebiletti?«, knirschte es aus dem Helmlautsprecher. »Wie ist ihr Status?«

Navas. Misa freute sich, dass sie ihn die letzten Minuten ganz und gar vergessen hatte. Nichts hätte ihr egaler sein können. Sie seufzte und raffte neue Körperspannung zusammen.

»Ich bin an einem Shuttle. Ich gucke gleich mal, ob ich hinein komme.«

»Der Code lautet 93-A-47-B«, knarzte Navas' Stimme zurück.

»Ich bin gleich da.«

»Das Schiff macht es nicht mehr lange, oder?«, fragte Misa, während sie die Kommandokonsole suchte.

»Ich fürchte, nein«, flötete Navas, der die Krise gar ein wenig zu genießen schien. »Es wäre trotzdem schön, wenn Sie auf mich warten könnten.«

»Ich ...« Misa stockte. »... werde es versuchen.«

Indes gab es noch etwas anderes zu versuchen. Mit den dicken Handschuhen des Anzugs den Touchscreen der Einstiegsluke zu bedienen zum Beispiel. Mühsam tippte sie Navas' Zugangscode ein.

»Mir ist klar, dass das bedeutet, dass Sie, so schnell Sie können, starten werden«, sagte Navas.

»Ich ...«

»Oh, schon gut. Würd's ja genauso machen«, sagte Navas, als Misa das charakteristische Schaben von hermetisch abdichtendem Stahl auf der Bodenplatte des Shuttles erahnte. Kurze Zeit später konnte sie den Innenraum des viel zu kleinen Raumschiffs sehen und zog sich mit der guten Hand hinein.

Ihr Innenohr rebellierte und hätte sie beinahe in den Helm kotzen lassen, doch die süße Gewissheit des fast erreichten Triumphs ließ Misa ihre Beherrschung behalten.

»Navas, wo bleiben Sie?«, fragte sie ungeduldig. »Ich werde gleich die Hangartore aufsprengen.«

Erstaunt lauschte sie dem Echo ihrer eigenen Worte. Sie hatte ja noch nicht einmal herausgefunden, ob das Schiffchen überhaupt Waffen an Bord hatte ...

»Ich bin jetzt auf dem richtigen Deck«, sagte Navas. »Nur einen Moment noch ...«

Leise fragte Misa sich, ob und wie lange sie noch einen Moment hatte, setzte sich in den linken Pilotensessel des zum Millennium-Shuttle, das sie kurz zuvor geflogen hatte, fast identischen Cockpits und orientierte sich. Flugkontrolle, Landeaggregate, Schubkontrolle.

Waffensysteme. Hastig wischte Misa über die Kontrollen und fand etwas, das wie Mikrofusionsraketen aussah. Nicht unbedingt etwas, das man innerhalb eines Shuttlehangars einsetzen sollte …

»Ich kann das Shuttle jetzt sehen«, sagte Misas Helmlautsprecher mit Navas' Stimme.

Sie sah aus dem breiten Cockpitfenster, doch sie konnte keine Person an der noch immer geöffneten Zugangstür erkennen.

Doch. Da war er. Iyatzinco Navas hatte keinen Raumanzug an, sondern trug nur einen Atmosphärenhelm, hinkte bedenklich und setzte zum Sprung an …

Wie in Zeitlupe verfolgte Misa, wie die Gestalt immer größer wurde, bis sie neben der Scheibe verschwand …

Das Zischen war leise. Aber es war da.

»Oh, Mist«, sagte Navas.

»Was ist?«

»Ich glaube, wir stehen kurz vor einem Hüllenbruch.«

»Ah.«

Das Deck unter dem Shuttle knarzte und senkte sich, sodass das Kleinstraumschiff begann, nach »oben« zu driften. Dann wurde das Zischen zu einem grunzenden, sich schnell verstärkenden Heulen.

»Ich habe fast die Luke erreicht«, sagte Navas.

Schließlich riss der Rachen des Universums auf und zeigte Feuer und Sterne. Misa wurde aus ihrem Sitz gehoben und begriff, dass der Hangar explosiv dekomprimiert wurde.

Sie hörte einen langgezogenen Schrei von Navas und musste selber aufpassen, dass sie nicht ganz aus dem Shuttle gesaugt wurde. Binnen Sekunden trennten nur ihre gespreizten Beine und die fest umklammerten, inneren Streben der Luke sie vom gnadenlosen Sog des Todes.

Navas wimmerte noch immer über die Funkverbindung, und Misa dachte das Unmögliche: Sie hielt die noch immer schmerzende Hand vor Navas' Brust, der sie dankbar ergriff und wie irre daran zu ziehen begann.

Misa spürte die Kälte nicht, doch sie sah, dass der Helm bereits von außen mit Eiskristallen beschlug und legte ihre ganze Kraft in eine letzte, alles entscheidende Anspannung.

Navas flog gegen den Widerstand der Dekompression ins Shuttleinnere und Misa trat mit aller Kraft gegen die Notverriegelung.

Die Tür flog zu und stoppte die Dekompression, doch es war nicht überstanden. In unheilvoller Geschwindigkeit sah Misa durch das Cockpitfenster das vielleicht einen halben Meter durchmessende Loch der Außenwand auf sich zukommen – nein, korrigierte sie sich – vielmehr schlitterte das Shuttle auf das Loch zu.

Im nächsten Augenblick hatte sie die Finger auf der Waffenkontrolle. Zur Hölle mit den Sicherheitsbestimmungen.

Sie sah noch den Start der Rakete und für Sekundenbruchteile den gleißenden Schweif ihres chemischen Festkörperboosters. Dann sprengte ihre Explosion das Shuttle wie den Phönix aus der Asche frei von der *Illumination* und alles wurde dunkel.

3

Ihr Schädel brummte. Als Misa sich aufraffte und mit halboffenen, schmerzenden Lidern das Chaos betrachtete, das sich vor ihr ausbreitete, kehrte die Erinnerung nur langsam zurück. Sie waren auf der Dekompression aus der *Illumination* hinaus gesurft. Navas hatte ...

Navas!

Misa richtete sich auf, schrie vor Schmerz, als sie sich auf die verletzte Hand aufzustützen wagte, und blickte sich nicht mehr wenig über dem Fußboden, sondern auf ihrer normalen Augenhöhe um. Der innen vollkommen durchnässte Raumanzug miefte und quietschte, während sie sich zittrig und nach allen Seiten schwankend zu voller Größe aufbaute. Misa wollte nicht darüber mutmaßen, welche Art von Eindämmung ihr Körper aufgegeben hatte, während sie bewusstlos gewesen war. Immerhin, bemerkte sie zufrieden, die künstliche Gravitation des Shuttles funktionierte noch oder wieder. Ein Gedanke, der Sekunden gebraucht hatte, obschon bereits beim ersten Blick alles auf dem Boden gelegen hatte. Sie trat um die Verstrebung des Cockpits herum zur Luke. Navas lag da, wo sie ihn hatte fallen lassen. Leblos.

Rasch kniete sie sich neben ihn und entledigte sich mit seltsam ruhiger Fokussierung vor einer Kulisse voller getriebener Gedanken ihrer Handschuhe. Fühlte, wie sie es mit grimmiger Gelassenheit schon bei manchem von ihr Getöteten getan hatte, die Halsschlagader. Doch hier war Puls.

Misa blickte sich erneut um, doch diesmal gezielt. Suchte das vertraut-unverfängliche Schlangensymbol, das fast keine größere Religionsgemeinschaft vor den Kopf stieß, in der Hoffnung, dahinter einen Arzneikoffer zu finden.

Zufrieden stellte sie fest, dass auch bei Ecco keine Barbarei herrschte, sondern alles genauen Sicherheitsprotokollen genügte. Der autonome Medizinscanner piepte und arbeitete genüsslich drauflos, als sie ihn auf Navas richtete.

»Erfrierungen zweiten Grades, mehrere irrelevante Prellungen und Knochenbrüche. In Thermodecke hüllen, Notfall-Stimulanz 33 verabreichen«, war die langweilige, fast schon zu routinierte Diagnose des Geräts.

Klirrend und scheppernd rasten ihre Hände durch den Dschungel an Ampullen im doppelten Boden des Medizinkoffers.

Atemlose Augenblicke später, nachdem sie das vakuumtaugliche Fläschchen an den subdermalen Injektor gehängt hatte, erlösende, leise Pieptöne: »Patient stabil.«

Navas reagierte nicht, blieb bewusstlos liegen. Kein Problem. Wenn der Scanner nicht besorgt war, musste Misa es auch nicht sein.

Sie betrachtete den verletzten Agenten, bewunderte seine Hartnäckigkeit und erinnerte sich, dass nur die weiche, viel zu dünne Außenhülle des Shuttles sie vom erbarmungslosen Weltall trennte. Erinnerte sich daran, dass bei aller unmittelbarer Sorge um den kurzentschlossenen, zweiten Passagier der Raumfähre vermutlich viele nicht so glückliche – oder entschlossene? – Besatzungsmitglieder der *Illumination* längst nur noch im Vakuum umher wabernde organische Restcluster waren.

Misa trat ins Cockpit und ließ sich laut seufzend in den Pilotensessel fallen.

'Mal wieder überlebt', war alles, was sie dachte. Denken konnte.

War das der ganze Trick? War das alles, was man können musste, um als Spion durchzukommen?

Misa wischte den Gedanken beiseite und ermahnte sich, nicht in diesen Kategorien über sich selbst zu denken. Sie fokussierte die Gedanken darauf, einen Eindruck der Umgebung zu bekommen. Herauszufinden, was mit der *Illumination* …

Sie musste die Arme vors Gesicht halten, so hell war die Explosion, die unmittelbar vor dem Shuttle aufglühend ihre Sicht nahm.

Instinktiv nahm sie nach dem Ausglühen des Echos in ihren Augen die Hände an die Lehnen des Sessels, um die folgende Druckwelle besser abzufedern.

Was war das?

Misa wusste, dass es so weit draußen viel zu dunkel war, um Trümmer oder ein Raumschiff sehen zu können, es sei denn, sie explodierten, und machte sich daran, die Kontrollen der Scan-Apps des Shuttles zu verstehen.

Nach einer Weile gelang es ihr, den Sichtschirm zu polarisieren und eine Art rudimentäres HUD zu aktivieren. Über das, was optisch 'da' war, legte sich eine übersteuerte Infrarot-Aufnahme desselben Abschnitts.

Überall Trümmer. Misa hielt vor Schreck die Hand vor den offenen Mund, doch Ehrlichkeit übernahm sofort die Deutungshoheit und diktierte ihrem Horror, dass es keine Überraschung war, die *Illumination* nur noch in Einzelteilen zu finden. Sie waren tatsächlich gerade noch rechtzeitig herausgekommen.

So langsam kam Misa auf Touren und spürte die Selbstverständlichkeit ihrer Operatorausbildung zurückkehren. Sie führte fix mehrere Scans gleichzeitig aus und versuchte, einen multispektralen Eindruck dessen zu bekommen, was da vor – oder hinter? – dem Shuttle lag.

Bestimmte, viel zu spät, wie sie einsehen musste – die Position und Orientierung.

Aus dem ungefähren Kurs der *Illumination* vom Jupiter zur Erde berechnete sie den Standort und verglich ihn mit den Keep-Alive-Signalen der MSA-Kontrollstationen an Saturn, Mars und Uranus, die ihre Signale in alle Richtungen schrien, fand die Maximalbeschleunigung des Shuttles heraus und gab die Berechnung der Reisezeit in den Computer ein. Sie zögerte. Wie viel Treibstoff hatte dieses Ding? Dann drückte sie endlich doch auf die blinkende Eingabeaufforderung.

79,34 Tage.

Na klasse.

Plötzlich heulte eine Art Warnsystem auf. »Achtung: Annäherungsvektor entdeckt. Manuelle Korrektur erforderlich.«

Misa wischte die Meldung vom HUD auf den Touchscreen vor ihr. Ein großes Stück Außenhülle der *Illumination* schien nur Sekunden davor zu stehen, das Shuttle zu rammen.

Sie suchte sorgsam die Steuerung der Manövrierdüsen und aktivierte sie für drei Sekunden. Blickte zufrieden auf die Bahnprojektion des Panzerungsstücks, das sie jetzt verfehlte.

»Hallo? Hört mich irgendjemand?«

Überrascht blickte sie sich um, denn sie hatte geradewegs damit gerechnet, dass jemand hinter ihr stand, doch dann sah sie die mit grüner Sendemarkierung versehene Schaltfläche »Notkanalüberwachung«.

»Sprechen Sie«, sagte Misa.

»Ich … ich bin in einer Rettungskapsel.«

Misa zögerte. Konnten es noch andere geschafft haben? Warum hatte der Scan das nicht angezeigt?

Sie wiederholte das Studium ihrer Scandaten und beschloss, einen weiteren Sweep nach zwei bis drei Kubikmeter großen Objekten zu machen.

Unterdessen aktivierte sie den Kanal erneut und sagte so freundlich wie möglich: »Identifizieren Sie sich.«

»Lieutenant Avegbor Sinnda, Ecco-Flaggschiff *Illumination*. Ich bin, wie gesagt, in einer Rettungskapsel.«

»Vebiletti«, sagte Misa abwesend und auf den Scan konzentriert. »Misa Vebiletti.«

»Wo sind Sie?«

»In einem Shuttle.« Unschlüssig blickte sie auf die Triangulation ihrer Position. Wenn da jemand in einer Rettungskapsel saß, war das letzte, was er hören wollte, dass es 2,7 astronomische Einheiten bis nach Hause waren.

»Können Sie meine Kapsel bergen?«

»Meine auch!«

»Hallo?«

Verwirrt musterte Misa den Notkanal.

»Identifizieren Sie sich!«

»Rettungskapsel 17-Epsilon.«

»Rettungskapsel 9-Gamma.«

»Rettungskapsel 2-Epsilon.«

Es waren mehrere. Auch das noch.

»Also gut«, seufzte Misa und blickte auf ihren Touchscreen. »Dies ist das Shuttle *Diogenes* des Raumschiffs *Illumination*. Wir werden alle …«

»Hilfe!«

Ein weiterer Benutzer des Notkanals grunzte.

»Ruhe!«, rief Misa leicht gereizt. »Im Gegensatz zu Ihnen kann ich einfach meine Aggregate zünden und hier weg …«

»Lassen Sie uns nicht zurück!«

»Keine Sorge«, sagte Misa sanft und fragte sich, wieso sie Berufsastronauten über das Vorgehen belehren musste. »Bleiben Sie ruhig.«

Atemlos lauschte sie dem Rauschen der Interferenz auf dem Notkanal, doch jetzt blieb es tatsächlich still. Sie prüfte ihre Anzeigen. Da draußen gab es hunderte Trümmer, die größer waren als jede Fluchtkapsel. Ohne Sensorenausrichtung würde sie sie niemals effektiv aufspüren, geschweige denn bergen können. Misa seufzte und wischte auf dem Touchscreen herum. Suchte, wie groß die Datenbank des Shuttles war und ob sie die Spezifikation der Rettungskapseln herausfinden konnte.

»Ecco-Raumschiff *Illumination*«, fand sie. »Zugriffscode eingeben.«

Na toll.

Misa blinzelte zu Navas herüber, der noch immer bewusstlos oder schlafend – hoffentlich erholsam – vor der Zugangsluke lag. Er hätte vielleicht Codes gehabt. Doch für den Moment musste es so gehen. Und, dachte Misa, sie würde noch lange genug die zweifelhafte Freude seiner Gesellschaft haben, wenn niemand ihnen entgegen flog – sie hatte keine Eile damit, ihn aufzuwecken.

Langsam machte sich Ernüchterung breit, und bald rechnete Misa wieder damit, dass die armen, eingepferchten Seelen in den Rettungskapseln wieder ihr erbärmliches Wehklagen anstimmen würden. Sie räusperte sich.

»Shuttle *Diogenes* an Rettungskapseln. Wir haben eine Methode gefunden, ihre Position zu bestimmen. Angesichts der beschränkten Ressourcen werden wir einen Moment brauchen, um einen optimalen Rettungsplan zu bestimmen. Bitte haben Sie noch etwas Geduld.«

Misa musterte ihr Konterfei in der spiegelnden Cockpitscheibe. Von der Nachricht war so gut wie alles gelogen. Trotzdem fühlte es sich total ... richtig an. Sie wischte weiter über den Touchscreen und fühlte die Operator-Expertise zurückkehren. Dieses Shuttle verfügte über ein programmierbares Sensorarray, dann sollte sie auch endlich damit anfangen, es zu benutzen.

Triangulation über Parallaxe, schloss Misa, war nicht unmöglich auf die wenigen hundert Meter Entfernung, die sie und die anderen Kapseln voneinander trennten. Nur, wie sollte sie sie identifizieren?

»Shuttle *Diogenes* an Rettungskapseln«, sagte Misa. »Wir haben nicht die Möglichkeit, ihren Systemzustand von hier aus zu checken. Bitte machen Sie eine Systemdiagnose und aktivieren Sie, falls möglich, die Andocklichter.«

Sie wusste nicht, ob die Kapseln überhaupt so etwas wie Andocklichter hatten, doch sofort wähnte sie blinkende Punkt in der Dunkelheit vor der Scheibe. Und zwar nicht nur drei. Oder vier.

Dutzende.

Misa lief ein warmer Schauer über den Rücken. Sie hatte sich zuvor nicht klargemacht, wie groß die Besatzung der *Illumination* gewesen war. Doch selbst wenn sich hier ein paar dutzend Menschen hatten retten können, so waren doch viel, viel mehr umgekommen.

Misa seufzte erneut. Das änderte natürlich alles. Ein paar hätte man sicher im Shuttle unterbringen können, selbst auf die Gefahr hin, einen Weltraumreisekollaps hinzunehmen. Aber so viele Menschen konnte das Shuttle unmöglich aufnehmen. Sie beeilte sich, die Positionen der erleuchteten Kapseln zu bestimmen und hatte flugs ein dreidimensionales Gittermodell der langsam auseinander stiebenden Kapseln zusammen geflickt. Unheilvoll stieg der Umriss einer abgeschnittenen Halbkugel aus Misas Mustererkennungssynapsen in ihr Bewusstsein. Die Explosion des Fusionskerns musste in eine Richtung fokussiert gewesen sein – und dort gab es keine Rettungskapseln mehr, sondern nur Tod. Noch etwas war klar – je länger sie wartete, desto schwieriger würde es sein, alle einzusammeln und desto mehr wertvollen Treibstoff würde es kosten. Misa vermied es, zu überschlagen, wie lange es dauern würde, mit all diesen Kapseln im Schlepptau den nächsten menschlichen Außenposten anzusteuern, doch sie begriff auch, dass es unvermeidlich war, die Kapseln ins Schlepp zu nehmen.

»Hallo? Sind Sie noch da?«

»Hier spricht Shuttle *Diogenes*«, sagte Misa ruhig und beschloss, das Protokoll gnadenlos auszureizen. Ohne Koordination würde es nicht gehen. »Bitte identifizieren Sie sich.«

»Rettungskapsel 2-Kappa. Meine Positionsleuchten sind ausgefallen.«

»Kein Problem, 2-Kappa«, sagte Misa. »Wir bereiten aktuell die Bergungsoperation vor.«

»Danke.«

Misa nahm den Finger vom »Senden«-Knopf und ließ sich zurück in den viel zu harten Pilotensessel gleiten. Das sollte sie ganz alleine schaffen?

Sie schnippte den Inventarplan des Shuttles auf ihr HUD und suchte nach der Beschriftung »Proviant.«

Bevor es weiterging, musste sie erst mal etwas trinken.

Das Shuttle hatte tatsächlich einen Nahrungsprototyper an Bord, und auch, wenn Misa nicht die Frage stellen wollte, für wie lange wohl der Vorrat ausgelegt war, ließ sie es sich nicht nehmen, eine heiße Schokolade zu bestellen – so lange sie noch die Auswahl hatte, lohnte es sich, sich ausreichend zu stärken. Die Bergungsoperation würde sicher nicht leicht werden.

»Hallo?«

Der Notkanal.

Misa drückte den Senden-Knopf und wiederholte ihre Standardantwort.

»Hier spricht Rettungskapsel 9-Gamma. Hier wird es langsam etwas ungemütlich.«

»Präzisieren«, sagte Misa. »Haben Sie Probleme mit der Lebenserhaltung?«

»Nein, ich muss mal«, sagte die Stimme.

'Und alle Kapseln hören mit', dachte Misa.

»Die Rettungskapsel ist für wochenlangen Aufenthalt ausgelegt«, sagte sie mehr belustigt als beabsichtigt. »Bitte folgen Sie den Anweisungen ihres Notfallprotokolls.«

Schnell schloss sie den Kanal, denn bei »Notfallprotokoll» musste sie doch stark an sich halten. Mussten alle Raumfahrer sich mit so etwas herumärgern?

Sie fühlte sich an die ersten Tage der Marspioniere erinnert. Obschon sie nur die alten Fernsehaufzeichnungen kannte, kam es ihr doch so vor, als wäre sie an einem solchen Punkt angelangt. Ein Wunder, dass sie sich damals nicht für weniger als eine interplanetare Klospülung umgebracht hatten. Doch hier und jetzt, schloss sie, so lange jemand sich nur darüber mokierte, keine anständige Toilette zu haben, ging es den Kapselinsassen ja doch noch verhältnismäßig gut.

»Misa Vebiletti.«

Die ächzende Stimme kam, wie sie erst nach einigen viel zu langen Augenblicken begriff, aus dem hinteren Teil des Shuttles, der aus Fracht- und Aufenthaltsraum bestand. Navas.

Misa zwängte sich aus dem Sessel, bereute schon jetzt, den Rettungskapseln keine instantanen Rückmeldungen mehr liefern zu können, und trat den Weg nach hinten an.

»Was ist passiert?«, fragte Navas, als Misa vor ihm stand. Er war noch immer in die Decke gewickelt, hatte an Händen und Gesicht dunkelgraue Hautstellen, die erfroren waren, und sah sie wie ein unsicherer Schuljunge an.

»Wir haben es geschafft«, sagte Misa matt. »Die *Illumination* nicht.«

Navas nickte. Sie konnte erkennen, dass er Schwierigkeiten hatte, zurechtzukommen, doch dann sah er sie so ehrlich an, wie es jemand mit seiner Profession nur konnte und sagte: »Danke.«

Misa nickte. »Kein Problem.«

Navas rang sich ein Lächeln ab. »Wie ist unser Status?«

Misa zuckte mit den Schultern. »Das Shuttle ist, soviel ich sehen konnte, unbeschädigt. Allerdings ...«

»Gut!«, sagte Navas. »Wie lange ...«

So leicht ließ sie sich nicht abkochen. »Allerdings«, betonte Misa, »sind da draußen noch wenigstens ein Dutzend Rettungskapseln.«

Schroff machte Navas eine abfällige Handbewegung. »Ach, da ist doch sicher eh niemand drin.«

Misa lächelte süffisant. »Sie können gerne den Funker spielen. Der Notkanal ist voller als die Promenade von Gagarin City am Landungstag.«

Navas grunzte. »Sie wollen sie einsammeln? Dieses Shuttle ist nicht ausgelegt für eine Bergungsoperation!«

»Und die Kapseln nicht dafür, im Raum herum zu treiben.«

»Oh doch, das sind sie. Und dieses Shuttle ...«

Misa wurde wütend. Sah, worauf es hinaus lief. »Ich werd Ihnen mal was sagen«, grummelte sie, »da draußen sind Menschen, eingepfercht in Sardinenbüchsen, nur knapp dem Tode entronnen. Ich werde sie sicher nicht hier zurücklassen, nur weil Ihnen nicht danach ist!«

»Haben Sie mal nachgerechnet, wie lange Proviant und Treibstoff des Shuttles überhaupt reichen? Wenn wir nicht bald losfliegen, dann werden wir vermutlich jämmerlich erfrieren, zusammen mit den sogenannten 'Geretteten' in den Kapseln.«

Misas Augen verengten sich zu Schlitzen. »Ist das die Philosophie, mit der Ecco mich … 'anwerben' will? Falls ja, dann nur zu. Es sind ja ihre Kameraden.«

Dramatisch atmete Navas aus. »Also schön …« Er versuchte, sich aufzurichten, blieb aber schließlich mit schmerzverzerrtem Gesicht am Boden. Den Medizinkoffer schneller als ein Aasfresser die noch warme Beute im Blick, begann er zu kramen, ehe er etwas fand, das wie Schmerzmittel aussah, und nahm eine Pille. Zufrieden registrierte Misa, dass sie eine Weile Ruhe davor hatte, dass er versuchen würde, das Kommando zu übernehmen. Und das würde er, da war sie sicher. Doch wenn sie bis dahin die Kapseln geborgen und den Treibstoff auf einen sinnvollen Zielvektor verbraucht hatte …

»Gut«, sagte sie und drehte sich wieder in Richtung Cockpit. »Wenn Sie keine Vorschläge haben, wie die Operation ablaufen kann, gehe ich jetzt nach vorne und studiere Blaupausen.«

»Mhhmhh«, brummte Navas.

»Wie bitte?«

»Magnetverriegelungen«, sagte er etwas deutlicher, doch augenscheinlich nur widerwillig.

Misa verdrehte die Augen. »Ausführlicher?«

Navas zog sich an die Ausstiegsluke heran und lehnte sich gegen die Shuttlewand. »Rettungskapseln von Raumschiffen aller Bauarten müssen heute mit Magnetverrieglern ausgestattet sein, die es erlauben, sie im Katastrophenfall kohortenweise zu verbinden.«

Misa verstand zwar die Worte, doch nicht ganz ihre Bedeutung. Sie blickte Navas fragend an.

Der grunzte wieder, doch schien sich seine Laune zu bessern. »Sie haben Magnetkopplungen, sodass man sie einsammeln kann.«

»Ohne, dass man sie mechanisch verbinden muss«, sagte Misa und verstand langsam das Konzept. »Super.«

»Nein, nicht super«, sagte Navas. »Diese Dinger sind viel zu schwer, werden uns aufhalten, und am Ende werden wir hier erfrieren und die anderen in den Kapseln. Misa, wir müssen egoistisch sein und jetzt einen Kurs auf den nächsten Außenposten setzen.«

»Nein«, sagte Misa entschlossen. »Wir … ich sammle die Kapseln ein. Dann sehen wir weiter.«

Navas seufzte. »Wenn ich könnte, dann würde ich …«

Sie grinste raubtierhaft. »Können Sie aber nicht. Und daher gehe ich jetzt ins Cockpit und teile dem versammeltem Notkanal Ihren Plan mit.«

Navas rutschte langsam die Wand hinab, ehe er wieder ganz rücklings auf dem Boden lag. »Ich warte hier auf ihre Entschuldigung«, rief er ihr nach.

Misa hörte ihm nicht weiter zu. Es war richtig, so viele Menschen zu retten wie möglich. Das war ihre Pflicht. Ethisch-moralisch war es das oberste Gebot, Leben zu retten, nicht nur das eigene. Und auch, wenn Navas bereit war, über Leichen zu gehen, so würde Misa es nur im Notfall in Erwägung ziehen …

»Shuttle *Diogenes* an Rettungskapseln«, flötete Misa. »Wir beginnen unsere Operation in Kürze. Bitte stellen Sie sicher, dass die magnetischen Andockvorrichtungen aktiviert sind.«

Der Lautsprecher knackte, dann folgte ein wildes Stimmengewirr.

»Hier spricht Shuttle *Diogenes*«, sagte Misa noch einmal, »bitte bestätigen Sie die Anweisung nur, wenn Ihre Bordsoftware ein Problem mit den Magnetkupplungen anzeigt.«

Stille. Zufrieden blickte sie über das dreidimensionale Gitter mit der Anordnung der Kapseln.

»Rettungskapsel 19-Phi hier«, sagte eine Stimme.

»*Diogenes* hört«, sagte Misa und bemerkte, dass sie das ineffiziente, doch präzise Funkprotokoll der *Leopold* vermisste. Dass sie gar Hugo Marcus' pointiertes »Over« vermisste, wenn er die Nachricht abschloss …

»Ich bin nicht sicher …«, sagte eine unstete Stimme. »Das Betriebssystem zeigt keine Kupplungen an.«

»Bitte führen Sie eine Systemdiagnose durch«, sagte Misa automatisch. Eine Kapsel ohne Kupplungssystem? Nicht auch noch so etwas …

Unterdessen machte sie sich daran, einen Kurs zu plotten, der möglichst wenig Einsatz der Manövrierdüsen erforderte und trotzdem alle Kapseln einsammeln konnte.

»Shuttle *Diogenes* …«, sagte Misa dann und verkündete: »… beginnt die Bergungsmission.«

Vergnügter Applaus auf dem Notkanal. Misa setzte den ersten Kurs, der sie mitten in die Kapselwolke hinein brachte …

»Sie tun es also wirklich.«

Erschreckt fuhr sie herum. Iyatzinco Navas stand wacklig im Türrahmen des Cockpits und blickte sie finster an.

»Ja, ich tue es wirklich«, sagte sie. »Schön zu sehen, dass Sie sich besser fühlen.«

»Oh«, sagte Navas, »ich fühle mich elender als je zuvor in dem Wissen, dass sie unsere Leben dafür opfern, all die anderen auch nicht retten zu können.«

»Ihr Zynismus widert mich an«, sagte Misa gerade heraus und konzentrierte sich auf ihre Trajektorie. »Wir müssen es zumindest versuchen.« Wenn sie nicht rechtzeitig den Gegenschub gab, würde er Recht haben und die Operation wirklich ineffizient machen …

»Misa Vebiletti«, sagte Navas angestrengt. »Wir können alle ein bisschen retten oder uns beide ganz. Überlegen Sie mal, was Ihnen besser gefallen wird, wenn uns hier Sauerstoff und Proviant ausgehen.«

»Uns wird jemand entgegen kommen«, sagte sie entschlossen.

»Und wenn nicht?«

Misa blickte ihn streitlustig an. Sie würde diese Kapseln einsammeln und andocken. Egal, was passierte.

»Wollen Sie sagen, dass Ihrer Firma egal ist, was mit den Angestellten passiert?«

Navas lachte hohl. »Das Schiff ist wohl bei Weitem der größere Verlust.«

»Was für eine schöne, neue Welt«, sagte Misa theatralisch. »Es ist bekannt, dass der Lauf der Dinge sich an den ökonomischen Gesetzen orientiert. Aber das bedeutet nicht, dass wir es im Kleinen auch müssen.«

»Menschlichkeit?«, sagte Navas. »Sie reden von Menschlichkeit? Sehen Sie sich einmal um. Wir sind mitten im Nirgendwo zwischen der Jupiter- und Marsbahn, und Sie reden davon, zu tun, was richtig ist? Ich sag Ihnen was – wenn Sie sie zurücklassen, dann sterben sie. Ja, so ist das hier draußen. Doch wenn Sie versuchen, sie alle aufzusammeln, dann sterben wir auch. Man muss nicht die Ökonomie bemühen, um zu verstehen, dass das unlogisch ist.«

Misa zuckte mit den Schultern. »Und wenn jemand kommt, uns zu retten, dann wird man uns fragen, ob es noch andere Überlebende gab. Und da wollen Sie allen Ernstes das Gegenteil behaupten? Damit schänden Sie das Ansehen ihrer Kameraden.«

»Ja.« Navas blickte sie ausdruckslos an. »Sie wissen, dass unser Beruf es mit sich bringt, andere zurückzulassen, um unsere Ziele zu erreichen.«

Misa schluckte. Reflektierte das Echo von »unser Beruf». Spürte, wie ihr Verdauungstrakt verkrampfte und viel zu lange verdaute Reste freigeben wollte.

»Nein«, sagte Misa. »Diesmal nicht.«

»Nicht, wenn ich es verhindern kann«, sagte Navas und baute sich zitternd zu ganzer Größe auf. Misa wusste nicht, ob er ihre Gedanken hätte erraten können, doch er zuckte nicht mit der Wimper, als sie ihn niederschlug und er wie ein nasses Handtuch in sich zusammenfiel.

»Nein«, sagte Misa, überrascht und zugleich erbaut von ihrer eigenen Entschlossenheit. »Diesmal nicht.«

###

Als Iyatzinco Navas zu sich kam, war er an einen der Notsitze im Frachtabteil gefesselt. Anerkennend hob er die Augenbrauen und machte es sich bequem.

»Sie können mich losmachen«, rief er in Richtung des Cockpits.

Zu seiner Überraschung kam Misa wenig später tatsächlich und folgte seinem Vorschlag.

»Wieso tun Sie das?«, fragte er verblüfft.

»Ich bin überrascht, wie viel Sie verpasst haben«, sagte Misa gleichgültig. »Das Andocken der Magnetkupplungen macht einen Heidenlärm.«

»Sie haben sie also geholt?«

Misa nickte. »Alle 37, die sich gemeldet haben.«

»Eine noble Mission, wenngleich auch zum Scheitern verurteilt.«

Misa schnitt die letzte Fessel aus Kunststofftape durch. »Verzagen Sie nicht. Unser Treibstoff ist zwar alle, aber nur, weil ich den vollen Schub in Richtung Heimat gegeben habe. Außerdem gibt es Nachricht von mehreren Rettungsschiffen, die unterwegs sind.«

»Tatsächlich?«

Wieder nickte sie. »Tatsächlich … ist die Welt nicht nur schlecht.« Dann, wie um ihn noch ein wenig dafür zu bestrafen, zu wenig Hoffnung gehabt zu haben, fügte sie hinzu: »Allerdings ist das von Ecco nicht am schnellsten.«

»Wie lange?«, fragte er.

»Zwölf Tage.«

»Glück gehabt«, sagte Navas.

»Ich schon«, sagte Misa.

Navas nickte anerkennend und bot Misa die Hand, als er aufstehen konnte. »Dann gibt es wirklich keinen Grund, mich festzuhalten.« Er verbeugte sich und bot ihr die Hand. »Ich verneige mich vor Ihrer Sturheit … und der naiven Hoffnung, die ihr innelag. Auf das Sie nicht im ungünstigsten Zeitpunkt enttäuscht werden.«

Die *Bottany Bay* war nicht gerade der Stolz der Norsk-Reederei. Den rostigen, mehr schlecht als recht mit unpassenden Strahlungsschutzplatten ausgekleideten Bug in Richtung Sonne gestreckt, schien es von einem der wenigen Fenster aus *beinahe*, als stände das klobige, *beinahe* quaderförmige Raumschiff vollkommen still. Vierzig Jahre alt, war das einzige Glück, dass sie zur rechten Zeit am rechten Ort gewesen war und genug Treibstoff geladen hatte – denn weitere Vorteile aufzuzählen hätte selbst den Reeder überfordert. Misa seufzte und dachte über das große Ganze nach. Durch einen kosmischen Zufall würde jetzt der kleine Konzern den großen Fünfen ein Schnippchen schlagen und die Geretteten nach Hause bringen, Ruhm und Ansehen und staatliche Kompensation inklusive. Doch zuvor würde man weitere viereinhalb Wochen inmitten des Nichts verbringen, wie Misa missmutig nachgerechnet hatte. Sie hatte eines der wenigen freien Quartiere ausgeschlagen, um mit den anderen Überlebenden der *Illumination* im Frachtraum zu bleiben.

Die Isolation des Shuttles zusammen mit Navas bohrendem Starrsinn teilen zu müssen war nicht leicht gewesen, doch die Vorstellung, wie ein Aristokrat ein Quartier zu haben, während die anderen Überlebenden zusammengepfercht mit dem Frachtraum vorliebnehmen mussten, war Misa ganz und gar zuwider.

Dennoch dachte sie hier und da über Navas' Worte nach.

»Sie sind nicht hart genug«, hatte er gesagt. »Irgendwann wird diese Rücksicht Ihr Untergang sein.«

Ein paar weniger schmeichelhafte Sachen hatte er auch noch gesagt. Doch jetzt, wo sie sich in der Anonymität der Geretteten verstecken konnte, war es weniger schlimm. Wenn sie ihn sah, so blickte sie starr geradeaus oder durch eines der vor Staub, Ölschmiere und Strahlenbombardement beinahe blind gewordenen Fenster in das Weltall, dem sie gerade noch rechtzeitig entkommen war.

Und dann stand er doch wieder vor ihr. Zielgerichtet. Unnachgiebig.

»Was wollen Sie?«, seufzte Misa.

»Ich möchte nur eine Frage stellen«, sagte er, anscheinend belustigt von seinem eigenen Einfall.

»Also?«

»Glauben Sie an Zufälle?«, fragte Navas.

»Bitte«, sagte Misa gönnerhaft und in dem Wissen, dass sie seinen Monolog kaum würde aufhalten können. Doch es war ihr egal, denn sie musste nichts darauf geben und hatte, wenn diese Reise endlich beendet war, noch ein ganzes Leben ohne ihn vor sich.

»Ich werde dies nicht weiter ausführen«, sagte Navas selbstzufrieden. »Sie sollen sich nur fragen, ob Sie an Zufälle glauben.«

»Glücklicherweise«, sagte Misa, »kann ich Ihnen nicht folgen.«

»Oh bitte!«, war Navas Replik. »Sie wollen doch nicht behaupten, dass Sie sich noch nicht gefragt haben, wie es möglich war, dass die *Illumination* mitten in den größten Sonnensturm seit Beginn der Aufzeichnungen geflogen ist.«

»Jetzt erläutern Sie ja doch«, sagte Misa eher enttäuscht als triumphierend. »Nur zu, versuchen Sie Ihr Glück.«

Navas nickte abwesend. »Schon gut. Wenn es Sie nicht interessiert, dann kann ich auch nichts daran ändern.«

»Genau«, sagte Misa lakonisch.

»Nur eins noch«, fügte Navas hinzu, als er sich schon abgewandt hatte. »Sagen Sie nicht, ich hätte Sie nicht gewarnt.«

Misa schüttelte den Kopf. Was wollte Navas nur damit sagen? War er während der Dekompression einer Art Nahtoderfahrung ausgesetzt gewesen? Oder war es die Bürde des Überlebenden, die ihn belastete?

Sie beschloss, nicht darüber nachzudenken, sondern machte sich auf den Weg in die notdürftig vergrößerte Kombüse. Dehydrierte Vorräte zu sortieren, würde ihr gut tun.

Dachte sie jedenfalls.

Doch Navas hatte Recht gehabt. Natürlich hatte sie schon darüber nachgedacht, woher der Sonnensturm gekommen war. Dabei war die Antwort völlig klar – es war ein natürliches Phänomen, das regelmäßig vorkam, und die Zerstörung der *Illumination* ein bedauerliches Unglück, das in der Geschichte der bemannten Raumfahrt keineswegs beispiellos war.

Und doch: Der Gedanke war in ihrem Kopf. Was, wenn es kein Zufall gewesen war?

Sie erinnerte sich düster an die bangen Stunden, als sie schlaflos in ihrem Sessel gehangen und auf die Monitore der MSA-Kontrollstation gelinst hatte. 'Gewissheit gibt es nur, wenn man nachsieht', erinnerte sie sich. Doch wie sollte das gehen?

Wortlos ging sie am Chefkoch der *Bottany Bay* vorbei in den Vorratsraum und versuchte vergeblich, sich auf die Aufgaben zu konzentrieren, die es hier zu erledigen gab.

Sie konnte ja schlecht das abgeschleppte, treibstofflose Shuttle flott machen, eine heliostationäre Umlaufbahn ansteuern, hoffen, dass der Hitzeschild lange genug hielt, um dann die Strahlungscharakteristik der letzten zwei Wochen zu konstruieren.

Und selbst wenn sie es gekonnt hätte, so wäre es für jeden, der nicht zufällig ausgebildeter Solarastronom war, unmöglich gewesen, keine wilden Verschwörungstheorien aufzustellen, sobald sich auch nur die kleinste Abweichung der Standardwerte der Sonnentopologie zeigte.

Misa seufzte, zählte betont ruhig die vor ihr liegenden Pakete an ultrakonzentriertem Kartoffelpüree ab und visualisierte gegen ihren Willen ein Pad, auf dem in großen hellgrünen Lettern eine Drohung stand.

»Laufen Sie weg, Misa Vebiletti. Weit weg. Denn ich werde Sie jagen, bis Sie tot sind.«

Es konnte doch nicht …

Misa schüttelte den Kopf.

Henry Yang hatte eine Maschine gebaut, die die halbe Menschheit zurück in die Steinzeit befördert hätte. Ja, entschied sie, es war ihm zuzutrauen, dass er einen Sonnensturm auslösen könnte, der die *Illumination* getroffen hatte …

Sie unterdrückte einen spitzen Schrei, der schon fast den Weg aus ihrer Kehle gefunden hatte.

Navas hatte die Idee gehabt, und jetzt verstand sie.

Natürlich ging es nicht darum, sie zu töten. Vielleicht trieb ihn auch die Rache an, doch die Bahn der *Illumination* vom Jupiter quer durch das Sonnensystem hatte das Schiff verhältnismäßig nahe am Zentralgestirn vorbei geführt und so zum perfekten Testballon gemacht.

Misa erschauderte.

Es gab einen Plan B. Also, vielleicht.

Der Effekt mochte nicht so fein abgestimmt sein und seine Wirkung unberechenbarer – doch wenn ein Sonnensturm von hoher Intensität die Erde traf … dann bekam Millennium am Ende doch, was es wollte.

Zittrig schob sie die Breitüten zurück in den Vorratscontainer. Sie hatte jetzt keine Ruhe mehr, Essen zu inventarisieren.

Hastig und wortlos verließ sie die Kombüse und hielt geradewegs auf die Brücke der *Bottany Bay* zu.

Das schäbige Braun der nur notdürftig behandelten Metallwände erinnerte Misa daran, was für ein großes Glück es war, dass diese Rostlaube eines Raumschiffes zufällig in der Gegend gewesen war.

Misa war schon mehrmals auf der Brücke gewesen, doch als sie den kaum zehn Quadratmeter kleinen Raum betrat, der zudem keinen klassischen Sichtschirm besaß, sondern nur armselige, keinen halben Meter breite LC-Displays an den Stationen, überkam sie ein seltsam wehmütiges Gefühl. Wie einsam mochte es sein, mit anderer Fracht als Überlebenden eines auseinander gebrochenen Raumschiffs durch das sprichwörtliche Nichts zu schippern.

Sie verstand, dass es bei dieser Art Raumschiff vor allem darum ging, so viel Fracht wie möglich hinein stopfen zu können, und da hätte eine Brücke, wie sie Schiffe wie die *Leopold* oder *Illumination* gehabt hatten, das eigentliche Ziel verfehlt.

»Captain, ich muss unbedingt eine Wissenschaftskonsole verwenden«, prustete sie hervor, als sie etwas beschämt feststellte, dass ihr lauter, unbeherrschter Auftritt ihr immerhin sämtliche Aufmerksamkeit beschert hatte. Sie wusste, dass es nicht gerade viel Konzentration erforderte, den Frachter auf Rendezvous-Kurs zum Mars zu halten, und halb rechnete sie auch damit, dass unterwegs wieder etwas Unerwartetes passieren würde, das sie aufhielt.

Die drei fragenden Augenpaare des Captains, des Navigators und des Ingenieurs starrten sie an, ehe sich Captain Batagnas Augenbrauen senkten und sich Enttäuschung in seiner Mimik zeigte. »Wie ich schon Herrn Navas erklärt habe: Wir haben keinerlei wissenschaftliche Ausrüstung«, sagte er.

Aber natürlich. Misa ballte die Fäuste, drehte sich auf der Stelle, als wolle sie verborgene Nischen im winzigen Kontrollraum gesehen haben, und begriff, dass ohne die über das Sonnensystem verteilten Navigationssatelliten der MSA ein Schiff wie die *Bottany Bay* praktisch im Blindflug unterwegs war. Unerwartetes Hindernis? Man fragte den Operator der MSA, welcher Kurs am besten sei und bekam einen Kurs, aber keine Erläuterung, wie er zustande kam.

'Große Güte', dachte Misa, 'wahrscheinlich ist sogar die Ausrüstung des Shuttle *Diogenes* leistungsfähiger als …'
Aber natürlich. Das Shuttle.
»Schon gut«, sagte sie und verließ von einem Moment auf den anderen den abgehalfterten, klaustrophobischen Kontrollraum.

Misa war nicht gerade wohl zumute, als sie das knarzend-klirrende Licht der uralten Leuchtstoffröhren im Hangar der *Bottany Bay* aktivierte.
Der Frachter war so alt, dass selbst die modernen Quanten-Transformatoren des Energieverteilungssystems des Schiffes vor Magnetostriktion brummten, als wäre sie im Gebäude Null von Gagarin City gewesen.
Hatte man in den Zeiten der Marspioniere Elektronik laut wie Presslufthammer akzeptiert, solange sie nur die Lebenserhaltung am Laufen hielt, so fand Misa doch die Vorstellung seltsam, dass es noch Relikte aus jener Zeit gab – und auch wenn die *Bottany Bay* nicht *so* alt war, so war sie doch alt. Misa wischte die Vorstellung weg, das Schiff könnte jeden Moment auseinanderbrechen, und zwängte sich vorsichtig an den geborgenen Rettungskapseln vorbei, die, mühsam mit Hilfe des Greifers der *Diogenes* aufgestapelt, fast den ganzen Hangar einnahmen. Ihre glänzende Metallhülle erinnerte sie daran, dass Rettungskapseln immer die Ironie mit sich brachten, wie neu auszusehen und gleichzeitig die düstere Ankündigung zu tragen, dass, woher auch immer sie stammen, etwas anderes dafür zerstört oder zumindest unbenutzbar geworden war.
Misa trauerte nicht um die *Illumination* – ihr lag nicht viel an Ecco oder einem anderen der Konzerne – doch so viele Menschen sterben zu sehen, oder vielmehr nur zu begreifen, dass sie tot waren, belastete sie doch mehr, als sie sich eingestehen wollte, obwohl sie keine Schuld daran trug.
Eine finstere Stimme flüsterte Misa ein, dass sie es noch immer nicht übers Herz gebracht hatte, herauszubekommen, wie groß die Standardbesatzung der *Illumination* gewesen war, doch auch so

wusste sie, dass es wahrscheinlich mehrere Hundert Menschen gewesen sein mussten.

Wehmütig blickte sie sich in dem Meer aus Rettungskapseln um, als die Zugangsluke der *Diogenes* aufschwang und die verbrauchte Luft des Inneren sie kurz husten machte.

Im Gegensatz zum Frachter dimmte die Innenbeleuchtung der *Diogenes* geräuschlos hoch und verharrte bei ihrer Intensität ohne jedes Flackern oder Brummen.

Misa wusste, dass es keinen Treibstoff mehr gab, doch das betraf nur das Antriebssystem. Alle anderen Systeme wurden von einem Mikrofusionsreaktor bedient, der genug Reserven für mehrere Jahre hatte.

Vorsichtig setzte sie ihre Füße auf die Zugangsstufen und dann stand sie inmitten des vorderen Aufenthaltsraumes.

Sechs Tage war es her, dass sie sich diese Sardinenbüchse mit dem grantigen Iyatzinco Navas geteilt hatte, während der Ecco-Spion, dessen offizielle Bezeichnung an Bord der *Illumination* 'Nachrichtenoffizier' gewesen war, nimmermüde seinen Sermon von Misas verfehltem Mitgefühl gesungen hatte.

Doch jetzt war sie allein und das bedeutete, dass das Shuttle sich nicht so … feindlich anfühlte.

Der Pilotensessel wirkte beinahe ein wenig vertraut – er vermittelte ein vages Gefühl von Bequemlichkeit fernab der Zivilisation – mehr wie ein vorauseilendes Echo der Annehmlichkeiten, die sie zu Hause erwarten würden, wenn sie erst einmal über den neugewonnenen Reichtum verfügen konnte …

Zu Hause. Was war das noch gleich?

Misa wischte die Frage beiseite, ob sie auf den Mars zurückkehren oder ob das Sizilien ihrer Kindheit eine Option darstellen würde. Ihre Erinnerung an die Großmutter in Catenanuova drang an ihren visuellen Kortex und ließ viele verborgene Ängste unausgesprochen. Sie hätte auch auf dem *Burst-Array* umkommen können. Sie konnte noch immer umkommen, ahnte Misa.

Warum war sie eigentlich hier?

Misa wischte den Bordcomputer des Shuttles in eine bedienbare Position und begann, Sensordaten des Shuttles zu suchen. Sie zapfte das System der *Bottany Bay* an und begann damit, den Sonnensturm auszuwerten. Sie war keine Kosmologin – noch immer nicht – doch immerhin wusste sie, wie man relative Positionen und Trajektorien extrapolierte. Sie fertigte ein Raum-Zeit-Diagramm der *Illumination* an und versuchte zu verstehen, wie gering die Wahrscheinlichkeit dafür war, dass dieser Sturm genau zu der Zeit auftrat, in der er aufgetreten sein musste, und dann in die Richtung abgestrahlt wurde, in der sich das Raumschiff befunden hatte.

Sie wurde nicht müde, die Datenbank nach Artikeln zum Entstehungsprozess der solaren Materieauswürfe zu konsultieren, und erschuf in ihrem Verstand nach und nach eine Theorie der Sonnenstürme, die ganz und gar nicht zu dem passte, was sie erlebt hatte.

Zunächst einmal war dies nicht die Zeit für Sonnenstürme. Man verstand die etwa elfjährigen Zyklen des Zentralgestirns noch immer nicht vollkommen, doch wusste man immerhin um seine Periodizität – und 2098 war kein Jahr der starken Aktivität, sondern lag im Minimum der magnetischen Turbulenzen. Rasch hatte sie die Aufzeichnungen der solarstationären Warnsatelliten gefunden und ausgelesen, doch diese Daten ergaben keinen Sinn. Es gab mehr oder weniger vollständige, seit Jahrzehnten kontinuierlich aufgezeichnete Scandaten der Heliosphäre und Korona der Sonne – in den Tagen, Stunden und Minuten vor dem Ausbruch deutete nichts darauf hin, dass es zu einer Reaktion innerhalb der oberen Schichten kommen könnte – und dann wurde so viel geladenes Material ausgeworfen wie seit beinahe 20 Jahren nicht mehr.

Misa wusste natürlich, dass das Argument der spatialen Aufteilung des Ausbruchs kaum dafür taugte, Verschwörungstheorien aufzustellen – die Ekliptik war für fast alle stellaren Phänomene die Vorzugsrichtung, auch für Sonnenstürme. Doch abgesehen davon hatte die geschätzte Trajektorie der geladenen Teilchen so exakt die *Illumination* getroffen, dass sie es nur schwer für Zufall halten konnte.

Eine Theorie wuchs in Misa, und sie trug den Arbeitstitel »Angriff auf die *Illumination*«. Sie hatte keine Ahnung, ob es überhaupt möglich war, ein solares Phänomen dieser

Größenordnung künstlich zu erzeugen, doch sie wusste genau, dass Henry Yang es versucht hätte, wenn er könnte.

Und damit kam alles zusammen. Millennium brauchte einen Plan B – obschon die Idee, am Jupiter einen Burst zu erzeugen, ebenso brillant wie verabscheuungswürdig war, so war doch auch klar gewesen, dass es schiefgehen konnte – aus Yangs Perspektive jedenfalls, schloss Misa. Und was lag da näher, als eine weitere Quelle für Zivilisationsausfall ausfindig zu machen?

Hastig überflog sie die enzyklopädischen Einträge zu den Auswirkungen eines Sonnensturmes auf die Erde und kam zu dem Ergebnis, dass einerseits die Dosierung noch viel wichtiger war als bei einem Gamma-Ray-Burst, andererseits Millenniums Vorräte an Wasser- und Ernegieerzeugern sicherlich auch bei einer milden Katastrophe reichlich nachgefragt wären.

Ging es hier nur um Marktmanipulation? Abwesend schüttelte Misa den Kopf und betrachtete ein gespiegeltes Gesicht in der Cockpitscheibe, das eine neue, unerschütterliche Entschlossenheit zeigte.

Das war der zweite Aspekt. Sie solle wegrennen, hatte er gesagt.

Das würde sie nicht tun.

4

Ihre Theorie veränderte Misa, so wie es Aussagen oder Drohungen nicht gekonnt hätten. In den folgenden Tagen horchte sie sich um, fragte sich insgeheim immer wieder, was die beste Möglichkeit wäre, Yang entgegenzutreten.

Doch die *Bottany Bay* würde unbeirrt den Kurs auf die Marsstationen halten und in zwei Wochen auf dem Roten Planeten aufsetzen, wo sie vielleicht als Heldin empfangen, doch gewiss wie eine gutsituierte, reiche Frau behandelt werden müsste.

Und daher haderte sie mit sich. Sagte sich, dass die Menschheit sich gefälligst auch einmal selbst helfen könnte. Sollte doch Navas mit seinen mitleidsfreien Methoden gegen Millennium ins Feld ziehen.

Dann jedoch erreichten die interplanetarischen Nachrichten auch das abgelegen dahin schippernde Frachtschiff *Bottany Bay* und machten ein für alle Mal deutlich, dass Misas krude, zusammengeschusterte Theorie zumindest teilweise stimmen musste, denn auch die Erde war von einem Sonnensturm getroffen worden.

Dem Vernehmen nach waren die Schäden nicht größer als bei anderen Stürmen zuvor, außerdem waren mehrheitlich die Südhalbkugel und der Pazifische Ozean der Sonne zugewandt gewesen. Dennoch waren die weltweite Kommunikation und die Satellitenverbindungen ins restliche System davon beeinträchtigt worden.

Ein Testballon, schloss Misa und schauderte. So wie der erste Burst auf Ganymed gerichtet worden war, probierten sie wahrscheinlich auch jetzt erst einmal nur aus, wie stark ein Sonnensturm ausfallen musste.

Während sie die Spalten der populärwissenschaftlichen Presseartikel durchging, begriff sie, dass sie vielleicht die einzige war, die das große Ganze zu sehen imstande war, und bezweifelte es zur gleichen Zeit auch schon wieder. Es musste Menschen wie Hugo Marcus geben, die Einsicht und Weitsicht aufwiesen, und diese rechtzeitig …

Ferner Schmerz flackerte in Misa auf – sie vermisste den Rat von Pavel Rabinovic ebenso wie Hugo Marcus' zynische

Gelassenheit. Sie begriff, dass es Menschen wie Hugo Marcus gab, und dass sie endlich beginnen musste, sich dazu zu zählen. Misa Vebiletti war allein auf der *Bottany Bay*, im Sonnensystem und im Universum. Allein mit ihren Gedanken und ihrer Theorie, dass der Irre noch da draußen war und trotz der vernichtenden Niederlage sicher weiterhin vorhatte, die Weltherrschaft zu erlangen – mit Wasseraufbereitungsanlagen und Benzinkochern und kruden Kommunikationsanlagen, die gerade so das Gefühl gaben, Hilfe zu erhalten, und doch zu primitiv waren, Millennium irgendwie die Kontrolle zu entreißen.

Zittrig wischte sie Artikel für Artikel weiter, die sich alle nur darin suhlten, was diese Phase beispielloser Aktivität der Sonne zu bedeuten hätte, ob die Theorien über ihre Zyklen neu geschrieben werden müssten oder gar eine fundamentale Änderung ihres Brennverhaltens zu erwarten sei.

Sie begriffen rein gar nichts. Niemand.

Dann tippte ihr der Chefingenieur des Frachters auf die Schulter, sodass sie sich von einem der drei öffentlichen Terminals abwenden musste und das ausgemergelte, von den Strapazen fortwährender Raumfahrt gezeichnete Gesicht sah, das sie mit unverhohlener Bewunderung musterte.

»Sie haben eine quantenchiffrierte, selbstzerstörende Nachricht von der Bavaria Corp. bekommen«, sagte der Mann.

Misa zog eine Augenbraue in die Höhe, doch sie versuchte, so neutral wie möglich dreinzublicken. Was konnte das bedeuten? Sie blickte verstohlen zu dem Besatzungsmitglied.

»Ich ... würde das gern allein lesen«, sagte sie zaghaft, doch der Ingenieur verbeugte sich hastig.

»Natürlich, natürlich. Entschuldigung.«

»Ist schon gut ...«

Er war tatsächlich gegangen, ohne groß Theater zu machen.

Zittrig wischte Misas Fingerabdruck über das Autorisationsfeld.

»*Sehr geehrte Frau Vebiletti,*

die Bavaria Corp. übersendet Ihnen herzliche Grüße.

Mit Bedauern haben wir zur Kenntnis nehmen müssen, dass Sie sich bisher nicht dafür entscheiden konnten, uns auch in Zukunft zu Diensten zu sein. Die aktuelle Situation macht es jedoch leider erforderlich, dass wir auf das übliche Protokoll keine Rücksicht mehr nehmen können.

Wie Sie sicher wissen, wurde die Erde gestern um 04:25 GMT von einem Sonnensturm der Klasse 3 getroffen.

Unsere Wissenschaftler sind zu der dringenden Annahme gekommen, dass es sich dabei nicht um ein natürliches Phänomen handeln konnte, zumal die Häufung der Sonnenstürme in letzter Zeit, ebenso wie die bedauerliche Zerstörung des Ecco-Flaggschiffes durch selbige, ganz klar darauf hindeutet, dass der Millennium-Konzern nach wie vor seine Strategie des terroristischen Wirtschaftskrieges gegen die Menschheit als solche fortzuführen in der Lage ist, auch wenn Sie ihm auf so bewundernswerte Weise am Jupiter das Handwerk gelegen haben.
Dieser Crypto-Nachricht liegt eine Zahlungsanweisung über 4 Mio. Stellare Credits bei, die Sie einlösen können, ohne dass wir eine Gegenleistung erwarten.

Beachten Sie Folgendes: In drei Tagen wird die Bottany Bay von einem Schiff der Bavaria Corp. gekreuzt. Sollten Sie an Bord des Bavaria-Schiffes gehen, dürfen Sie davon ausgehen, dass Sie für jeden Tag, den sie für uns arbeiten, mit weiteren SC 200.000,- entlohnt werden, zuzüglich weiteren SC 25.000.000,- wenn Sie Henry Yang aufzuhalten imstande sind, bevor er einen weiteren, verheerenderen Sturm auf die Erde loslassen kann.

Finden und töten Sie ihn, wenn nötig.

Hochachtungsvoll,
Ludwig Mayr, Vorstandsvorsitzender, Bavaria Corp.«

Einen Moment lang blickte Misa regungslos auf die verblassenden Buchstaben und versuchte, sich die Relationen der genannten Geldsummen vorzustellen.
Doch genau wie die unendlich scheinenden Entfernungen des Weltalls, die sie in den letzten Wochen zurückgelegt hatte und noch

zurücklegen würde, ergab, was sie gelesen hatte, in ihrem Verstand, begrenzt von den Vorstellungen darüber, wie die Welt eigentlich zu funktionieren hatte, überhaupt keinen Sinn.

Ein Kopfgeld? Das war widerwärtig, unethisch und ... vollkommen nachvollziehbar.

Das Pad hatte sich längst gelöscht, und sie hatte keine Möglichkeit mehr, noch einmal über die ebenso rätselhaft wie eindeutig scheinende Botschaft zu lesen.

Paralysiert stand sie vor dem wartenden Schiffsingenieur, der offenbar keine Ahnung hatte, wo sie da hineingeraten war.

Alle Welt hielt sie für eine Art Super-Geheim-Agentin, die gewissermaßen nebenbei die Ordnung der Dinge retten konnte, und wollte sie für ihre Sache einspannen.

Und wenn sie einfach beschloss, gemütlich auf der *Bottany Bay* sitzen zu bleiben, sich auf dem Mars mit dem grotesk vielen Geld, das sie nun offenbar besaß, zur Ruhe zu setzen? Niemand dürfte ihr dafür Vorhaltungen machen. Niemand konnte sich schließlich überhaupt vorstellen, was sie durchgemacht hatte, um den Burst zu verhindern.

»Äh, danke«, sagte Misa leicht verwirrt zu dem bedauernswerten Frachter-Vizekapitän. »In drei Tagen trifft unser Kurs auf ein Schiff der Bavaria Corp. Ich denke, dass sie uns Vorräte anbieten werden und in Anbetracht der allgemeinen Umstände sollten Sie ein Fly-By-Manöver in Erwägung ziehen.«

Der Schiffsingenieur nickte. »Das wissen wir schon.«

»Ah«, sagte Misa. »Ach so.« Stutzte. Blinzelte. »Gut.«

Der Mann nahm das leere Pad entgegen und wollte offenbar wieder davon stapfen. Doch dann konnte Misa einen Gedanken seine Stirn durchqueren sehen.

»Frau Vebiletti«, sagte er zaghaft, »welche Position haben Sie bei Bavaria?«

Misa erstarrte. Nicht, weil sie fürchtete, dem Mann Rechenschaft zu schulden, denn das tat sie natürlich nicht, sondern weil es die Frage war, die auch sie umtrieb, und deren Antwort sich genauso gut anfühlte wie die Definition davon, wer oder was Misa Vebiletti in Zukunft sein würde.

»Das, guter Mann«, sagte Misa enttäuscht, »weiß ich auch nicht.«

Der Ingenieur nickte. »So sind die großen Fünf«, sagte er. »Haben Sie einmal deine Sozialversicherungsnummer, wirst du sie nicht mehr los, was?«

»Ja«, sagte Misa, dankbar für die belanglose Bewertung. »Genauso ist es.«

Es war eine seltsame Laune, die Misa zurück in den klaustrophobischen Bauch der *Diogenes* führte.

Der einzige Ort an Bord der dahinwatschelnden Rostlaube eines Transportschiffs, der ihr ein vages Gefühl der Geborgenheit bieten konnte – und das, obwohl das Shuttle geradezu symbolisch für ihre absichtslose Kunst stand, gerade so den Kopf aus der Schlinge zu ziehen, und sie in jedem einzelnen Moment daran erinnerte, wie viele Menschen an ihrer Statt gestorben waren.

Sie nahm eine der Isolationsdecken aus dem vollgestopften, doch leergefütterten Proviantfach, legte sie sich um die Schultern, setzte sich mitten auf die Ladefläche der Raumfähre und schloss die Augen.

Augenblicklich kreiste eine Wolke aus Gedanken, Erinnerungen und aller Unbill der Welt um ihr inneres Selbst, das hin- und hergeworfen von den Wogen des Schicksals wankte und sich mehr oder minder verzweifelt an eine kleine rote Kugel klammerte, die genauso wenig Heimat bedeutete wie die ferne blaue, die so unendlich weit weg schien.

Hugo Marcus erschien ihr, leichenblass, doch voller Leben, und blickte sie düster an.

»Misa, enttäuschen Sie mich nicht«, hörte sie ihn denken und vermochte es nicht, ihn von sich wegzudrücken, zu schwer kettete die Schuld – zumindest die empfundene – sie an ihn …

Dann, ohne Ankündigung, Vorahnung oder imaginierte Spezialeffekte, waren sie alle da. Pavel Rabinovic, Florian Doppeldecker, sogar Karl Schmitz.

Sie alle blickten sie düster an.

Und noch einen Moment später, aus der Finsternis ihres eigenen Verstandes, hörte sie ihre eigene Stimme sich erheben.

»Bring es zu Ende.«

Sie spürte, wie ihr Schauer über den Rücken jagten, sich ihre Eingeweide verkrampften und die übermenschliche Bürde des Heldentums, wenn man es denn so nennen konnte, mit jeder einzelnen Zelle ihres Körpers ablehnten.

»Nein!«, schrie Misas ureigenster Teil. Sie wollte doch nur ihre Ruhe haben. Keine halsbrecherischen, unvernünftigen, tödlichen Abenteuer mehr.

»Es ist zu Ende.«

Misas Verstand erschrak. Begriff, dass die Stimme nicht ihm gehörte, noch in ihm war, sondern von außerhalb stammte.

Sie riss die Augen auf, doch sie fand die *Diogenes* in Dunkelheit getaucht.

Von einem Moment auf den nächsten fuhr sie herum und wähnte die Umrisse einer bar besseren Wissens von ihrem Verstand nur »Gestalt« genannten Person in der Luke der *Diogenes*. Sie war zurück im Hier und Jetzt, und doch war sie es nicht, aber sie wusste, was zu tun war. Doch kam ihr Erwachen noch rechtzeitig?

Rotes, tödliches Laserlicht fauchte um Millimeter an der rechten Schulter vorbei.

In Sekundenbruchteilen warf sie die Decke in die Höhe und rollte sich hinter die Stabilitätsverstrebungen neben der großen hinteren Frachtluke des Shuttles. Ignorierte den Aufschrei ihrer müden Glieder. Sah die Gestalt kurz mit der Decke kämpfen. Keine Zeit, zu überlegen.

Sie wusste genau, wo die Handwaffen der Raumfähre verstaut waren, nämlich über den Pilotensitzen. Keine Chance.

Andererseits wusste sie nicht, wer oder warum, doch die Gestalt schoss erneut, traf nur den glatten Stahl des Shuttles. Misa blieb keine Zeit, doch musste sie vielleicht genau deswegen daran denken, wie stümperhaft der Mann, soweit konnte sie die Silhouette des Angreifers eingrenzen, sie angegriffen hatte. Ohne, dass sie Kontrolle über ihre Gedanken oder Handlungen gehabt hätte, sah sie sich selbst dabei zu, wie sie laut darüber nachdachte, was für eine Beleidigung der verfehlte Mordversuch war und wie leicht sie ihn parieren könnte, nahm den Feuerlöscher neben der Luke in die Hand, riss den Startknopf herum und verwandelte den Frachtbereich der *Diogenes* in ein weißes Meer aus thermisch kondensierendem Kohlendioxid, das den Angreifer ersticken würde, wenn er so töricht wäre, seinen Plan weiter zu verfolgen.

Sehen konnte Misa nichts mehr, nicht einmal die Lichter der Shuttlerampe des umgebenden Frachters. Es gab keine Optionen mehr.

Die Düse des sich weiter Bahn brechenden Feuerlöschers konzentriert auf die Stelle gerichtet, an der sie den Angreifer vermutete, sprintete sie los und hatte nur ein Ziel im Kopf: Die Fächer im Cockpit zu erreichen.

Der Boden war glatt vom gefrorenen Löschmittel, aber Misa blieb irgendwie auf den Beinen. Noch immer ohne Licht stieß sie rechts und links an, machte einen Höllenlärm, doch sie richtete den Feuerlöscher unnachgiebig auf den Ausgang.

Dann fand ihre halb-gesunde Hand das Fach und den Schaft der Waffe, auf die sie alles gesetzt hatte.

Zitternd wischte sie über das erwachende Touchpad des Shuttles und zögerte nicht, als sie den Knopf zur Lichtsteuerung fand.

Innerlich bebend suchte sie Deckung hinter der Luke zum Cockpit und horchte, als die Dunkelheit zu Licht wurde. Nichts.

Kein aufgeregtes Atmen, kein adrenalinschwangeres Klappern, nur Stille.

Lautlos wischte Misa über die Kontrollen des Cockpits und versuchte, die Kamera im hinteren Teil des Shuttles zu erreichen.

Scheiße.

Das Bild war vollkommen verzerrt von frischen Eiskristallen. Misas Feuerlöscher hatte die Kamera vereist und ihr selbst damit jeglichen taktischen Vorteil genommen.

Sie atmete ein und beschwor die Ruhe, die sie sich für die Zeit vor dem Angriff gewünscht hatte.

Dann sprang sie durch die Cockpitluke, rollte sich auf dem glatten Boden ab und musterte das Chaos, das sie angerichtet hatte, in der neuen Beleuchtung.

Die Strahlenpistole auf die am Boden liegende Gestalt gerichtet, waren ihre Nerven zum Bersten gespannt.

»Nicht schießen«, wimmerte die Gestalt. »Ich ergebe mich.«

Misa erschrak. Weniger aus Überraschung, mehr aus Mitleid. Scheinbar zitternd und verkrampft zugleich lag ein Mann im dunkelblauen Overall auf dem Boden und hielt die bebenden Hände so hoch in die Luft, wie es seine verdrehte Haltung überhaupt vermochte. Misa sah, dass die Strahlenpistole zwei Meter neben ihm lag. Unerreichbar.

Betont ruhig ging sie um die Gestalt herum, hob die Waffe auf und taxierte den Mann.

»Aufstehen«, sagte sie. »Ganz langsam.«

Umständlich und ungelenk tat der Mann, wie sie sagte.

Misas Mund klappte auf. Es war Hawkby, der Ingenieur der *Bottany Bay*.

»Sie.«

Wie ein begossener Pudel mit gesenktem Haupt nickte der Mann. »Ich hätte wissen müssen, dass ich es mit Ihnen nicht aufnehmen kann.«

»Pffft.« Misa beschloss, ihn mit Ignoranz zu strafen. Immerhin musste sie hoffen, dass jemand mitbekommen hatte ...

»Was ist hier los?!«

Jemand brüllte durch die Laderampe der *Bottany Bay*.

»Hier drinnen«, rief Misa und begriff, welches Chaos noch immer im mittleren Abteil des Shuttles herrschte.

Captain Batagna stand mit zwei eilig herbeigerufenen Besatzungsmitgliedern, dem Chef der Kombüse und seinem Navigator, in der Luke zum Shuttle und taxierte die Situation.

»Er hat mich angegriffen«, brachte Misa atemlos hervor, sofort wissend, dass diese Aussage so generisch wie unbelegbar sein würde.

»Das wissen wir«, sagte Captain Batagna zu Misas Erleichterung und wandte sich an seinen Ingenieur. »Walther, warum?«

Walther Hawkby stierte auf die Strahlenpistolen in Misas Händen. »Ich sage nichts mehr ohne meinen Anwalt.«

Batagna lachte hohl. »Na schön. Das wird eine Weile dauern, Walther.« Dann nickte er den Crewmitgliedern zu. »Sperrt ihn in seinem Quartier ein. Das ist zwar ein unbotmäßiger Luxus für einen Kriminellen, aber es geht nicht anders. Wir haben nicht einmal mehr eine Nische frei, in der wir ihn festbinden könnten.«

Hawkby leistete keinen Widerstand. Wortlos verließ die Mannschaft die *Diogenes*.

Captain Batagna wandte sich Misa zu. »Und Sie ... alles in Ordnung?«

Misa zuckte mit den Schultern. »Ich weiß noch gar nicht recht, wie mir geschehen ist. Er kam einfach ins Shuttle und schoss auf mich.«

»Das hat das interne Feuerlöschsystem auch gemeldet«, sagte Batagna. »Irgendeine Idee, warum?«

»Nein«, sagte Misa mit aufrichtiger Ratlosigkeit. »Nicht die geringste.«

Batagna atmete theatralisch aus. »So was ... wir arbeiten seit fünfeinhalb Jahren auf dieser interplanetaren ...« Er schluckte die Beleidigung seines eigenen Schiffes herunter und präzisierte: »Auf diesem Frachter. Ich kenne Walther als einen beherrschten und besonnenen Menschen. Wann immer hier etwas schief ging, hatte er die Ruhe und Gelassenheit, es zu beheben, manchmal sogar, bevor jemand anderes es mitbekam. Ich kann mich nur in aller Form entschuldigen.«

»Schon gut«, sagte Misa. »Ist ja gut gegangen, nicht wahr?«

»Mhh-mhh«, machte Batagna und betrachtete das Chaos in der *Diogenes*. »Kommen Sie«, sagte er schließlich. »Ich brauche jetzt einen Schnaps.«

###

Die Flasche war abgegriffen und uralt, wie es schien, doch auf ihrem Boden fand sich genug kristallklare Flüssigkeit für zwei kleine Gläser, die Batagna aus einem verstaubten Kabinett in einem Schrank seiner Kapitänsmesse kramte, die nicht größer als eine kleine Nische innerhalb seiner eigentlichen Kabine war.

Sie konnte entziffern, dass »Glen McKenna« auf dem Etikett stehen musste, doch die Jahreszahl war vollkommen vergilbt.

Misa begriff, dass selbst der Kapitän dieses Frachters bescheidener leben musste, als sie auf dem Mars es neuerdings hätte tun können, und begann, die Reichtümer, die sie in der Zivilisation erwarteten, in Frage zu stellen. Nicht, dass sie keine Lust mehr auf eine mondäne Wohnung in einer guten Gegend hatte ... die spontane Erkenntnis rückte ihre Perspektive zurecht.

Batagna hob sein Glas. »Auf …« Ratlos blickte er sie an und erinnerte sich wohl daran, dass die Frau, die ihm gegenüber saß, nur knapp einem Mordanschlag entkommen war. »… was immer Sie wollen.«

Misa prostete ihm zu. »Das Leben«, sagte sie, »scheint mir ein bescheidener und gleichsam passender Wunsch zu sein.«

Captain Batagna nickte nachdenklich. »Auf das Leben.«

Während sie den guten Whiskey hinunterschüttete, hoffte, dass er nicht zu stark war, und gleichzeitig begriff, dass die Zeit im All ihn mild gemacht hatte, hatte sie eine Eingebung.

»Captain«, sagte sie, »ich weiß, warum Hawkby mich angegriffen hat.«

Henry Yangs irre Fratze erschien vor ihrem inneren Auge und verblasste in einem unheilvollen Echo, das sie erst wieder loslassen würde, wenn …

»Ja?« Überrascht und neugierig blickte Batagna sie an.

»Wenn Sie Hawkbys Nachrichtenverlauf durchsehen, was ich generell für eine abscheuliche Tat, in diesem Fall jedoch für angemessen halte«, sagte sie, »werden Sie gewiss feststellen, dass ihm Geld angeboten wurde.«

Batagna sah sie ausdruckslos an. »Warum?«

Misa schluckte, versuchte, sich an den Geschmack des Alkohols zu erinnern, und sprach aus, was sie tief in ihrem Inneren genau wusste: »Weil Henry Yang ein Kopfgeld auf mich ausgesetzt hat.«

Sie hielt sich nicht mit der Ironie der Situation auf, dass Bavaria auch ihr Geld für seinen Kopf geboten hatte, sondern war ganz und gar mit der Eingebung beschäftigt und ratterte Argument um Argument ab, warum sie unbedingt recht haben musste, auch wenn es absurd schien, dass jemand ihr – wieder einmal – viel zu viel Bedeutung beimaß.

»Nun, das werden wir leicht herausfinden können«, sagte Captain Batagna, ging zu seinem von Technologie-Gadgets und Ersatzteilen für die *Bottany Bay* überlaufenden Schreibtisch hinüber und holte sein persönliches Tablet zu Misa.

»Wir müssen nicht in Hawkbys persönlichen Daten herumschnüffeln«, sagte Misa.

»Oh doch«, meinte Batagna und ließ Misa eine vage Ahnung davon, dass sie ihre unüberlegte Bemerkung nicht zurücknehmen konnte. »Genau das müssen wir.«

Abweisend blickte sie ihn an. Eine Theorie zu formulieren war eine Sache, doch Privatsphäre war Privatsphäre. Und auch, wenn sie gerne erfahren hätte …

»Sehen Sie mal«, sagte Batagna schnell, »ich habe schon gesagt, wie lange Walther und ich hier zusammen arbeiten. Und wenn ich eines nicht abkann, dann, dass auf meinem Schiff ein Mordversuch stattgefunden hat. Kurz gesagt, für mich hat er mit dieser Tat jede Rechtfertigung verloren.«

»Warum sollte man mich umbringen?«, fragte Misa erneut gedankenversunken und wusste, dass es tausend Gründe gab, wenn jemand nur genug daran glaubte, dass sie zwischen Yang und der Weltherrschaft stand – und irgendwie stimmte es ja auch. Mit all dem Geld würde sie kaum etwas anfangen können, wenn es auf den Trümmern der menschlichen Zivilisation nichts mehr gab, wofür es sich lohnte, es auszugeben. Misa verachtete auf der Stelle die eigenen Gedanken, doch wähnte auch tieferen Sinn dahinter. Vielleicht …

»Ah, da haben wir es ja.«

Sie blickte Captain Batagna fragend an.

»Die Nachrichten, die die *Bottany Bay* seit der Kursänderung bekommen hat, die wir machten, um Sie und die Rettungskapseln zu bergen.«

»Alle?«

»Alle.«

Misa schluckte. Da war sicher auch eine bestimmte Nachricht von Bavaria dabei. Und auch, wenn sie sich selbst zerstört hatte … wenn der Schiffsingenieur irgendeine Anweisung bekommen hatte, so wäre sie sicher auch gelöscht worden.

»Mal sehen«, sagte Batagna. »Genesungswünsche, das übliche emotionale Blabla der Geretteten und ihrer Familien, Nachrichten von Ecco, natürlich, und nach dem Abebben der Aufmerksamkeit einzelne andere Nachrichten.«

Sie nickte aufmerksam. Niemand konnte so dumm sein …

»Hawkby«, sagte Batagna langsam, »bekam zwei Nachrichten. Eine am Tag der Bergung und eine … vor drei Stunden.«

Zu gerne hätte Misa gewusst, was Batagna dachte. Erinnerte sich daran, wie Hawkby sie gefragt hatte, welche Stellung sie bei Bavaria innehielt. Ob der Captain sie auch für eine Spionin hielt, oder in ihr die Heldin sah, die die offiziellen Stellen nur zu gerne aus ihr gemacht hätten?

»Die erste hat sich selbst gelöscht«, sagte Captain Batagna enttäuscht.

»Aber?«

»Die zweite nicht. Sehen Sie.«

Ausdruckslos hielt er Misa das Tablet hin.

»In drei Tagen Rendezvous mit Bavaria-Schiff. Erbitte Anweisungen.«

»Die Zielperson darf die Bottany Bay nicht lebend verlassen. Sorgen Sie sich nicht um das Gefängnis. Wir kümmern uns darum. Y.«

»Y.?«, fragte Batagna.

»Yang«, sagte Misa gelangweilt.

»Henry Yang? Von Millennium?«

Misa nickte. »Genau der.«

»Ist wohl ein wenig nachtragend«, urteilte Batagna.

»Ich hab ihm sein Multi-Billionen-Dollar-Spielzeug kaputt gemacht«, sagte Misa und zwinkerte Batagna zu.

»Natürlich. Rache.«

Misa schüttelte den Kopf. »Das glaube ich gar nicht einmal.«

»Nein?«

»Er hat Angst«, sagte Misa und begriff, dass sie sich selbst etwas fabrizierte, was überraschend viel Sinn ergab. »Er hat noch ein Ass im Ärmel. Einen Plan B.«

»Und dafür sollen Sie sterben?« Batagna sah aus wie jemand, der nur langsam begriff, in was er sich und sein Schiff da hinein manövriert hatte.

»Ich schätze«, feixte Misa, »er fühlte sich dann wohl besser.«

Sarkasmus stand Batagna gut, denn ohne zu zucken fügte er nur hinzu: »Zweifellos.« Unwillkürlich sprang er auf und entstaubte eine neue Flasche Schnaps. »Was werden Sie jetzt tun?«

Misa zuckte mit den Schultern. »Wer sagt denn, dass ich etwas tun müsste?«

Der Captain goss etwas ein, das »Balmoral irgendwas« hieß, zumindest soweit sie das Etikett erraten konnte, und schob ihr ein Glas hin.

»Ich werde jetzt kurz zum Advocatus Diaboli, wenn Sie erlauben«, sagte Batagna düster, zeigte, dass zumindest ein Teil seiner Fähigkeiten auf der Position eines Frachter-Captains verschenkt war, und fügte hinzu: »Glauben Sie ernsthaft, dass Sie noch irgendwo sicher sind, wenn sich selbst auf dieser Nussschale inmitten des Nichts jemand findet, der dazu vollkommen untadelig war, der Sie für ein paar Stellare Credits, nehmen wir mal an, dass es um ein paar stellare Credits ging, einfach umbringen wollte?«

Misa lauschte dem Echo seiner Worte und schüttelte den Kopf. »Captain, Sie haben Recht.«

Und all das nur, weil sie getan hatte, was getan hatte werden müssen.

»Also?«, fragte Batagna.

»Sie haben Recht«, wiederholte Misa lakonisch. Sie sah die unbestreitbare Logik der Situation, doch widersetzte sie sich ihr. Sie wollte keine Heldin, keine Spionin, keine Frau der Extreme sein. Doch hier und jetzt hatte sie keine Wahl. Oder?

»Sie gehen an Bord des Bavaria-Schiffes?«

Misa nickte finster ob des aufziehenden Unheils. Ja, sie hatte keine Wahl.

»Ich gehe nicht einfach nur an Bord des Schiffes«, sagte sie. »Wenn Yang es so will, heißt es ,Er oder ich'.«

Batagna füllte ihre Gläser ein weiteres Mal und prostete ihr zu.

»Viel Glück, Frau Vebiletti.«

»Glück«, sagte sie abwesend in der Stimme Hugo Marcus', »hat damit nichts zu tun. Schon lange nicht mehr.«

5

Misa kehrte in die Shuttlerampe zurück, bevor das Flyby-Manöver anstand. Irgendwie hatte sie erwartet, dass es ihr schwer fallen würde, die *Diogenes* zu betreten, nach dem, was passiert war. Doch als sie im mittleren der drei Räume stand und den frisch aufgeräumten Fußboden sah, überkam sie das wohlige Prickeln des Triumphs.

Walther Hawkby war kein Gegner für sie gewesen.

Vielleicht musste sie in kurzer Zeit wieder dem Tod in sein kaltes Antlitz blicken, doch die überraschende Erkenntnis war: Ein Teil von ihr freute sich darauf.

In einem epiphanischen Moment der Selbsterkenntnis starrte Misa auf ihre Hände, die beide irgendwie kaputt, faltig und benutzt aussahen.

Waren dies die Hände eines Killers?

Sie schloss die Augen und sah Hugo Marcus in ihrem Verstand. Horchte dem längst vergangenen Echo des Bavaria-Spions nach: »Sie werden eine gute Agentin abgeben. Das habe ich ja immer gewusst.«

Misa schüttelte den Kopf und ballte die Fäuste. Nein, sie wollte keine Spionin sein. Nicht in einer Welt, die nur aus Tod und Gewalt und Profitstreben bestand.

»Mmhhmmhh.«

Misa fuhr herum. Wieder störte jemand die Ruhe des Shuttles, doch diesmal, das begriff sie schnell, stand kein Attentat auf sie bevor.

Iaytzinco Navas stand in der Einstiegsluke und räusperte sich.

»Sie nehmen Abschied von der *Diogenes*?«, fragte er sanft. »So sentimental hätte ich Sie keineswegs eingeschätzt.«

Misa zuckte mit den Schultern. »Sentimental oder nicht, ich neige dazu, mich dann und wann zurückzuziehen«, sagte sie mit einem ganz speziellen Blick, der ihm zweifellos deutlich machen sollte, wie sehr sie seine 'Gesellschaft' während des Fluges und der Rettungsmission gestört hatte.

Navas ignorierte ihren Einwand oder begriff ihn nicht, sondern lehnte sich bequem an die Verstrebungen des Frachtraumes. Man konnte jetzt die leichte, radiale Beschleunigung bemerken, die das

Fly-By-Manöver ankündigte. Bald war es soweit. »Einzelgänger sind perfekt für diese Aufgaben geeignet, finden Sie nicht?«

»Ich bin nicht sicher, was Sie meinen«, sagte Misa. »Ich weiß nur, dass auf diese Weise weniger Menschen um einen trauern werden, wenn es doch einmal schiefgeht.«

»Zuneigung«, antwortete er, »ist keine bloße Arithmetik. Zählt jemand, der Sie mehr vermisst, doppelt?«

»Ich … ach«, stotterte Misa. Sie wusste nicht, worauf er hinaus wollte. »Was wollen Sie?«, fragte sie direkter als gewöhnlich.

Navas zeigte seine makellosen Zähne. »Ich möchte Ihnen viel Glück wünschen … auf der Jagd.«

»So?«

»Ja. Im Namen von Ecco, die nichts lieber sehen würden als Henry Yang in einem Gefängnis, oder, wenn ich so offen sein darf, gerne auch tot, wünsche ich Ihnen viel Glück.«

Misa starrte ihn an. »Kein neuer Abwerbeversuch?«

Iyatzinco Navas grinste noch breiter – wenn das möglich war – und schüttelte den Kopf. »Wir …« ‚dabei war klar, dass er nur sich meinte, »sind zu der Einsicht gekommen, dass Ihre Loyalität größer ist, als anfangs angenommen.«

»Tatsächlich?«, sagte Misa. Sie fand Gefallen an diesem 'Zynismus'. Werkzeug eines aalglatten Agenten zwar, aber angenehm zu verwenden.

Navas nickte. »Ja, ganz Recht.«

»Nun … danke.«

'Das war alles?', dachte Misa. Wenn Navas dafür gekommen war, ohne Hintergedanken, hatte sie ihn entweder falsch eingeschätzt oder er hatte längst bekommen, was er wollte. Oder hatte er nach den Tagen gemeinsam mit ihr im Shuttle tatsächlich so etwas wie Empathie für Misa und ihre Situation entwickelt? Hatte er verstanden, was Walther Hawkbys vergeblicher Mordversuch mit ihr angestellt hatte?

Das alles konnte Misa sich nicht vorstellen oder es bewerten. Sie wusste nur, dass sie froh war, wenn er sie in Ruhe ließ. Stumm standen sie sich in der Luke der *Diogenes* gegenüber und musterten einander.

»Ich werde dann mal gehen«, sagte Misa umständlich.

Navas verbeugte sich knapp. »Gute Jagd.«

Sie nickte stumm. Navas sprach sie auf eine Weise an, die sie zu sehr an Hugo Marcus erinnerte. Zu sehr daran erinnerte, was vor ihr lag.

Wortlos ließ sie die Erinnerungen zurück und machte sich auf den Weg zur Luftschleuse der *Bottany Bay*, an der bald das Bavaria-Schiff andocken würde.

Misa wusste nicht, worauf sie sich da einließ, doch sie wusste mehr denn je, dass es die einzige Möglichkeit war.

Als sie dem schmalen, leicht gewundenen Korridor zur Luftschleuse des Frachters folgte, erhaschte sie einen ersten Blick auf das Schiff, das in konzentrischen Kreisen immer näher herankam. Wie ein weißer Wal tanzte das Bavaria-Schiff um die *Bottany Bay* herum und offenbarte seine ganze Eleganz.

Im Gegensatz zu dem Frachter hatte die langgezogene Außenhülle des etwas kleineren Raumschiffes zwei abgewinkelte Atmosphärenflügel, die dynamisch nach hinten gerichtet waren, und eine mehr oder weniger spitz zulaufende Schnauze, die üblicherweise terranischen Flugzeugen eigen war. Abgerundet wurde das Ganze von zwei mächtigen Antriebssektionen, die seitlich an dem tropfenförmigen Rumpf angebracht waren. Sie wirkten wie nachträgliche Ideen, ganz so, als habe man etwas anderes im Sinn gehabt als ein interplanetares Raumschiff, doch dennoch nicht wie angeklebt, sondern organisch damit verwoben – es war ein seltsamer Eindruck, den das Schiff hinterließ – vielleicht weil die Perspektive des Fensters täuschte oder Misas Verstand in der Dunkelheit des Weltalls nicht genug erkennen konnte, da der Kontrast stets viel zu schnell zwischen dunkelschwarz und überstrahltem weiß wechselte.

Nachdem das Schiff wieder aus Misas Sichtfeld verschwunden war, versuchte sie, die Form der *Leopold* ins Gedächtnis zu rufen, doch alles, was sich fand, war der helle Lichtblitz in dem Moment, da der Reaktor des Schiffes endgültig die Eindämmung verloren hatte. Misa konnte sich nicht an die Leopold erinnern – zu schwer wogen die Schuld und der Verlust.

Doch dann kam das neue Schiff ganz nah an ihrer Position vorbei und verlangsamte weiter, sodass sie fast den Namen am Bug hätte erkennen können – wäre nicht das viel zu kleine Bullauge des Frachters so schmutzig gewesen.

Captain Batagna stand ganz allein an der schmalen, aus Gründen der strukturellen Integrität elliptisch gestalteten Öffnung der *Bottany Bay* und wartete das laute Zischen ab, das den Raum zwischen den beiden Luken mit Atemluft füllte. Dann surrten beiderseits die schweren Abdeckungen zur Seite und gaben den Blick frei auf die sauberen, mit polierten Metallabdeckungen versehenen Korridore, die gegenüber den leicht angelaufenen Gängen der *Bottany Bay* grotesk futuristisch aussahen. Das Design erinnerte Misa an die *Leopold*, doch wirkte das Interieur gestreckter, weniger klobig. Eines war sicher – das Schiff, das Misa betrat, war um einiges komfortabler als alles, was sie in den letzten Wochen gehabt hatte – sie würde es hoffentlich nicht gleich wieder zu Schrott fliegen, dachte sie belustigt.

Dann, wie von Zauberhand, erschienen drei silbern polierte Arbeitsroboter und begannen ohne jede Ankündigung, Kisten durch das Nadelöhr zu tragen.

Verblüfft blickten Misa und Captain Batagna auf das Schauspiel, ehe eine ferne Stimme zu vernehmen war.

»Na, ich wette, das gefällt Ihnen.«

Reserviert blickte Batagna den kleinen Mann im Nadelstreifenanzug an, der hinter der Korridorecke des Bavaria-Schiffes hervorgeflitzt kam und ihm die Hand ausgestreckt hinhielt.

»Und Sie sind …?«

»Stefan Hammerer«, strahlte der Mann, »Executive PR Apprentice, Bavaria.«

Misa musste beinahe lachen, als sie sah, wie Batagna beinahe unsichtbar mit den Augen rollte. »Captain Willard Batagna, Raumfrachter *Bottany Bay*. Angenehm.«

Ohne weiteren Kommentar hielt Hammerer Batagna ein Pad vor die Nase. »Das sind die Sachen, die wir Ihnen unentgeltlich zur Versorgung der Geretteten zur Verfügung stellen. Der Vollständigkeit halber …«

»… soll ich diese Liste, die ich noch kaum habe lesen können«, fügte Batagna hinzu, »einfach nur quittieren.«

Hammerers Mundwinkel gingen noch weiter auseinander. »Ganz genau.«

Zwei kleine, fein getrimmte Augenbrauen wanderten in die Höhe. Misa erwuchsen leise Zweifel, ob sie es mit diesem Kerl auf dem Bavaria-Schiff würde aushalten können. Oder war das nur eine Ausrede, nicht ins Unbekannte zu ziehen?

Sie sah, wie Hammerer, kaum dass Batagna es signiert hatte, ihm das Pad wie einen verdorbenen Lolly gleich wieder wegschnappte.

»Für Sie habe ich natürlich auch etwas«, sagte er zu Misa. Dann, als habe er sie gerade erst bemerkt, hielt er endlich auch ihr die Hand zum Schütteln hin.

»Angenehm«, log Misa.

»Das hier …«, druckste Hammerer herum, »… ist Ihr, äh, Einverständnis, diesen … Auftrag zu übernehmen.«

Misa scrollte schnell durch das Dokument. Sie überflog die meisten Passagen nur, blieb jedoch hängen bei »Zielvereinbarungen und Entlohnung«. Da stand es. Plötzlich wurde ihr klar, dass sie diese letzte Nachricht von Bavaria nicht geträumt hatte. Dass hier ein Attaché der Geschäftsführung vor ihr stand und den Handel abschließen wollte, der sie zu einer Spionin, nein, Killerin machte.

Vier Millionen Credits bei Antritt des Auftrags, zweihunderttausend pro Tag, fünfundzwanzig Millionen am Ende.

Misas Kopf drehte sich. Was hatte sie sich nur dabei gedacht?

Sie erinnerte sich an Hugo Marcus. 'Er wäre stolz', dachte sie angewidert und zog ihre Hand zurück.

»Wir sind etwa eine halbe Stunde angedockt«, sagte Hammerer, der ihr Zögern anscheinend bemerkte. »Bis dahin können Sie es sich überlegen.«

»G… gut«, sagte Misa dankbar.

»In der Zwischenzeit möchte ich Sie einladen, einen Rundgang durch das Schiff zu machen.«

Misa blickte an den immer mehr Proviant auftürmenden Robotern vorbei ins Innere des Bavaria-Schiffes. »Ja, warum nicht.«

»Bitte folgen Sie mir«, sagte Hammerer gnädig. Dann, hastig an Batagna gewandt, der überhaupt keine Anstalten gemacht hatte, ihnen zu folgen: »Oh, Captain, Sie haben leider keinen Zutritt. Das verstehen Sie doch?«

Batagna zuckte nicht einmal mit der Wimper. »Selbstverständlich.«

Hammerer nickte sich selbst zu und breitete die Arme aus.

»Willkommen auf der *Ludwig II.*, Frau Vebiletti.«

»*Ludwig II.*?«, fragte sie.

»Oh, einer der Könige des alten Bayern.«

»Ah.«

»Sie wissen schon. Wie *Leopold*.«

Misa stutzte. Das hatte sie nicht gewusst. ‚Es ist ein wenig seltsam, die wenigen Könige, die man hatte, so freigiebig in die Schlacht zu schicken, wenn die Chance, dass sie zurückkehren, so gering ist', sinnierte sie.

»Sie haben vor, auch dieses Schiff zu verschrotten?«, fragte Hammerer.

»Von Vorsatz kann keine Rede sein«, sagte Misa, während sie den Korridor entlang schritten. »Ich habe nur das Gefühl, dass vielleicht jemand anders solche Absichten hat.«

»Henry Yang, meinen Sie?«, fragte Hammerer.

»Sie wissen also, was die Aufgabe ist?«

Hammerer drehte sich um und vergewisserte sich, dass Batagna außer Hörweite war. »Frau Vebiletti, wenn Sie dieses Dokument hier signieren«, er wedelte mit dem Pad, »dann bin ich Ihr persönlicher Adjutant bei dieser Aufgabe.« Sie registrierte keinerlei Gemütsregung. Hammerer ließ sich nicht anmerken, was er davon hielt, seinen Kopf zusammen mit ihrem zu riskieren.

»Das bedeutet, Bavaria traut mir nicht über den Weg«, sagte sie spitz, während sie einen anderen Korridor entlanggingen, dessen Krümmung sie unwillkürlich an die *Leopold* erinnerte. Die Geometrie war vielleicht ähnlich, doch dieses Schiff war größer, neuer und schöner.

Hammerer lachte. »Nein, das bedeutet lediglich, Bavaria glaubt, diese Aufgabe kann von zwei Agenten besser gelöst werden. Genauso wie Hugo Marcus einen Adjutanten hatte … Sie.«

»Das haben Sie gut formuliert«, lobte Misa. »Sie arbeiten nicht vielleicht doch in der PR?«

»Sie wären überrascht, welch seltsame Wege die Bavaria-Agenten nehmen«, sagte Hammerer. »Schließlich kommen Sie aus dem MSA-Controlling.«

»Ich bin sicherlich nicht der 'typische Agent', meinen Sie nicht?«

»Nein«, sagte Hammerer mit unverhohlener Bewunderung. »Sie sind besser.«

»Bitte«, meinte Misa mit abwehrender Geste. »Ich habe zwei-, dreimal bloß Glück gehabt.«

»Das sehen meine ... unsere Auftraggeber anders.«

Misa rollte mit den Augen. »Natürlich.«

»Wollen wir die Brücke ansehen?«, fragte Hammerer.

»Sie lassen mich dahin, ohne diesen verdammten Fingerabdruck unter dem Vertrag zu haben?«

Hammerer nickte. »Ich habe keinen Zweifel, dass ich ihn auch bekommen werde.«

»Sie führen mich in Versuchung«, sagte Misa, »nur deswegen abzusagen, weil Sie es so sehr wollen.«

»Das werden Sie nicht«, sagte Hammerer. »Dafür sind Sie zu weit gekommen. Sie können mir nicht erzählen, dass es Sie nicht reizt, Yang endgültig das Handwerk zu legen.«

»Davon können Sie ausgehen«, hauchte Misa, als gleichzeitig die massive Tür von ihren Servos zur Seite geschoben wurde und den Blick freigab auf einen Raum, der genau so aussah wie der auf der *Leopold*.

»Stimmt etwas nicht?«, fragte Hammerer die erstarrte Misa.

»Ich ... es ist nur ...« Sie sammelte sich. »Die Brücke sieht ganz genau so aus wie auf der *Leopold*.«

»Modulare Bauweise«, sagte Hammerer. »Während viele Komponenten des Schiffes Updates bekommen haben, gibt es für die Kommandozentrale noch keine neuere Version.«

Misa tippelte langsam voran, vorbei an den Wartungsnischen der anderweitig beschäftigten Dienstroboter. Sah den Stuhl in der Mitte. Sah Hugo Marcus darauf sitzen.

Wandte sich ab.

»Frau Vebiletti?«

»Schon gut«, sagte Misa und kehrte zurück in die Realität. »Es ist ein seltsames Gefühl«, sagte sie, bedacht, nicht zu viele ihrer Gedanken preiszugeben. »Als wäre dies die *Leopold* und als wären wir auf dem Weg zum Ganymed.«

»Nicht nur gute Gefühle, schätze ich«, sagte Hammerer.

»Darauf können Sie wetten.«

»Gut, wie Sie sicher gedacht haben, wäre dies hier Ihr Stuhl«, sagte Hammerer mit ausgefallener Geste in Richtung des zentralen Sessels. »Doch fahren wir fort.«

Misa nickte abwesend. Ihr Stuhl. Ihr … Platz. Sie folgte Stefan Hammerer und blieb doch irgendwie auf dem Sessel zurück, unsicher, was mit sich und der Welt und der Aufgabe anzufangen war.

Hammerer führte sie durch die gegenüberliegende Tür in die Korridore »backbord« der Brücke, und wieder umfing Misa ein ausgeprägtes Gefühl des Déjà-vu, obschon sie genau wusste, dass es ein anderes Schiff an einem anderen Ort zu einer anderen Zeit war.

Egal. Stumm folgte sie Hammerer, der, obgleich sie es kaum für möglich hielt, noch begeisterter über die Quartiere und Labore sprach als zuvor.

»Die *Ludwig II.* ist quasi …«, sagte er beiläufig, »… der Aston Martin unter den Agentenyachten.«

Verständnislos blickte sie ihn an.

»James Bond?«, fragte Hammerer.

»Der Konstrukteur?«, fragte Misa.

Hammerer lachte. »Sie machen Witze«, sagte er.

»Ausnahmsweise nicht«, sagte Misa mit Grabesstimme und spürte die jähe Scham der Ahnungslosigkeit.

»Nun …«, stammelte Hammerer, »wenn Sie James Bond nicht kennen, dann macht meine Aussage natürlich auch keinen Sinn.«

»Versuchen Sie sich an einer Erklärung«, sagte Misa, doch der Bavaria-Mann winkte nur ab. »Schon gut«, sagte er. »Nur ein kleiner Verweis auf das Unterhaltungskino vergangener Zeiten.«

Misa verstand ihn noch immer nicht, nahm sich jedoch vor, die Datenbank zu befragen, was »James Bond« oder »Aston Martin« für Personen waren. Und damit sprachen sie auch nicht mehr davon – Hammerer war peinlich berührt, weil Misa ihm nicht folgen konnte und seine Bemerkung dumm und impertinent war – und Misa selbst war verlegen, weil, nun ja, sie ihm nicht folgen konnte.

»Ihr Quartier«, sagte Hammerer schließlich, dankbar die Stille mit etwas Sinnvollem durchbrechen zu können.

Misas Imagination hatte die winzige Zwei-Bett-Kabine der *Leopold* im Sinn, als Hammerer den Türöffner betätigte, doch als die Luke zur Seite zischte, war sie vollkommen verblüfft. Der Raum vor ihr musste dreißig Quadratmeter durchmessen und besaß ein Bett, so groß, dass vier Misas darin hätten Platz finden können. Sie hatte nicht mehr so viel Platz gehabt, seit …

Wehmütig begriff Misa, dass sie noch niemals so viel Platz gehabt hatte. Nicht einmal, als sie ihre Großmutter auf Sizilien besucht hatte.

Dazu kam ein mit vier Bildschirmen ausstaffierter Schreibtisch nebst 3D-justierbarem, auf einer Lafette befestigtem Sessel, von dem sie annahm, dass er mindestens so bequem sein musste wie ihr durchgesessener, immerhin ergonomisch angepasster Operatorplatz in der MSA – und eigentlich sahen auch die Monitore genauso aus. Dazu kam eine vollgestopfte, mondäne Bücherkommode, die sie entfernt an den viktorianischen Stil der *Leopold* erinnerte, und diverse Regale und Schränke, deren Wunder und Gadgets sie nicht zu ermessen, sondern nur zu ahnen in der Lage war.

Boden und Wandverzierungen waren im kräftigen Metallic-Weiß-Blau der Korridore gehalten und erinnerten jeden Passagier sofort daran, dass das Schiff zur Bavaria Corp. gehörte.

»Wenn es etwas gibt, das wir daran verbessern können«, sagte Hammerer zufrieden, »dann instruieren Sie einfach die Dienstroboter.«

»Na… natürlich«, sagte Misa. »Ganz bestimmt ist eine ganze Menge nicht nach meinem Geschmack.«

»Es wird sich einrichten lassen«, sagte Hammerer verschmitzt, »sofern Sie das Schiff nicht sofort zerstören.«

Misa zuckte mit den Schultern. »Ich verstehe, dass man mir nachsagen muss, eine Schneise der Verwüstung zu hinterlassen, wohin ich komme, doch sowohl die *Leopold* als auch die *Illumination* gehen nicht auf meine Rechnung.«

»Wir wollen sagen«, meinte Hammerer, »dass es leichter ist, jemandem so etwas nachzusagen, als selbst etwas zu leisten.« Er grinste. »Und wie heißt es so schön: 'Es ist doch stets leichter, zu zerstören, denn zu erschaffen.'«

Sie verdrehte die Augen. »Sie geben sich echt Mühe, Herr Hammerer.«

»Recht herzlichen Dank«, sagte der Attaché. Er hatte ihren Sarkasmus nicht verstanden, was Misa zufrieden zur Kenntnis nahm.

»Was steht als nächstes auf der Liste?«, fragte sie leicht gelangweilt.

»Nur noch das Labor«, sagte Hammerer, während sie die Kapitänskabine verließen.

»Gut«, sagte Misa und wollte doch nur, dass es endlich vorbei war. Nicht, weil sie keine Lust dazu hatte, Yang zu jagen und Kopf und Kragen zu riskieren ... die ganze Angelegenheit war ja keine Entscheidung zwischen Zuckerwatte und Watte aus Zucker. Misa wusste tief in ihrem Herzen, dass er seine Drohung ernst gemeint hatte, und Walther Hawkby war der Beweis dafür gewesen. Nein, es gab keine andere Option, als es selbst in die Hände zu nehmen – doch umso abstruser war das Gefühl, dass ihr alle vorspielten, sie hätte eine Wahl. Misa Vebiletti hatte keine Wahl.

Sie zog in den Krieg.

»Da wären wir«, sagte Hammerer und erlöste Misa aus der Unausweichlichkeit ihrer Gedanken.

»Das Labor«, hauchte Misa und hatte wieder den unbekannten Begriff »Aston Martin der Raumyachten« im Kopf, denn welche Metapher er auch beschrieb, sie musste auf das zutreffen, was sie sah.

Verglichen mit dem vollgestopften Raum der *Leopold* war das Labor der *Ludwig II.* wahrscheinlich identisch, nein, noch fortschrittlicher ausgestattet, doch es bot noch einen weiteren Luxus, den sie nicht erwartet hatte, den nicht einmal die Brücke oder die Kapitänskabine boten: Ein mehrere Quadratmeter großes Oberlicht, das unendlichen Weltraum und die ventralen Fortsätze des Frachters *Bottany Bay* zeigten, der wie ein überdimensioniertes Stück Dreck den Backbord-Teil der *Ludwig II.* überspannte. Das

Bavaria-Schiff war winzig im Vergleich, und doch gefühlt um Größenordnungen wuchtiger als die *Leopold*.

»Ich hoffe, Sie sind zufrieden«, sagte Hammerer, als er sah, wie Misa ihr eigenes verzerrtes Spiegelbild im leicht nach außen gewölbten Oberlicht betrachtete.

Misa grinste. »Es gibt da noch etwas, das zu tun ist.« Zur Abwechslung hatte sie eine gute Erinnerung. Sie schnippte mit den Fingern.

Sofort und wenig überraschend kam ein Labor-Roboter aus seiner Aufladenische, verbeugte sich kurz und fragte Misa nach ihrer Eingabe.

»Mango-Lassi«, sagte Misa. »Schwarzer Strohhalm.«

Stefan Hammerer zog eine Augenbraue in die Höhe. »Nicht Ihr Ernst.«

Misa nickte genüsslich. »Dieses Schiff ... diese Mission ... kann noch durchfallen.« Dann zwinkerte sie ihm zu, denn nur Sekunden später stand bereits der blankpolierte Roboter vor ihr und hielt ein Tablett in der servomechanischen Hand, auf dem das bestellte Getränk stand.

Sie hielt einen Moment inne, um ganz und gar auszukosten und zu ermessen, ob der Bavaria-Attaché es wirklich für möglich hielt, dass sie wegen eines Joghurt-Shakes die Mission sausen ließ. Misa wähnte echte Unsicherheit in seinen Augen, dann nahm sie das Glas und zog kräftig am Strohhalm.

Misa begriff, dass es doch Dinge in diesem Universum gab, auf die man sich verlassen konnte, und grinste nicht, nein, sie zeigte zum ersten Mal seit Wochen ein zufriedenes Lächeln.

»Also?«, fragte Hammerer.

»Treten wir ein paar bösen Buben in den Allerwertesten«, sagte Misa.

Stefan Hammerer nickte nervös ob der ungewohnt direkten Ansprache, doch er besann sich schnell und wischte auf seinem Pad herum. »Ich weise die Roboter schnell an, Ihr Gepäck ...« Er zögerte, als habe er begriffen, wie absurd es war anzunehmen, Misa habe nach drei oder vier knapp überlebten Raumschiffexplosionen noch so etwas wie persönliche Gegenstände auf der *Bottany Bay*. Dann fuhr er sichtlich unbehaglich fort: »… äh, die Habseligkeiten, die Sie noch auf dem Frachter haben, zu holen.«

»Danke«, sagte Misa knapp und – wieder einmal – von dem unsicheren Bavaria-Mann belustigt. »Wo muss ich unterschreiben?«

»Ah, genau.« Hammerer wischte ein neues Programm zurecht und hielt ihr das Pad mit Bavarias Angebot hin. Misa überflog erneut die Zahlen, konnte es noch immer nicht fassen, doch sie war nun fest in ihrem Entschluss.

Sie wurde eine Geheimagentin.

6

Es war am Ende leicht, sich von der *Bottany Bay* und Captain Batagna zu verabschieden – die Unterschiede zwischen den Schiffen waren so umfassend klar geworden, dass Misa sich einfach nicht länger vorstellen konnte, noch wochenlang auf dem Schiff zusammen mit den anderen Überlebenden auszuharren, von denen nicht wenige mittlerweile sie für die Zerstörung der *Illumination* verantwortlich machten.

Die strahlende Gestalt der *Ludwig II.* blendete Misas inneres Sichtfeld, und auch, wenn sie wusste, dass auf jedem der vor ihr liegenden Wege nur der Tod wartete, so würde es doch besser sein, ihm mit wehenden Fahnen und sehenden Auges entgegenzustürmen. Dachte sie jedenfalls.

Stumm betrachtete sie den Abdockvorgang – diesmal von der anderen Seite der Luftschleuse aus. Ein letztes Zischen, automatisierte Manövrierdüsen, dann wurde die *Bottany Bay* zu einem immer kleineren, unbedeutenden Punkt inmitten der Unendlichkeit.

Jetzt, begriff Misa Vebiletti, gab es kein Zurück mehr.

»Und jetzt?«, fragte Stefan Hammerer.

Misa lächelte, dachte an all die Dinge, die sie tun könnte mit den schier unerschöpflichen Ressourcen der *Ludwig II.*, allen voran der hervorragende Prototyper, der ihr sicher etwas bequemere und … angemessenere Klamotten würde herstellen können; dachte an Schaumbäder und Joghurt-Shakes … und erinnerte sich, was zu tun war.

»Jetzt«, sagte Misa zufrieden, »machen wir uns an die Arbeit.«

»Das … äh, freut mich zu hören«, sagte Hammerer. »Und was genau bedeutet das?«

Misa schmunzelte. »Wir spüren Henry Yang auf.«

Hammerer nickte. »Das klingt, als müsse man nur einen Button auf einem Touchscreen drücken.«

»Genau«, sagte Misa.

»Äh«, war alles, was Hammerer hervorbrachte. Dieser ratlose Mann mochte wissen, wie es bei Bavaria zuging, aber eine große Hilfe für ihre Aufgabe war er bisher nicht gewesen. Noch hatte sie nicht endgültig entschieden, was sie von ihm halten sollte, doch

Ratlosigkeit trug allgemein nicht zu positiver Bewertung bei, bemerkte sie belustigt über ihre neuen, berechnenden Gedanken.

Sie stapfte voran auf die Brücke des Schiffes. Zuerst hatte Misa vor, sich einen genauen Eindruck von der Ausrüstung zu verschaffen. Auf der *Leopold* hatte es sie beinahe die Kontrolle gekostet, weil sie nicht wusste … Moment mal! Am Ende hatte es sie die Kontrolle gekostet, nicht alles über das Schiff zu wissen – oder war die Niederlage bei Callisto absolut und vollkommen unausweichlich gewesen?

Misa beschloss, vorerst keinen Gedanken mehr daran zu verschwenden, und setzte sich genüsslich in den einladenden Sessel in der Mitte des Raumes. Kein Gedanke mehr an Hugo Marcus oder Jupiter oder Ganymed. Sie hatte es niemals für möglich gehalten, mal ein Raumschiff zu kommandieren – und dann auch noch so eines!

»Müssen die Kontrollen noch übertragen werden?«, fragte sie Hammerer, der klaglos an einer der Nebenkonsolen Platz genommen hatte.

»Nein, Captain«, sagte Hammerer. »Das ist alles automatisch mit Ihrer Fingerprint-Unterschrift erledigt worden.«

»Hervorragend«, sagte Misa, ignorierte den unnötigen, von Hammerer angehängten Rang, der ihr gefühlt nicht wirklich zustand, und begann, in den Menüs der *Ludwig II.* zu wühlen.

Navigationskontrolle, Lebenserhaltung, Antrieb, Energie, Waffensysteme, natürlich, Notfallsysteme, »Einrichtung für spezielle Einsätze«.

Es würde Stunden, wenn nicht Tage dauern, das alles zu verstehen. Moment. »Einrichtung für spezielle Einsätze?«

Sie fragte Hammerer danach.

»Die *Ludwig II.* ist so gut für diese Aufgabe ausgerüstet, wie es ein Schiff nur sein kann. Das bedeutet, dass wir ein paar Tricks auf Lager haben …«

»Wie zum Beispiel?«

Misa drehte sich zu Hammerer um, begriff augenblicklich einen Nachteil des Brückenlayouts, und sah, wie er feixte.

»So lange Sie nicht unterschrieben hatten, war ich nicht autorisiert, Sie darüber zu unterrichten.«

»Nun«, sagte Misa knapp, »dann tun Sie es jetzt.«

»Selbstverständlich«, sagte Hammerer. »Sie möchten mir zu Frachtraum Zwei folgen.«

Misa zog eine Augenbraue in die Höhe, zuckte mit den Schultern und erhob sich. Was war denn das jetzt für eine Heimlichtuerei? War sie nun der Captain oder nicht? Dann konnte er ihr doch auch hier und jetzt erklären, um was es sich handelte!

Widerwillig stapfte sie Hammerer hinterher, ehe sie an der schweren Luke steuerbords des Wissenschaftslabors standen. Misa trat einen Schritt vor, doch die automatische Tür rührte sich nicht.

»Autorisation erforderlich«, sagte der Computer in seiner typisch-gelangweilten, ironischerweise mit schwäbischem Einschlag sprechenden Stimme.

»Hatten Sie nicht gesagt, alle Berechtigungen wären übertragen worden?«

»Korrekt«, sagte Hammerer. »Doch aus Sicherheitsgründen gibt es für dieses Equipment noch einen Zusatzcode.«

Misa seufzte. »Dann wäre es nützlich, wenn Sie ihn mir nennen würden, finden Sie nicht?«

Hammerer seufzte ebenfalls. »Ich war gerade dabei, Captain.« Daraufhin plusterte er sich zu voller Größe auf und sagte laut und deutlich in die unsichtbaren Mikrophone der Spracherkennung hinein: »Vierundzwanzig-Starnberg-Neuschwanstein-achtundvierzig.«

Der Computer zirpte eine Bestätigung und Misa hörte die tiefen Servos der schweren Frachtraumtür sich in Bewegung setzen.

Ein Raum voller Kisten, dachte Misa. Was für eine Überraschung.

Hammerer brummte. »Was Sie hier sehen«, sagte er, »ist die Spitze des menschlich-technologischen Fortschritts.«

»Sieht von hier wie Kisten aus «, sagte Misa. Sie wusste, dass Hammerer sich ärgern würde, doch sie musste ihn testen. Seine Disziplin unter Beobachtung stellen. Musste wissen, wie viel Druck er aushielt.

Hammerer indes seufzte noch einmal laut vernehmbar. »Vielleicht habe ich mich nicht präzise genug ausgedrückt.«

Misa blickte ihn erwartungsvoll an. Natürlich hatte er sich nicht präzise genug ausgedrückt.

»In diesen Kisten befindet sich nämliche Technologie.«

Sie grinste. Wie ein Kind im Spielzeugladen. Wie ein Geheimagent … ach egal. »Machen wir doch ein paar davon auf«, schlug sie vor.

»Ich … ja«, stotterte Hammerer. Umständlich hielt er Misa sein omnipräsentes Pad hin. »Hier ist die Inventarliste.«

Sie zuckte mit den Schultern. »Stecken Sie das Ding weg und helfen Sie mir.«

Fragend blickte er Misa hinterher, die endlich in den Frachtraum hinein marschierte und die massiven, biometrischen Schlösser der Kisten betrachtete. Versuchsweise hielt sie einen Finger auf das Scannerfeld, und sofort surrte und piepte die Kiste, deren Wände sich in einer Art wildem Tanz in ihre Bestandteile auflösten, ehe nur die Grundplatte und Umrisse von etwas übrig blieben, das einmal ein Hochsicherheitsbehältnis gewesen war.

»Was ist das?«, fragte Misa.

»Das …«, sagte Hammerer, während er hastig auf seinem Pad herumfuchtelte, »ist ein … Moment …«

»Wie bitte?«

Misa spielte die Ungeduldige. Sie gefiel sich in der Rolle nicht unbedingt, doch begann sie, zu begreifen, wie Hugo Marcus den Duktus des Spions angenommen hatte – aus purer Notwendigkeit, nicht aus Gefallen an der Sache.

»Es ist ein Neuro-Mnemotischer Fokus-Generator.«

Misa lächelte Hammerer an, doch er sah nicht sie an, sondern weiterhin nur das Tablet. Misa schien es fast so, als wollte er schnell das ganze Inventar nachsehen, damit er keine weiteren unvorbereiteten Antworten gab.

»Na schön«, sagte sie, »ich versuche es noch einmal: 'Wie bitte?'«

Der Bavaria-Attaché schüttelte den Kopf. »Ich lese nur, was hier steht.«

»Und in seiner unendlichen Weisheit hat der unermesslich gönnerhafte Bavaria-Konzern keine Bedienungsanleitung auf Ihr Pad gespielt?«

»Doch … natürlich. Ach so.« Erschreckt blickte er Misa an. Endlich hatte er begriffen, was sie eigentlich erfahren wollte. »In Umgangssprache«, las er vor, »ermöglicht der Neuro-Mnemotische

Fokus-Generator die Manipulation und das präzise Auslesen von menschlichen Erinnerungen.«

Mit offenem Mund starrte Misa ihn an. »Ist das nicht ... also ich meine ... illegal?«

Hammerer lachte. »Wollen Sie die anderen Sachen auch noch lesen oder sich lieber aus einer Luftschleuse stürzen, Captain?«

»Pffft«, machte Misa. »Wissen Sie was? Geben Sie mir einfach die Liste.«

Wortlos reichte Hammerer seiner Chefin das Pad.

»Mikrosprengladungen, ein Mech-Weltraumanzug, gleich zwei Allrad-Motorräder für jede erdenkliche Planetenoberfläche, ein beinahe bequemes Jetpack, tragbare Luft-Luft/Boden-Raketenwerfer, zwölf weltraumtaugliche Anti-Personen-Drohnen ...«

Misa rang nach Luft. »Dieses Schiff starrt ja vor Waffen.«

Zufrieden blickte Hammerer sie an. »Genau Ihre Kragenweite, was?«

Sie schüttelte den Kopf. »Kann man so sagen.«

»Und nun?«

Verständnislos blickte sie ihren Assistenten an.

»Möchten Sie etwas Bestimmtes ausprobieren?«

Jovial stemmte sie die Hände in die Hüften und winkte dann ab. »Später vielleicht.«

»Und jetzt?«

Wortlos schnippte Misa mit den Fingern und einmal mehr war sie vom Luxus des Schiffes beseelt, der einen Dienstroboter wenige Sekunden später neben ihr erscheinen ließ.

»Heiße Schokolade ins Labor«, sagte sie knapp und setzte sich in Bewegung. »Erst mal finden wir jetzt raus, wo er sich versteckt.«

»Jawohl!«, sagte Hammerer und ließ sich allzu leicht anmerken, dass er froh war, wenn Misa ihre Mission begann und nicht in Gadgets herumwühlte, die sie ohnehin nicht benutzen würde.

»Sie räumen hier erst einmal auf«, rief sie ihm noch zu, ehe sie dem Roboter hinterher marschierte.

»Also schön«, sagte Misa zu sich selbst, nippte an ihrer genau richtig temperierten, nicht-heißen-sondern-lauwarmen Schokolade, die sie innerlich zerfließen ließ, und gab sich für einige Sekunden ganz der ungesunden Versuchung des zuckersüßen Wunders hin. Dann erhob sie in selbstironischer Weise die Hände, faltete sie falsch herum vor der Brust und ließ die Fingergelenke knacken, als wollte sie sich selbst vergewissern, dass sie richtig festgemacht und der bevorstehenden Aufgabe gewachsen waren.

Sofort hämmerte sie in der ihr eigenen, atemberaubenden Geschwindigkeit auf dem Hardwarekeyboard herum, wie es nur jemand konnte, der Operator eines größeren Unternehmens, vorzugsweise eines wissenschaftlichen, gewesen war.

Zwei der drei Bildschirme vor ihr zeigten verschiedene Aufnahmen der Sonne zum Zeitpunkt des Sonnensturmes, der die *Illumination* letztlich wie eine morsche Nuss zerquetscht hatte. Bavarias Satelliten waren viel besser als die der MSA, aber das wusste Misa natürlich bereits. In Zeitlupe blickte sie die viele zehntausend Kilometer durchmessende Protuberanz an, die dem Materieausbruch vorangegangen war.

Wie konnte man so etwas herbeiführen?, fragte sie sich und war sofort im Ermittlermodus angelangt. Sie wusste, dass Yang in der Nähe der Sonne sein würde. Und wenn sie herausfand, was er vorhatte, so wusste sie auch, wo er sich befand.

Düster dachte sie an die riesige, getarnte Raumstation beim Jupitermond Callisto. Er konnte sie in der kurzen Zeit doch nicht in die Nähe der Sonne gebracht haben?

'Nein, natürlich nicht', insistierte ihr physikalisch-technischer Verstand, ehe dieser Teil von ihr sich seiner eigenen unfehlbaren Logik beugen musste. Er konnte eine zweite haben.

Misa schauderte vor diesem Scharfsinn, der sie doch nur tiefer in den Kaninchenbau hineinzuführen drohte, und überlegte angestrengt; wo man so ein Loch im Weltraum verstecken würde. Funktionierte die Art Tarnvorrichtung, die die Struktur bei Callisto verborgen gehalten hatte, so nah an der Sonne überhaupt?

Fragen ohne Antworten, Theorien ohne Bestätigung.

Andererseits wusste sie genau, dass die *Ludwig II.* schlecht im Niemandsland zwischen Jupiter und Mars ausharren konnte, bis ihr die Lösung einfiel. Sie musste in Schlagdistanz sein, wenn ihr die rettende Idee kam. Und das bedeutete, sich der Sonne weiter zu nähern, als ihr lieb war.

Schnell wischte sie die Navigationskontrollen des Schiffes auf eines der Labordisplays, interpolierte die Position der Erde in Abhängigkeit zur Zeit, die vergehen würde, ehe Misas Raumyacht überhaupt innerhalb der Merkurbahn ankommen würde. Sie blickte gebannt auf die Projektion der riesigen Entfernungen und seufzte.

Verglichen mit der Entfernung zwischen Mars und Jupiter war die Merkurbahn nur einen Wimpernschlag entfernt. Und doch könnte in den sechs oder sieben Tagen, die die *Ludwig II.* bis dorthin brauchen würde, alles zu spät sein.

Angestrengt versuchte Misa zu überschlagen, wie kompliziert es war, eine Raumstation in einer solarstationären Umlaufbahn zu halten, doch sie erahnte vage, dass das viel größere Problem die Strahlungsabschirmung der Station sein würde als die Energie, die es kostete, gegen die Gravitation zu arbeiten. Sie ignorierte die interessante, doch akademische Frage, wie eine hypothetische Station geformt sein musste, um an einem bestimmten Punkt ein Gleichgewicht zwischen Gravitationskräften zum einen und Strahlungsdruck zum anderen herzustellen, und hatte einen viel einfachen Einfall.

Die Lagrangepunkte des Zweikörperproblems kannte sie praktisch auswendig, denn viele Satelliten waren dort als sogenannte Trojaner stationiert, und ohne dass es großer Korrekturanstrengungen bedurft hätte, konnten sie jahre-, gar jahrzehntelang ihre Bahn halten.

Doch nicht so bei Merkur. Viel zu nah an der Sonne, genügte die Gravitation des kleinen Felsens nicht, größere Installationen an Ort und Stelle zu halten. Zu groß waren die Schwankungen durch die Strahlungsausbrüche der Sonne.

Und genau das machte es zum perfekten Versteck, dachte Misa. Niemand wäre so töricht, einen Produktiv-Satelliten dorthin zu verfrachten. Doch eine Station, deren Aufgabe es war, eine Sonneneruption auszulösen ...

Wie hieß es doch gleich? 'Versteckt vor aller Augen.'

Rasch zeigte der mittlere Bildschirm Misa eine Liste aller registrierten Millennium-Satelliten im inneren Sonnensystem. Und während sie noch Wahrscheinlichkeiten darüber abwog, dass das Netzwerk aussehen würde wie das der anderen Konzerne auch, wischte sich das Overlay von Sumsang, Bavaria, Ecco, Victoria und Petrov darüber und widerlegte all ihre Annahmen.

Keiner von denen hatte Satelliten innerhalb der Merkurbahn. Es war zwar langsamer, doch wesentlich einfacher, die Kommunikations-Stationen so zu verteilen, dass sie nicht oft auszufallen drohten.

Millennium allerdings hatte siebzehn registrierte Objekte in der Nähe der Merkurbahn, jeweils drei davon in tristationären Rotationsorbits um Lagrangepunkte … und zwei Satelliten davon vermissten ihren Begleiter. Sofort wischte Misa die Details heran und wusste, dass sie etwas gefunden hatte.

Sie waren baugleich mit den anderen fünfzehn Einrichtungen, zumindest, wenn die Daten akkurat waren, und bewegten sich auf die gleiche Weise – allein, ihre Bahn war nicht möglich ohne dritten Partner im gravitativen Bunde.

Misa platzierte einen dicken blinkenden Marker in ihrer stellarographischen Projektion.

Keine Ahnung, ob Yang dort war. War aber auch egal. Irgendetwas musste da sein.

»Misa an Hammerer«, flüsterte sie viel zu zaghaft in den Bordsprechkanal. »Bereitmachen für initiale Beschleunigungsphase.«

Keine Antwort.

Wo steckte er denn? Misa dachte bereits darüber nach, ihn zu rüffeln, wenn er nicht sofort Meldung mach…

»Wo geht es hin?«

Hammerer stand in der Tür zum Labor und blickte sich neugierig um. Natürlich fand er den roten Marker sofort. »Dahin?«

Während eine Hand das unvermeidliche Pad hielt, deutete die andere auf den Bildschirm.

»Genau«, sagte Misa und spürte keinerlei Lust oder Verpflichtung, sich ihm zu erklären.

»Sie vermuten Yang dort?«

»Ich vermute dort Antworten«, sagte sie knapp.

»Interessant«, sagte Hammerer, ohne dass es Misa als Aufrichtigkeit entschlüsseln konnte.

»Wir werden ja sehen«, brummte sie. »Ich gehe auf die Brücke. Und Sie …«, sie musterte seine Reaktion, »… sollten sich besser anschnallen.«

Damit rappelte sie sich aus dem viel zu bequemen Sessel vor dem Computer-Terminal des Wissenschaftslabors auf und spazierte in Richtung des Korridors.

»Ich komme mit«, sagte Hammerer hastig, als müsse oder wolle er auf sie aufpassen, während sie die Navigation durchführte.

»Ich bestehe nicht darauf«, sagte Misa, ohne sich umzudrehen. »Ich mag eine lausige Spionin sein«, sagte sie mehr zu sich als zu ihm, »aber eine Rakete starten bekomme ich noch hin.«

Wortlos trabten sie auf die Brücke und nahmen an den Stationen Platz.

»Die *Ludwig II.* verfügt über experimentelle Plasmaumwandler«, sagte Hammerer.

Misa stutzte. »Das habe ich gesehen, als ich die Systeme durchging«, sagte sie. »Wieso weisen Sie mich jetzt nochmals darauf hin?« Sie spürte, dass ihr Ton einen Tick zu vorwurfsvoll war, doch irgendwie wunderte sein Ausdruck sie doch.

»Es … ähem.« Hammerer wartete, eher er weitersprach. Auf was, konnte nur er wissen. Unsicher blickte er Misa an, als sie sich zu ihm herüber drehte. »Der Antrieb erreicht eine zehnfach erhöhte Beschleunigung für etwa fünf Minuten. Doch wenn er zu lange läuft …«

»Ja?«

»Reißt der Rumpf auseinander.«

Sie zuckte mit den Schultern. »Dann schalten wir ihn rechtzeitig wieder ab?«

»Ja …«, sagte Hammerer langsam. »Darum geht es. Die Beschleunigung beträgt etwa fünffache Erdbeschleunigung. Folglich sollte man die Unterbrechung besser einprogrammieren, falls alle Navigationsberechtigten bewusstlos werden.«

Misa nickte. Und brummte.

»Das hätten Sie ja auch gleich sagen können.«

Hammerer blickte sie unschuldig an. »Ich wollte Sie nicht überfordern.«

Diese Art langgezogenes, mitleidiges Lächeln kannte sie. Zu gut. »Haben Sie das Gefühl, das wäre der Fall?«

»Äh, nein«, sagte er hastig. »Natürlich nicht.«

»Gut«, stellte Misa fest. »Dann programmiere ich jetzt den Beschleunigungsvektor.«

Schnell wischte sie die Bedienungsanleitung der Plasmaumwandler auf den Schirm und vergewisserte sich selbst aller nötigen Parameter, verstand, dass sie für fünf Minuten maximal alle 30 Minuten spezifiziert waren und beschloss, sie alle 60 Minuten für 4 Minuten laufen zu lassen. Man musste es ja nicht übertreiben … doch wenn sie so schneller an ihr Ziel kamen, war es die Sache doch wert.

Und, dachte sie bei sich, vielleicht war der Zusatzschub auch nützlich, wenn sie schnell aus einer brenzligen Situation kommen mussten. Man konnte ja nie wissen.

»Wir fliegen also das 'Loch im Weltraum' auf der Merkurbahn an?«

Misa nickte im Wissen, dass Hammerer sie in ihrem Kommandosessel von seiner Konsole aus im Blick hatte. Seltsam, dass ihr erst jetzt klar wurde, dass er sie beobachten konnte, und nicht umgekehrt. Egal. Keine Zeit dafür, sich kontrolliert zu fühlen.

»Anschnallen«, sagte Hammerer, diesmal weniger korrektiv als noch zuvor. Misa nickte dankbar und zog den Dreipunktgurt hinter dem Sessel hervor.

»Bereit?«, fragte sie schließlich.

»Bereit«, sagte Hammerer.

Dann tippte Misa auf den Auslöseknopf und begann die rasanteste Fahrt ihres Lebens.

Nachdem sie sich hingelegt und gänzlich dem Autopiloten anvertraut hatte, begriff Misa, dass ihr Fahrplan womöglich doch keine gute Idee gewesen war. Noch niemals zuvor hatte sie sich zum Schlafen anschnallen müssen. Nicht, dass sie nicht schlafen könnte, wenn der experimentelle Antrieb des Schiffes für vier Minuten Schub gab, doch seltsam war es allemal.

Und auch, wenn sie nicht die geborene Agentin war, so zeigte sich immerhin eine uneingeschränkt nützliche Eigenschaft – unter allen Umständen ruhig schlafen zu können.

Sie träumte zwar nicht gut – die hässliche Fratze Henry Yangs jagte sie quer durch die bombonbunten Blubberblasen einer stellaren Gasriesenwelt – doch als der ferngesteuerte Aufweckring sanft zuckte und die gerade richtig, nicht aufdringlich eingestellte Vibration sie aufweckte, war sie hellwach und erholt.

Der kundige Blick auf den Chronometer sagte ihr, dass sie schon einen halben Tag näher in Richtung der Millennium-Satelliten war. Trotzdem gab es keine Garantie, nicht zu spät kommen.

Beschwingt schielte Misa auf den kleinen Bildschirm neben dem bequemen Bett der Kapitänskabine und prüfte, wie viel bis zum nächsten Beschleunigungszyklus blieb.

Nichts war unangenehmer, als auf einem der Korridore von 50 Kilonewton überrascht zu werden.

»--:--«, zeigte das kleine Widget am Rande des Bildschirms. Rasch wischte Misa es groß.

»Keine Beschleunigungszyklen geplant«, stand in beruhigender, grüner Schrift auf dem Schirm.

Misa hätte es besser gefunden, wenn der Text rot und blinkend gewesen wäre, doch mit derlei Details konnte sie sich nicht aufhalten.

Rasend schnell hatte sie ihre Klamotten wieder angezogen, die Losung ignoriert, sich vorzugsweise hübschere prototypen zu lassen, und war auf die Brücke gerannt.

Atemlos blickte sie auf Bildschirm Zwei die Meldung des Antriebssystems an.

»Plasmaumwandler deaktiviert.«

»Warum sind die Plasmaumwandler deaktiviert?«, fragte sie unbedarft in die dröhnende Stille der antriebslos im Raum treibenden *Ludwig II.*

»Anfrage nicht verstanden«, sagte der augenblicklich neben ihr erschienene Dienstroboter. »Wie kann ich Ihnen behilflich sein, Kasa Misa Vebiletti?«

Misa seufzte. Sie musste also mal wieder ihren Rufnamen in das System einprogrammieren. Natürlich wusste er es nicht besser, und es war auch nicht davon auszugehen, dass die künstliche Intelligenz der Blechbüchsen in Zukunft darüber hinaus gehen würde, mehr zu können als einfache Eingaben zu verarbeiten.

»Heiße Schokolade«, sagte Misa und sah zufrieden, wie er davonstapfte, ohne bei ihrem Problem 'behilflich' sein zu können.

'Und jetzt wieder zum Antrieb', sagte sie sich und tippte die Fehlermeldung an.

»Unbekannter Fehler. Code 2481.«

Sie schüttelte den Kopf. Wusste, dass sie entweder im Handbuch nachschlagen konnte, um herauszufinden, dass es keinen Fehlercode 2481 gab, weil das ausgefallene Bauteil garantiert entweder zu geheim oder zu neu oder zu experimentell oder alles davon war und daher nur in Fragen kam, in die Maschinensektion zu gehen und selbst nachzusehen – und zwar egal, ob sie etwas von interplanetarer Antriebstechnologie verstand – was sie nicht tat – oder nicht.

Doch zuvor drückte sie genüsslich die Taste des internen Kanals. »Herr Hammerer«, sagte Misa deutlich und in Erwartung, dass er auch in seiner Koje lag und ob gemütlichen Schlafes nicht bemerkt hatte, dass das Schiff nicht beschleunigte, »Ich brauche Ihre … Hilfe im Maschinenraum.«

Keine Antwort.

»Sofort«, sagte Misa eindringlich.

»Ich … ich bin schon unterwegs.«

Zufrieden lächelte sie. Nein, es ging nicht darum, ihn zu gängeln. Sie genoss ihre Autorität nur ein ganz klein wenig mehr als nötig.

###

Der *Ludwig II.* fehlte eindeutig das unterschwellige Brummen der allermeisten Raumschiffe. Misa wusste nicht, woher es stammte – war sich nicht einmal sicher, ob irgendjemand es gewusst hätte. Erstaunlicherweise begriff man erst, dass etwas fehlte, wenn die Stille unheimlicher war, als jenes omnipräsente Antriebsbrummen es gewesen wäre. Ein bisschen sahen die Maschinensektionen der Bavaria-Schiffe wie Bowlingbahnen aus, fand Misa – langgezogen, schmal und ohne hohe Decke, zusammengehalten von einem dichten Gewirr von Stahl- und Carbonverstrebungen, die die Vibrationen und Scherkräfte der beidseitig angebrachten Antriebsstränge kompensieren mussten.

Dabei gleichzeitig vollgestellt mit allerlei Konsolen und Umwandlern, schlug das Herz des Schiffes ganz an dessen hinterem Ende – der große Plasmakern, oben und unten mit der Hülle verschmolzen, glühte in futuristischer LED-Beleuchtung, die Ingenieure nur deshalb einbauten, weil sie es aus der Vergangenheit der Science-Fiction gewohnt waren, als Raumschiffe nur Kulissen für alberne Holo-Romane gewesen waren.

Doch Stereotypen, stellte Misa einmal mehr fest, hielten sich hartnäckig, vor allem unter Technikern.

»Was ist los?«, fragte Stefan Hammerer als er endlich auftauchte – ganz offenbar verschlafener, als er gerne zugeben wollte.

»Die Plasmaumwandler funktionieren nicht.«

»Ah. Oh. Äh.«

Na, das war ja wirklich hilfreich.

Misa ging durch die langgezogene Sektion, die zwischen den beiden massiven Antriebsröhren der *Ludwig II.* lag und sich direkt über dem Plasmakern befand, der das Schiff mit Energie, Wärme und Antriebskraft versorgen sollte – und das auch tat, wie sich leicht feststellen ließ.

»Wir haben volle Energie«, sagte Misa. »Was also ist das Problem?«

Hammerer stand mittlerweile an einer Technikkonsole und bombardierte die Maschinensektion mit unnachgiebigen Anfragen zur Selbstdiagnose.

»Die Plasmaumwandler scheinen einfach nicht zu reagieren«, sagte er ratlos.

»Das ist keine befriedigende Antwort«, sagte Misa. »Haben Sie nicht gesagt, es wäre das modernste Schiff, das Bavaria jemals gebaut hat?«

Hammerer brummte. »Und es enthält nicht getestete, hochexperimentelle Komponenten. Da kann so etwas schon mal passieren.«

»Das reicht mir aber nicht«, fauchte Misa hastiger als beabsichtigt. Etwas sanfter fügte sie hinzu: »Jede Verzögerung gibt Yang mehr Zeit. Zu viel Zeit.«

»Immerhin funktioniert der normale Schub«, gab Hammerer zurück. »Allerdings haben Sie Recht damit, dass es schneller ginge.«

»Also gut«, meinte Misa schließlich mit Blick auf die kleinen Luken rechts und links des zylindrischen, etwa einen Meter durchmessenden Plasmakerns, der am Ende der Sektion von oben nach unten verlief. »Dann kriechen wir halt in die Wartungstunnel und sehen nach.«

Hammerer machte ein gequältes Gesicht. »Was könnten wir dort schon finden, was die internen Sensoren der Maschinensektion nicht ...«

»Spielt keine Rolle«, schnitt ihm Misa das Wort ab. »Die Devise lautet: Auf Nummer sicher gehen.«

Sie wischte auf dem Schaltplan herum, den eine der Konsolen zeigte, und suchte mit den Fingern die Schemata der Wartungsluken ab. »Der Zugang ist vier Meter hinter der Luke, mittschiffs«, sagte sie und fing ein zaghaftes Nicken ihres Assistenten ein.

Hammerer nahm jetzt unwillkürlich Haltung an. Misa sah, dass er angespannt und gleichzeitig überrascht über ihre Entschlossenheit war. Egal. Er würde sich schon daran gewöhnen.

Sie deutete auf die Steuerbordluke, dann auf sich. »Sie nehmen die andere Seite.«

Hammerer seufzte. »Verstanden.«

Mit einem kleinen Werkzeugkit bewaffnet, das sie irgendwo im Maschinenraum aufgelesen hatte, kroch Misa in die vielleicht sechzig Zentimeter durchmessende Röhre, die weiter hinten mitten in die Innereien der *Ludwig II.* führte. Misa bewunderte die Stringenz, mit der die Konstrukteure sogar nicht zugänglichen Stellen wie den Wartungsschächten ästhetische Abdeckungen gegönnt hatten, doch das war nicht das einzig verwunderliche an diesem Raumschiff. Gleichzeitig hatte sie keine Ahnung, wonach sie eigentlich suchen sollte. Immerhin würde Hammerer auf der anderen Seite vor dem gleichen Problem stehen und vermutlich am Ende darüber klagen, dass ihre Anweisungen nicht präzise genug gewesen waren – womit er wohl sogar Recht hatte.

Umständlich drehte Misa ihren Kopf herum und schätzte den Weg ab, den sie bereits zurückgelegt hatte.

Eigentlich musste es doch hier ...

Etwas kitzelte an ihrem Rücken. Nein, nicht kitzeln. Kribbeln. Nein. Krabbeln.

In einem Aufbäumen prä-evolutionärer Anspannung schrie Misa, so laut sie konnte, wobei das Echo der engen Röhre nur ihre eigene Anspannung verstärkte. Sie versuchte, so gut es ging, die Kontrolle zu behalten, doch der Gedanke, in einem halbkreisförmigen, kaum einen halben Meter durchmessenden Rohr ein ... *Etwas* auf dem Rücken krabbeln zu haben, war vollkommen und allumfassend unerträglich. Misa schüttelte sich, drehte sich auf den Rücken, doch sie stieß sich dabei nur am Werkzeugkasten, rappelte sich wieder auf und versuchte vergeblich, rückwärts in Richtung Ausgang voran zu kommen, stieß ihren Kopf oben oder an der Seite oder sonst wo, entschloss sich, das Werkzeug zurückzulassen, und brachte endlich die Knie voreinander, sodass sie, bedingt durch ihr Gehetze, nur mühsam voran kam.

Doch dann hatte sie zwei, drei Meter zurückgelegt, das Kribbeln und Krabbeln bezwungen und sah, was die wirkliche Ursache war.

Direkt neben dem schmalen Werkzeugkasten, der doch überaus schmerzhaft sein konnte, wenn man ihn sich zwischen die Rippen bohrte, lag das Etwas auf dem Rücken und ruderte mit den Beinen. Acht mehrgliedrigen, widerlich langen Beinen.

Doch im selben Maße, wie Misas Ekel abnahm, begriff sie, um was es sich handelte.

Das war kein normales Ungeziefer.

Die Beine standen perfekt symmetrisch ab und wurden exponentiell langsamer. Wie ein kaputter Roboter ...

Langsam kroch sie wieder näher heran und betrachtete das Stück Technologie, das den unvermeidlichen Tod durch Schreck starb oder –was wahrscheinlicher war – durch den stumpfen Stoß eines fünfundfünfzig Kilo schweren Gegenstands namens Vebiletti.

Fasziniert betrachtete sie den handtellergroßen, anscheinend funktionslos gewordenen Roboter, der vor ihr lag.

Sie nahm den Scanner aus der Werkzeugkiste. Wischte über die Sensoreneinstellungen.

Nicht von Bavaria, soviel stand fest. Dann wäre es mit dem Schiffsnetz verbunden gewesen und hätte außerdem das typische Karomuster in Landesfarben aufgedruckt gehabt.

Das hier war ein Eindringling.

Es fragte sich nur, woher er stammte.

Misa beschloss, dass das Labor der bessere Ort war, diese Frage zu beantworten, stellte sicher, dass der Roboter wirklich deaktiviert war, und legte ihn zu den anderen Sachen in die Werkzeugtasche. Sofort beruhigte sich ihr Adrenalinsystem – um einen Gedanken hervorzubringen, der es wieder anspringen ließ. Konnte es noch mehr davon geben?

Vielleicht schon. Doch schnell spuckte der Scanner aus, dass der Spinnen-Roboter weder scharfe Kanten, noch Sprengstoffe, noch Gift enthielt und daher für Menschen an sich größtenteils ungefährlich sein müsste.

Und auch, wenn sie schon wusste, was sie finden würde, kroch sie schließlich doch wieder voran zur Abdeckung bei den Plasmaumwandlern und blickte herausfordernd in das Kabel- und Röhrengewirr.

Misa musste einsehen, dass sie ohne detaillierte Anleitung keine Chance hatte, den Fehler zu finden, geschweige denn, ihn beheben zu können. Enttäuscht ließ sie die offene Abdeckung zurück, legte den Rückwärtsgang ein und krabbelte mühsam aus dem Wartungsschacht zurück in den eigentlichen Maschinenraum.

Hammerer erwartete sie bereits.

Triumphierend schwenkte er seinerseits eine an zwei Beinen festgehaltene Tech-Spinne und sah Misa erwartungsvoll an.

Wortlos nickte sie und deutete auf den Werkzeugkasten.

»Wir sind sozusagen verwanzt«, sagte Hammerer und freute sich ein bisschen zu viel über sein Wortspiel.

Wieder nickte Misa. »Wir haben es also mit einer neuen Situation zu tun: Erstens, alle Tech-Spinnen aufspüren und unschädlich machen, zweitens, die angerichteten Schäden reparieren, und drittens, ernsthaft darüber nachdenken, was das für unsere Mission bedeutet.«

»Jedenfalls ist es durchaus möglich, dass sie wissen, was wir vorhaben.«

»Zweifellos weiß er, was wir vorhaben.«

»Was tun wir jetzt?«, fragte Hammerer, dem die Verblüffung über die Spinnenroboter noch immer nachhing. Misa wusste, wieso – er war für das Schiff verantwortlich gewesen, ehe sie das Kommando übernommen hatte. Es wäre seine Aufgabe gewesen, vor dem Abflug alle Sektionen zu überprüfen. Doch sie würde ihm dies nicht zum Vorwurf machen, es schien ihr jetzt nützlicher, den angerichteten Schaden so gut es ging zu beheben und dann wieder durchzustarten – figurativ und wortwörtlich, was den Antrieb betraf. Misa sammelte ihre Gedanken und wischte über das Terminal, vor dem sie jetzt stand.

»Zunächst einmal beauftrage ich die Dienstroboter, jeden einzelnen Winkel des Schiffes zu durchkämmen. Erst, wenn wir sicher sind, dass wirklich alle Geräte unschädlich gemacht worden sind, werden wir wieder frei reden können.«

»In Ordnung. Und was uns betrifft …«

»Ja, ich weiß«, sagte Misa, »wir lernen jetzt die Schemata der Plasmaumwandler.«

Missmutig nickte Hammerer. »Ich hatte befürchtet, dass Sie das sagen würden.«

Sie hielt sich nicht mit einer Bewertung auf. »Also los«, sagte sie stur und konzentrierte sich ganz auf die unvollständige Beschreibung eben jener Konstruktionsskizzen, die theoretisch erklären sollten, wie die Plasmaumwandler aufgebaut waren, praktisch aber an vielen Stellen veraltet oder einfach ungenau schienen.

»Ich hätte niemals gedacht«, fasste sie wenig später zusammen, »dass Bavaria eine derart unfertige Technologie zum Raumflug freigeben würde.«

»Freigeben ist ein starkes Wort«, meinte Hammerer. »Wenn Sie dies als einen Prototyp auffassen, ist es nicht ungewöhnlich, dass die Pläne nicht den Standards einer von Verordnungen und Sicherheitsrichtlinien verstopften Weltraumagentur entsprechen würden. Und abgesehen davon brauchen wir jeden kleinen Vorteil gegenüber dem Feind, den wir bekommen können, nicht wahr?«

Misa nickte abwesend. So langsam bekam sie ein Gefühl dafür, warum dieser Job so gut bezahlt wurde. Sie dachte, dass auch Hugo Marcus' Schiff am Ende erstaunlich lange durchgehalten hatte, wenngleich die Leopold ebenfalls voller ungetesteter Technologie gesteckt hatte – wovon sie jetzt wohl ausgehen durfte.

Sie seufzte hingebungsvoll und lugte vorsichtig zu Hammerer hinüber. »Haben Sie schon eine Idee, was kaputt sein könnte?«

»Oh, ich schätze, die kleinen Dinger haben ein paar Kabel unsichtbar durchtrennt«, sagte er.

»Wie bitte?«

Hammerer nahm den leblosen Körper eines Spinnenroboters und kam zu Misa herüber.

»Sehen Sie diese Düse hier?«

Sie nickte. Direkt neben der winzigen Kameraluke lag eine Art servomechanischer Seitenschneider und eine verräterische kleine Aussparung.

»Ultrahocherhitztes Kunstharz«, sagte Hammerer. »Auf Kabel gespritzt, schmilzt es die Kupfer- oder Glasfasern darin durch und sorgt dafür, dass der jeweilige Kanal unbenutzbar wird, während von außen wahrscheinlich nur unter dem Mikroskop zu sehen ist, dass sie manipuliert sind.«

»Unfassbar«, sagte Misa.

»Heimtückisch«, sagte Hammerer.

»Alle Kabel austauschen«, sagte Misa, doch Stefan Hammerer schüttelte resigniert den Kopf.

»So viel Ersatz haben wir nicht an Bord.«

»Was?«

»Dies ist nicht die *Illumination*«, sagte er matt. »Bavaria setzt eher auf präzise ausgeführte, kleine Schläge. Doch das bedeutet auch, dass ein Schiff wie die *Ludwig II.* ab und zu an seine Grenzen stößt.«

»Dann also normaler Antrieb«, sagte Misa.

Hammerer nickte. »Was bleibt uns übrig?«

'Die Reparatur wenigstens zu versuchen', dachte Misa, doch sie sprach es ausnahmsweise nicht aus. Wieso war Hammerer sich so sicher? Innerlich erschrak sie. Begann sie etwa, ihn im Verdacht zu haben? Das war die Natur des Spions. Vertraue niemandem. Hugo Marcus wäre stolz auf sie gewesen.

»Wissen Sie«, sagte Misa, »wenn die Roboter mit dem Durchsuchen fertig sind, werde ich sie daran setzen, alle Kabel auszubauen und durchzutesten. Vielleicht ist ja nicht alles unbrauchbar.«

Hammerer blickte sie überrascht an. »Darauf bin ich nicht gekommen. Eine gute Idee.«

Misa grinste. »Dankeschön.« Mental machte sie eine Notiz, ihn nicht mehr aus den Augen zu lassen. Man konnte ja nie wissen.

7

Nachdem der normale Antrieb wieder aktiviert worden war, stellte sich natürlicherweise die Frage nach dem Haushalten mit den Treibstoffreserven. Während Misa der Ansicht war, dass die *Ludwig II.* gut ausgestattet schien und es wichtiger war, nicht noch mehr Zeit zu verlieren, vertrat Hammerer im Folgenden die Ansicht, dass ein Nachtanken aus taktischer Sicht nicht schlecht sein würde.

Sie gab gerne zu, dass sie nicht wissen konnten, was sie beim »Loch im Weltraum«, also an jener Stelle, wo sich allen Hinweisen zum Trotz ein Satellit befinden sollte, es anscheinend aber nicht tat, letztendlich finden würden.

Und das war ein Problem. Merkur lag schon jetzt 100° abweichend von ihrem Kurs – ein Umweg, den Misa nicht nehmen wollte, obschon er bei den geringen Entfernungen im inneren Sonnensystem nur wenige Tage gedauert hätte.

Doch es gab eine elegantere Lösung – die sogenannten Venustankstellen. Ungefähr im Abstand der Venusbahn fanden sich dutzende Versorgungsstationen, die den regen Verkehr im Sonnensystem zwischen Erde, Mars, Venus und den kleineren Außenposten um nützliche Stützpunkte ergänzten, an denen Treibstoff und Proviant aufgenommen werden konnten. Während die praktische Komponente unbestritten war, gab es die unvermeidlichen Nebeneffekte von einzelnen, isoliert liegenden Raumstationen – undurchsichtige Machenschaften, gepanschter Treibstoff, Korruption, Prostitution – und das, obwohl die meisten Tankstationen von Subunternehmen der Großen Fünf betrieben wurden.

Misa hatte keine Wahl, selbstverständlich kamen nur Venustankstellen der Bavaria in Frage. Doch es blieb die restliche Unsicherheit. Sie musste unbedingt verhindern, dass erneut »Ungeziefer« an Bord kam – oder noch Schlimmeres.

Die verbleibenden fünfundzwanzig irdischen Stunden verbrachte sie beinahe vollständig damit, die Sicherheitsprotokolle der *Ludwig II.* anzupassen, zu rekonfigurieren und weiter anzupassen. Sie machte sich keine Gedanken über die eigene Paranoia, sondern war zum ersten Mal, seit die Reise begonnen hatte, vollkommen fokussiert und mit sich im Reinen. Sie würde sich noch nicht eingestehen, dass sie Freude daran fand, dieses Leben am Rande des Erträglichen zu führen, doch für den Moment ging sie voll und ganz darin auf, das Schiff ... ihr Schiff abzuschotten.

Als das Flyby-Manöver anstand, wischte sie entspannt über die Knöpfe der Sicherheitsprotokolle und betrachtete ihr Werk. Die Dienstroboter waren gleichmäßig über die Sektionen verteilt, vollständig aufgeladen und würden jeden Lüftungs- und Wartungsschacht dreimal die Minute kontrollieren. Darüber hinaus hatte sie die internen Sensoren an der Docking-Luftschleuse und allen anderen Zugängen auf maximale Empfindlichkeit gestellt, sodass sie selbst dann Nachricht bekäme, wenn nur ein einzelnes Staubkorn unbefugt das Schiff betrat.

»Hier spricht *Bavaria Blu 23*«, hallte es aus dem offenen Kanal. »*Ludwig II.*, Sie haben Docking-Freigabe an Rampe Vier.«

»Vielen Dank«, sagte Misa und prüfte die Tankfüllungen darauf, ob die verfügbaren Leerkapazitäten mit den bestellten Mengen noch immer übereinstimmten.

»Brücke an Hammerer«, sagte sie schnell, »wir erreichen die *Bavaria Blu* in wenigen Minuten. Halten Sie sich bereit, an der Luftschleuse den Transfer zu überwachen.«

»Verstanden.«

Misa bemerkte, dass sie sich nicht wirklich überlegt hatte, was sie währenddessen machen würde. Sollte sie einfach auf der Brücke bleiben und die Systeme überwachen? Das wirkte seltsam zurückhaltend für einen Raumschiffcaptain, oder nicht?

Vielleicht wäre es eine gute Idee, die Station zu erkunden und zu versuchen, sich einmal umzuhören. Die Besatzungen wussten hin und wieder etwas aufzuschnappen. Doch sofort berichtige sie sich, dass sie Hammerer nicht mehr vertrauen wollte und durfte. Sie konnte das Schiff nicht verlassen. Zu gefährlich. Oder?

War hier ernsthafte Überlegung am Werk oder reiner Verfolgungswahn? Misa bemerkte nicht, dass sie zaghaft an ihren Fingernägeln knabberte, während der automatische Andockmechanismus ein leises Klicken durch das ganze Schiff schickte und eine letzte leichte Bremsverzögerung Misa in ihren Sitz drückte.

»Hammerer an Vebiletti«, hörte sie sofort. »Wir haben angedockt.«

»Verstanden«, sagte Misa und schloss den Kanal wieder. Und jetzt?

Sie wusste, dass der Transfer dank der bavarischen Sicherheitsvorschriften nicht schneller als in 45 Minuten abzuschließen sein würde. 45 Minuten der Unsicherheit, doch auch 45 Minuten, kurz von Bord zu gehen. Andere, synthetisch aufbereitete Luft zu atmen. Misa traf ihre Entscheidung schließlich nicht aus rationalen Erwägungen heraus, sondern so, wie alle Reisenden, die *Bavaria Blu 23* aufsuchten – weil sie endlich etwas anderes sehen wollten.

Als sie die Luftschleuse erreichte, sah Hammerer sie verblüfft an.

»Ich dachte, Sie wären so sehr besorgt um die Sicherheit des Schiffes, dass Sie keinen Zentimeter von den internen Sensoren weichen würden, wenn wir erst einmal angedockt haben«, sagte er, offenbar ohne das Gefühl, ihr zu nahe zu treten.

»Sie verwechseln konzentrierte Arbeit mit Verbissenheit«, sagte sie nonchalant und zwängte sich in dem zugestellten Korridor an ihm vorbei. Auf der Schwelle der Luftschleuse ließ sie einen der mit schweren Kisten beladenen Dienstroboter vorbei und wandte sich noch einmal kurz zu Hammerer um: »Sie wissen ja, was Sie zu tun haben.«

Ihr Adjutant nickte und blickte ihr nachdenklich hinterher. Misa wusste noch immer nicht, ob es eine gute Entscheidung war, doch sie hatte Pad und Pistole unter ihrer Jacke und fühlte sich wie ein echter Spion. Im sicheren Gefühl, im Besitz der Situation zu sein, stolzierte sie die Verbindungsröhre in Richtung des oktaedrisch angelegten Stationskerns.

Während sie die Rampe der Gangway schräg nach oben entlang ging, bewunderte sie den menschlichen Innovationsgeist, der mittlerweile selbst abgelegene Raumstationen mit künstlicher Gravitation ausgestattet hatte. Misa wusste nicht, ob es ein Zeichen für Reichtum und Verschwendungssucht des Bavaria-Konzerns war, doch klar war zumindest, dass es für die Reisenden, die hier ankamen, eine angenehme Zwischenstation sein sollte. Noch immer darüber im Zweifel, welchen Zweck sie eigentlich genau verfolgte, nahm sie den direkten Weg in die einzige Bar im Umkreis von einigen Millionen Kilometern.

Ein schäbig flackerndes, fleckiges Schild mit der vergilbten Aufschrift »Blu Moon« begrüßte sie, was nicht nur deshalb seltsam war, weil der nächste Mond ziemlich genau so weit entfernt war wie Mutter Erde selbst, sondern weil andererseits nichts am schmutzigen Interieur des Etablissements das Thema aufgriff.

Der Raum war sechs-, statt achteckig und lag genau im Zentrum der Station – wobei Misa davon ausging, dass es Gästequartiere in den Decks darüber und Frachträume darunter gab – und war nicht eben der Stolz von Bavaria, ungeachtet dessen, was die per Skynet aktualisierten Werbeplakate suggerieren wollten. Natürlich gab es die unvermeidliche »Live«-Übertragung der World League, doch nichts davon ließ Misa auch nur den Hauch eines Gedankens daran, sich hier wohl fühlen zu können.

Auf dem Weg zum langen, spärlich besetzten Tresen dachte sie darüber nach, dem Barmann etwas agentenmäßig Verschwörerisches zuzuraunen, doch sie stellte enttäuscht fest, dass es sich um einen Roboter handelte. Natürlich, war ja auch billiger.

»Ah, Frau Vebiletti!«

Misa fuhr herum. Ein dicklicher Mann in abgetragenem Nadelstreifenanzug mit nach oben verzerrten Schulterpolstern und sichtlich ausgebeultem Hüftbereich kam mit ausgebreiteten Armen auf sie zu.

Irritiert blickte sie den breit grinsenden Mann an.

»Willkommen auf *Venus 23 alias Bavaria Blu*«, sagte ein tiefer Bass, dessen Hörbarkeit nur durch alt-asiatische Gongs mit Durchmessern von mehr als zwei Metern übertroffen wurde.

»Ich ... angenehm?«, stotterte Misa gequält und hielt ihm die Hand entgegen.

Ein Schraubstock presste ihre Finger über- und aneinander, und als der Schmerz nachließ, stellte sie fest, dass der Mann noch immer grinste.

»Vitali Schmidtchen«, sagte der Bass und verbeugte sich leicht. »Aufseher und Herr über diese bescheidene Oase inmitten des Nichts.«

Misa blinzelte. Wie zwei Wildwest-Helden blickten sie einander mit zugekniffenen Augen an. War er der Freund, den seine Bavaria-Affiliation vermuten ließ, oder jemand, der ihr ohne zu zögern in den Rücken fallen würde?

»Ein feines Schiff haben Sie da«, sagte Schmidtchen. Ohne die Antwort abzuwarten: »Was möchten Sie trinken?«

Ausladend deutete er in Richtung der Bar.

»Der Stolz der Flotte, wie man so sagt«, meinte Misa und versuchte, sich keinen Drink spendieren zu lassen.

»Zweifellos«, ergänzte der Aufseher. »Was also führt Sie in die Venussphäre?«

Sie brauchte einen Augenblick, um zu begreifen, was er meinte. Der Ausdruck für den Bereich des Venusorbits war nicht unbedingt modern, doch das konnte man von der 23. Station selbst schließlich auch nicht behaupten.

»Das übliche«, sagte Misa und versuchte sich an einem verschwörerischen Lächeln. »Der Reiz des Verbotenen.«

»Man sagt, Sie hätten einige Abenteuer beim Jupiter erlebt«, sagte Schmidtchen.

»Sagt man das?«

Der Mannsberg nickte. »Hier kommt zwar nicht so viel an von der großen weiten Welt, doch sogar hier kennt man die Geschichten von Ganymed.«

Misa nickte mitleidig. »Was wollen Sie wissen?«

»Alles und nichts«, sagte Schmidtchen. »Die Vorstellung, hinter dem nächsten Mond eine versteckte Raumstation zu finden …« Er schüttelte sich, wobei sein Bauch bebte, als würde er innerlich noch immer aus voller Kehle lachen. »Nein, nein, Frau Vebiletti. Ich bin froh. Hier ist es ruhig und abgeschieden.«

Dabei sah er traurig aus. Misa fragte sich, ob er in der Ferne Familie, Kinder, Freunde hatte. Jemanden, zu dem es sich zurückzukehren lohnte.

Wenn sie an den Mars dachte …

»Wie lange bleibt die *Ludwig II.* angedockt?«, fragte Schmidtchen. Er klang ehrlich interessiert.

»Nur, bis die Vorräte aufgefrischt sind.«

»So viel Treibstoff«, lachte der Aufseher, »bringt Sie einmal zum Saturn und zurück. Doch Ihr Kursbuch zeigte nur hierhin ...«

Misa lächelte wieder. »Wie schon gesagt: Das übliche. Und mehr wollen Sie auch nicht wissen, denn ...« Sie machte eine dramatische Pause, zog die Augenbrauen in die Höhe und flüsterte dann: »Das würde Ihre Ruhe und Abgeschiedenheit womöglich etwas unangenehmer machen.«

Schmidtchen lachte. »Jagen Sie etwa noch einen Verrückten, der die Erde sprengen will?«

»Nein«, sagte Misa. »Das wäre doch bescheuert.«

»Allerdings«, sagte Schmidtchen. »Und jetzt entschuldigen Sie mich, es wäre doch unhöflich, die anderen Gäste nicht auch mit meiner Anwesenheit zu beehren.« Ohne weitere Verabschiedung ließ er Misa inmitten der Blu Moon Bar allein zurück.

Einen Moment lang blickte sie dem wandelnden Fleischberg nach und fragte sich, ob sie nicht gerade doch den Blu Moon gesehen hatte, verwarf den Gedanken wieder und studierte die Getränkekarte.

»Wie-kann-ich-Ihnen-behilflich-sein?«

Der Barroboter hatte sie bemerkt. Jetzt schon. Irritiert blickte sie das uralte Stück Technologie an und fragte sich, wie es möglich war, dass es noch funktionierte. Dem schlechten Sprachsynthesizer nach zu urteilen musste er schon ein paar dutzend Jahre alt sein – vielleicht zusammen mit der Station gebaut.

»Heiße Schokolade«, sagte Misa versuchsweise.

»Bestätige-Bestellung-Sie-bekommen-heiße-Schokolade-einen-Moment-bitte.«

Das wohlige Gefühl der evolutionären Überlegenheit gegenüber dieser Blechbüchse mischte sich mit Vorfreude und dem Wissen, dass es viel fortgeschrittenere Blechbüchsen gab – zum Beispiel auf der *Ludwig II*.

Misa trank nur etwas, um den Eindruck zu wahren, dass sie wirklich hier war, um sich von den Reisestrapazen zu erholen – was gewissermaßen auch stimmte, schließlich war die Bequemlichkeit der *Ludwig II.* auf Dauer nicht zu ertragen.

Während sie auf den warmen Zucker wartete, blickte sie sich erneut in der kleinen Bar um. Es gab zwei andere Gäste, die jeweils schliefen – ob vor Erschöpfung oder Berauschung, ließ sich nicht ohne weiteres feststellen. Wollte sie hier Informationen zu ihrer Mission herausfinden, so würde es in der Bar schwierig werden.

»Ihre-heiße-Schokolade-es-war-mir-eine-Freunde-Ihnen-dienlich-zu-sein.«

Misa musste keine unangebrachte Höflichkeit unterdrücken, denn sie hatte sich zu viel Distanz zu immer menschlicheren Robotern bewahrt, um sie ernst nehmen zu können. Neugierig blickte sie das dampfende Tässchen voller brauner Brühe an, das verführerisch duftete – die Segnungen des Kapitalismus wie Geschmacks- und Geruchsverstärker waren die Speerspitzen der Zivilisierung des Weltalls, dachte Misa. Dann gab sie sich dem mittelmäßig schokoladigen Ergebnis hin, das den Bavaria-Prototypern an Bord des Schiffes nicht ansatzweise das Wasser reichen konnte.

Etwas zirpte.

»*Ludwig II.* an Vebiletti.«

Misa brauchte einen Moment, um zu begreifen, dass sie gemeint war, fummelte das Pad aus der Tasche und blickte Stefan Hammerers Gesicht an, der seinerseits in sein Pad blickte.

»Ich dachte, ich weise Sie mal darauf hin, dass in zehn Minuten hier alles fertig sein sollte.«

»Verstanden«, sagte Misa. »Ich werde rechtzeitig zurück sein.«

»Wunderbar.«

»Misa, Ende.«

Ohne weiter abzuwarten, beendete sie die Verbindung. Sie wusste nicht genau, was sie wütender machte: Hammerers Annahme, dass sie kein Zeitgefühl hatte, oder der unterschwellige Eindruck, überwacht zu werden. Einerlei. Er würde kaum ohne sie losfliegen.

Da sie bereits den Boden der Tasse sehen konnte, erschien Misa die heiße Schokolade nicht mehr ganz so attraktiv wie noch zuvor, sodass sie achtlos das Pad über den Cash-Scanner zog und sich dann aufraffte.

'Keine Informationen zu finden', dachte sie, doch sie wusste auch, dass sie nicht gerade mit einem guten Plan an die Sache herangegangen war.

Als sie beinahe die Tür erreicht hatte, blinzelte einer der schlafenden Männer sie an, würgte und warf ihr ein gelalltes »He, Süße, lauf nicht weg« hinterher. Misa war nicht sicher, ob sie das Kompliment nicht doch erwidern sollte, doch sie beschloss, es den Damen der Venustankstelle zu überlassen, die zu zweit mit starkem Alkohol an einem der hinteren Tische saßen und gelangweilt die Sterne beobachteten. Ihre neonleuchtenden Strumpfhalter kündeten ziemlich unverblümt von ihrem Metier und bedeuteten Misa doch andererseits, wie selten hier jemand wie sie vorbeikam, der Missfallen dafür empfunden hätte, statt die praktischen Vorteile darin zu erkennen, keinen unnötigen gesellschaftlichen Konventionen zu folgen, wie man es auf der Erde und zumindest auch dem Mars gesehen hätte.

Das einzige große Fenster der Hauptebene war jetzt polarisiert und zeigte den zweihundertfach abgeschwächten Plasmaball im gravitativen Zentrum des Sonnensystems. Misa hätte die Aussicht zu würdigen gewusst, wäre der Bilderrahmen nicht angelaufenes, ungeputztes Aluminium gewesen. Ohne die Sonne weiter zu würdigen, suchte sie den Weg zurück zu Rampe vier und fand stattdessen Vitali Schmidtchen, eingerahmt von zwei Männern, die nicht aussahen, als wären sie mit ein paar Versen Shakespeare zu beeindrucken gewesen.

»Sie wollen schon von Bord gehen?«, dröhnte der Stationsvorsteher süßsauer in Misas Richtung. Sie spürte das Gewicht der Strahlenkanone an ihrer Brust. Weniger versichernd als zuvor, doch als letzte Hoffnung zu gebrauchen.

»Ich wäre gerne länger geblieben«, sagte sie und zuckte mit den Schultern, »doch Sie wissen ja, wie das ist. Verpflichtungen ...«

»Das verstehe ich nur zu gut«, gab Schmidtchen zurück und lächelte finster. »Ich fürchte nur, dass die Erfüllung unserer jeweiligen Verpflichtungen sich in diesem Moment gewissermaßen gegenseitig ausschließt.«

Misa seufzte, doch würde sie nicht den Fehler machen, die Waffe zu ziehen. Sie spürte das warme, aufgeregte Pochen ihres adrenalingeschwängerten Pulses. Sie stand jetzt kaum mehr zwei Meter von den Männern entfernt, die ihr den Zugang zur Laderampe Vier verwehrten. »Was wollen Sie?«, fragte sie mit gespielter Langeweile.

»Ich …?«, fragte Vitali Schmidtchen. »Gar nichts. Aber Henry Yang.«

»Oh bitte«, sagte Misa, der ihre Jacke enger und enger wurde. »Für ein Taschengeld wollen Sie mich umlegen?«

Schmidtchens Bauch erbebte und entließ einen Schwall ekliger Luft zusammen mit einem zufriedenen, hässlichen Lachen nach außen. »Sie sind weniger skrupellos als man sich erzählt«, sagte er. »Ich dachte, Sie würden mich einfach erschießen. Oder es zumindest versuchen. Und stattdessen wollen Sie nur reden. Weibsvolk halt.« Wieder lachte er. »Doch seien Sie ganz beruhigt, Frau Vebiletti. Lebendig sind Sie wertvoller.«

Hatte er sie wütend machen wollen, so war es ihm gelungen. Immer verführerischer schien ihr der Griff der Strahlenpistole im Halfter, und er war nur zwei schnelle Handgriffe entfernt … doch es war stillos. Ohne Frage. Drei kleine Lichter zu erschießen …

Nein, zudem es wäre Yangs Schuld. Wenn er alle Menschen in ihrer Umgebung kaufen wollte, sollte er sie eben kaufen.

Misa musterte die beiden Schläger neben dem Fleischberg, der sich nicht nur als Herr der Station sah, sondern über alles in einer astronomischen Einheit darum herum.

»Lassen Sie mich auf mein Schiff«, sagte Misa sanft.

Schmidtchen lachte unbeeindruckt. »Oder was?«

»Hammerer und die Dienstroboter werden nach mir sehen«, sagte sie ruhig.

»Und Sie meinen, die wären für uns ein größeres Problem als Sie Profi-Spionin? Haha!«

Misa zuckte die Schultern. »Letzte Warnung. Treten Sie beiseite.«

Unbeeindruckt traten die drei Gestalten immer näher auf sie zu. Unwillkürlich begann sie schließlich doch, zurückzuweichen.

»Haben Sie keine Angst«, trötete Schmidtchen. »Wir werden Ihnen nichts tun. Erst Millennium.«

Millennium. Sie hatte es so satt. Gab es keine Loyalität mehr, wenn nur jemand mit mehr Geld daher kam? Waren alle Menschen heutzutage so leicht zu kaufen?

Misa dachte an den Ingenieur der *Bottany Bay*. Sie konnte kaum ermessen, wie viel Verzweiflung diese Männer antreiben musste, ohne ihr Gewissen zu konsultieren, jemanden dem sicheren Tode ausliefern zu wollen. Wehmütig dachte sie daran, vielleicht ein paar Stunden Kampftraining zu nehmen. Doch all das nützte nichts. Wenn sie die Konfrontation wollte, musste sie die Männer erschießen. Anderenfalls …

Ein Gedanke von kristallener Klarheit tanzte in Misas Großhirn herum, ehe er sich wieder verflüchtigte. Sie war keine von denen, die erst schossen und dann fragten.

Misa Vebiletti grinste. »Fangt mich doch.«

Verblüfft blickte Schmidtchen sie an. »Was?«

Sie gab ihm keine Zeit, selbst darauf zu kommen. Im nächsten Moment drehte sie sich um und rannte im Vollsprint auf die entgegengesetzte Seite der Station zu.

Verwirrte, aggressive Rufe hallten ihr hinterher. »Was steht ihr so rum, ihr Idioten. Schnappt sie!«, brüllte Schmidtchen seine Handlanger an.

Er fraß also den Köder. Misa mochte zehn oder fünfzehn Meter Vorsprung haben, doch so würde es nicht funktionieren. Versuchsweise blinzelte sie über die rechte Schulter. Ja, die beiden Türsteher-Verschnitte folgten ihr.

Misa nahm die Beine in die Hand und vergewisserte sich gleichzeitig, dass sie wirklich nicht begriffen, was sie vorhatte. Dass sie sie ja nicht über der Biegung des Promenadenkorridors aus dem Sichtfeld verlieren würden. Die Schläger waren ebenso muskelbepackt wie schwerfällig. Zu schwerfällig, wie sie zufrieden überschlug. Als Misa die Runde um die zentrale Bar beinahe abgeschlossen hatte, vielleicht eine halbe Stadionrunde, kam Schmidtchen wieder in Sicht. Er nestelte an seiner Jackentasche, und Misa wusste sofort, was sie zu tun hatte. Keine Zeit für ethische Abwägungen. Hastig riss sie ihren Overall von oben bis zum Bauchnabel auf und griff nach der Strahlenkanone.

Ihre Lungen schmerzten jetzt vom Rennen und sie würde gewiss nicht stehen bleiben, um in Ruhe zielen zu können.

Doch jener Teil von Misa Vebiletti, der die Pistole führte, wusste längst, dass das auch überhaupt nicht nötig war.

Rechts, links, oben, unten. Erfolg! Sie hatte den dicken Schmidtchen, der ein ziemlich dankbares Ziel abgab, während er noch immer nach der eigenen Waffe fischte, um mehrere Meter in jeder Richtung verfehlt, doch zufrieden stellte sie fest, dass er einen letzten Rest Selbstachtung und damit einhergehenden Lebenswillen hatte, so dass er sich vor Schreck oder Angst hinter eine der großen Kunstpalmen »rollte«, wenn man das so nennen konnte. Ächzend hob er den Lauf seiner Waffe in die Höhe, doch er verfehlte das sich viel zu schnell bewegende Ziel mit seinen goldgelben Strahlpulsen deutlich. Misa fragte sich, ob sie ihm hätte erklären sollen, was Vorhalten bedeutete, doch entschied sie sich dafür, eher keinen weiteren Dialog zu suchen. Stattdessen deckte sie die Blume mit weiterem Disruptorfeuer ein, die dabei in ansehnlichen, grünblauen Plastikflammen erglühte und das Promenadendeck von *Bavaria Blu 23* augenblicklich in dicken, ungesunden Nebel legte.

Sirenen schrillten und deuteten die aktivierten Feuerlöschroutinen an, doch Misa kümmerte all das nicht. Während sie den kraftlos am Boden entlang robbenden Vorsteher passierte, feuerte sie kurz über die Schulter hinter sich, wie um sicherzustellen, dass die Schläger sie laufen lassen würden.

Einem Derwisch mit brennenden Kleidern gleich rannte sie die Rampe zur Luftschleuse herunter und erahnte dankbar und atemlos die Serviceroboter und Stefan Hammerer, der sie fragend und verständnislos anstarrte.

»Sofort abdocken«, prustete sie, als sie die *Ludwig II.* betreten hatte.

»Und die Bezahlung?«

Hammerer wusste nicht, wie ihm geschah, doch er befolgte sogleich den eher wie einen atemlosen Wunsch formulierten, denn klar und kraftvoll ausgesprochenen Befehl.

»Luftschleuse schließt sich«, sagte einer der Roboter automatisch, um die beiden Menschen zu warnen, nicht dazwischen zurückzubleiben – eine Idee, so absurd, dass Misa überhaupt nicht begriff, wie jemand es überhaupt versuchen könnte, außerhalb des Schiffes sein zu wollen.

»Abgeschlossen«, sagte Hammerer und musterte seine vollkommen zerzauste Vorgesetzte. »Was ist denn mit Ihnen passiert?«

Misa musterte sich selbst. Verschwitzt stand sie im schmalen Korridor der *Ludwig II.*, der noch kurz zuvor fest und sicher mit der Venustankstelle verbunden gewesen war. Erst jetzt bemerkte sie, wie sehr die linke, nicht ganz so in Mitleidenschaft gezogene Hand die Strahlenwaffe umklammert hielt. »Der Stationsvorsteher bot mir einen Vorzugstransport zu Henry Yang an«, brachte Misa stöhnend und nach Luft ringend hervor und war trotzdem von ihrer eigenen Schlagfertigkeit überrascht.

Hammerer hob eine Augenbraue. »Auf diese Weise hätten Sie immerhin herausgefunden, wo er sich befindet, nicht wahr?«

Misa grunzte. »Und wie er mich am liebsten umbringen möchte, schätze ich.«

Ihr Assistent sagte nichts, sondern blickte sie erwartungsvoll an.

»Setzen Sie Kurs auf den unsichtbaren Satelliten und beschleunigen Sie nach eigenem Ermessen«, sagte sie kurzatmig. »Ich werde eine schöne Schalldusche nehmen.«

»Verstanden, Captain.«

Misa nickte atemlos.

Hammerer blickte sie in einer seltsamen Mischung aus Schuld und Besorgnis an. »Gut, dass Sie zurück sind.«

»Machen Sie sich keine Vorwürfe«, sagte sie und spürte Entspannung und Zufriedenheit über das Entkommen sich Bahn brechen.

»Denken Sie, das hätte ich getan?«

Misa mochte nicht darüber nachdenken, was er damit meinte. Entweder er bedauerte, ihr nicht zu Hilfe geeilt zu sein, oder er war beeindruckt von ihrer Durchsetzungsfähigkeit. Einerlei. Wenn alle sie umbringen wollten, war es vielleicht wirklich gar nicht so schlecht, gut im Überleben zu sein.

###

Erinnerungen an ihre alte, staubige Schalldusche in Gagarin City waren nicht der Grund dafür, dass Misa wenig später aus der kleinen Zelle hinaus hibbelte, sich die Ohrverschlüsse herausriss und eifrig begann, auf ihrem Pad herumzuwischen.

Sie war nicht die erste Person, die beim Duschen eine Eingebung ereilte, doch wie bei allen anderen Menschen auch fühlte es sich genauso an.

Unruhig zapfte sie die Bavaria-Satelliten des inneren Sonnensystems an, genoss den Zugriff auf ungefähr ein Viertel des gesamten menschlichen Informationsapparates und formulierte sorgfältig ihre Anfragen an die Datenbasis.

Natürlich wusste sie, dass Henry Yang und seine Flotte voll mit Wasseraufbereitungskits und Notstromaggregaten nicht zwischen Sonne und Venus zu finden sein würden, aber das wollte sie auch gar nicht wissen.

Wissen wollte sie, welche Muster sich ergaben, wenn sie alle anderen, nicht verdeckt operierenden Millennium-Schiffe betrachtete.

Erstaunlich genug, dass der Konzern nach dem Ganymed-Zwischenfall nicht in seine Einzelteile zerfallen war. Irgendwie hatte Yang es geschafft, jeden einzelnen Teil an sich zu binden.

Nicht ohne Ironie betrachtete Misa, wie die großen fünf Konzerne tatenlos zusahen, wie … nichts passierte. Es gab keine Instanz, die Millennium hätte Vorschriften machen können, doch allein die Hoffnung auf finanziellen Ruin durch das Ausbleiben des Bursts, auf den sie alles gesetzt hatten, würde sie nicht handlungsunfähig machen.

Es dauerte einige Zeit, ehe die Satelliten ihre Antworten durch die Weiten des Sonnensystems gesendet hatten, doch schließlich saß Misa vor einer Art neoklassizistischem Spinnennetz, das aus Schnittpunkten von Linien bestand. Aggregatoren, die wie Fly-By-Punkte aussahen, und leeren Flächen dazwischen. Und irgendwo hier drin, schloss Misa, lag ihre Antwort.

Rasch blendete sie das Loch im Weltraum ein – die Stelle, an der ein Satellit sein sollte, doch nicht zu sehen war. Gespannt wartete sie, dass der rote Punkt inmitten der neongrünen Linien erschien.

Abseits.

Enttäuscht blickte sie auf ihr Diagramm. Sie hätte wetten wollen, dass es sich um eine getarnte Basis handelte, doch würden dann nicht Trajektorien der Frachterschiffe dorthin führen?

Nicht, wenn …

Sie konnte ihre Finger kaum bremsen. Wieder einmal typisch, dass sie die Relativität und Eigenbewegung der Objekte nicht mit einberechnet hatte. In einem Datensalat aus Positionen und dazugehörigen Zeiten hatte sie nur die Trajektorien aufgezeichnet, doch hätte sie nur Orte gleicher Zeit vergleichen können.

Nachdem sie ihre neuen Anweisungen eingegeben hatte, brauchte es wieder Minuten der Stille, in der die Satelliten befragt wurden, anscheinend, weil Misa vergessen hatte, die Daten zwischenzuspeichern, sodass sie gebannt vor dem Bildschirm saß und sah, wie die Linien zu Punkten wurden und sich verschoben und versteckten, und dann sah es nicht mehr wie ein Spinnennetz aus, sondern wie eine Zielscheibe mit zwei Einschusslöchern.

Nachdenklich blickte sie ihr Werk an und versuchte, Sinn daraus zu folgern. Neben der logischen Frage, was sich an den Stellen befand, an denen sich so viele Linien kreuzten, blendete sie wieder ein, wo sich der vermisste Satellit befand. Noch immer nicht einmal annähernd in der Nähe.

Irgendwie hatte sie es im Gefühl: Yang legte eine falsche Spur oder versuchte es. Doch welche das war, konnte sie so nicht entscheiden. Sorgsam formulierte sie die nächsten Befehle, doch sie stellte nur fest, dass ihre Datenbank nicht wusste, was sich an den Häufungspunkten des Millennium-Verkehrs befand. Nicht verzeichnete Basen? Vielleicht. Yangs Flotte? Vermutlich nicht.

Misa spürte den Druck der Heldin auf sich lasten. Wenn sie nicht gut riet, war es vielleicht zu spät. Dann würde der nächste Sonnensturm ...

Der Sonnensturm!

Sie zuckte zusammen, denn der Gedanke stach sie. Wie langsam sie doch manchmal war! Hastig wischte sie den kegelförmigen Umriss des letzten solaren Ausbruchs zu den anderen Diagrammen.

Na also.

Zurückgerechnet auf den Zeitpunkt der Entstehung vor vierzehn Tagen befand sich einer der Punkte in dem nur wenige Bogenminuten breiten Areal, sodass von dort etwas hätte ausgelöst werden können.

Der fehlende Satellit war ganz weit weg und der andere Verkehrsknotenpunkt lag genau zwischen Erde und Sonne ...

Misa berechnete, wie die Knotenpunkte sich bewegten – anscheinend in einer Art Bahnsynchronizität zu etwas, das auf halber Strecke zwischen Venus und Merkur lag.

Und das nächste Mal auf einer Linie mit Erde und Sonne stand einer der Punkte in drei Tagen ...

Misa seufzte und kontrollierte ihren Chronometer und die Navigationsdaten. Sechsunddreißig Stunden bis zum rätselhaften, unsichtbaren Satelliten, der da sein musste, weil die anderen zwei sonst ihre Bahn nicht hätten halten können. Sechsunddreißig Stunden zu viel, dachte Misa.

Doch welche Möglichkeit hatte sie schon? Einen Ort inmitten des Nichts anzufliegen, von dem sie nur wusste, dass Transportschiffe ihn passiert hatten, oder einen anderen Ort, an dem sie etwas vermutete, was vielleicht verborgen, vielleicht jedoch auch gar nicht existent war. Wehmütig blickte sie aus dem kleinen Fenster der Kapitänskabine und sagte sich, dass sie dafür nicht ausgebildet war. Gut, wer war das schon? Wie hätte Hugo Marcus diese Entscheidung getroffen, zwischen zwei Möglichkeiten zu wählen, von denen eine weiter hergeholt schien als die andere?

Hätte sie sich auf der Venustankstelle einfach Yangs Handlangern ausliefern sollen? Auf diese Weise hätte sie womöglich ihn gefunden, doch nicht notwendigerweise den Ort, von dem aus die Sonnenstürme ausgelöst wurden.

Was war wichtiger? Für die Menschheit zweifellos das Verhindern der Katastrophe. Und für sie?

Misa schloss die Augen und konzentrierte sich. Sie wollte Yang nicht unbedingt begegnen, denn sie wusste, dass es um Leben und Tod gehen würde. Doch auch wenn diese Reise ins Ungewisse führte, wusste sie andererseits doch genau, dass er nicht ruhen würde, bis sie tot war. Und ihre einzige Möglichkeit war, sich dem zu stellen.

Sie blickte tief in sich hinein und versuchte konzentriert, sich von ihren Gefühlen komplett abzukoppeln. Die Entscheidung aufgrund der Fakten zu treffen. Yang wusste also, dass sie an *Bavaria Blu 23* angedockt hatten. Was wusste er noch?

Misa hatte niemals Schachspielen gelernt, denn sie ertrug es nicht, wenn Computer ohnehin klüger waren als sie. Und doch hatte sie das untrügliche Gefühl, dass es sich genau so anfühlen musste.

Was hätte Hugo Marcus getan?

Misa tauchte unter dem Schleier der Gefühllosigkeit wieder auf und erinnerte sich daran, dass er gelegentlich von so etwas wie Intuition gesprochen hatte.

Schloss die Augen, kreiste mit dem rechten Zeigefinger vor dem Bildschirm herum, bis sie keine Orientierung mehr hatte oder zu haben glaubte und streckte die Hand dann nach vorn.

Als sie den Bildschirm erreicht hatte, öffnete sie die Augen wieder und sah den Punkt, von dem sanfte Wellen zur Illustration der Touchgeste in alle Richtungen des abgebildeten Sonnensystems ausgingen. Er lag knapp neben dem weiter entfernten Kreuzungspunkt der Frachtertrajektorien. Irgendwie begriff sie, dass sie die Luft angehalten hatte und sog eilig frischen Sauerstoff ein. Ob es am Atmen lag oder an der Tatsache, dass sie endlich eine Entscheidung getroffen hatte, sofort fühlte sie sich besser.

»Misa an Hammerer«, sagte sie. »Vorbereiten für Kursänderung.«

8

»Gut, dass wir neuen Treibstoff geladen haben«, sagte Hammerer, als Misa die Brücke erreichte.

»Man kann ja nie wissen, wo man hin will, ehe man sich auf den Weg macht.«

Der Bavaria-Attaché nickte. »Sie haben sich also etwas Neues überlegt.«

Misa hatte keine große Lust, ihm in allen Einzelheiten zu erklären, wie sie ihre Entscheidung getroffen hatte, doch sie flippte das Trajektorien-Diagramm auf den großen Sichtschirm und deutete auf den Häufungspunkt, den sie sich ausgesucht hatte. »Da müssen wir hin«, sagte sie.

»Was ist denn da?«, fragte Hammerer augenblicklich.

Misa seufzte. Ehrlichkeit oder Eingebung vorschützen, wo Ratlosigkeit herrschte?

»Ich weiß nicht, was da ist«, sagte sie. »Aber ich weiß, dass verdammt viele Millennium-Schiffe dort vorbeikommen.«

»Eine Art versteckter Transport-Hub?«

Sie zuckte mit den Schultern. »Vielleicht.«

»Vielleicht?«

»Ich werde Ihnen nichts vormachen«, sagte sie. »Ich weiß so wenig wie Sie, wo Henry Yang sich versteckt, noch, von wo er seine Sonnenstürme auslöst. Deshalb spielt es keine Rolle, wohin wir uns wenden, solange wir alle wahrscheinlichen Orte nach und nach ausschließen.«

Hammerer brummte undeutlich vor sich hin.

Als sie sich umdrehte, hob er eine Augenbraue und sagte: »Ich verstehe.«

»Gut«, sagte Misa, ohne ihm zu glauben. »Ist alles bereit für den Kurswechsel?«

»Positiv.«

Misa wischte gleichzeitig sowohl ihren persönlichen Bildschirm als auch den Sichtschirm frei von störenden Fenstern, sodass nur noch der aktuelle und der geplante Flugvektor im astrometrischen Overlay zu sehen waren.

»Machen Sie's so.«

Sie schnallte sich an, und wenig später folgte die Beschleunigung von Steuerbord, die sie gegen die Armlehne drückte, die *Ludwig II.* in eine langgezogene Linkskurve zwang und Misas Abenteuer in neue Bahnen lenkte.

»Vier Stunden, zwanzig Minuten«, sagte Hammerer wie automatisch. »Und dann ...«

»Dann wissen wir mehr«, ergänzte Misa, die vier Stunden Ratlosigkeit zu überstehen hatte.

Gelangweilt dachte sie darüber nach, was sie in jener Zeit erledigen könnte, doch ihr fiel nichts weiter ein, als die Interface-Farben ihrer Bildschirme zu verstellen. Bilder von Falschfarbenaufnahmen in ihrem Gedächtnis ...

»Gibt es visuelle Aufzeichnungen vom letzten Sonnensturm?«, fragte sie für Hammerer wie aus dem Nichts.

»Ich ... keine Ahnung. Ich müsste das erst prüfen. Wieso?«

»Vielleicht haben wir etwas übersehen.«

»Was meinen Sie?«

Misa lachte in sich hinein. »Ich glaube zwar nicht, dass Henry Yang noch weitere Nukes zur Verfügung hat, die er an irgendwelchen Stellen in die Sonne werfen könnte, doch man soll durchaus glauben, dass es noch andere Methoden gibt, so eine Protuberanz auszulösen.«

Hammerer blickte sie fragend an.

»Es war nur so eine Idee«, sagte Misa halb entschuldigend. »Aber es gibt doch Satelliten, die den Zentralstern beobachten, nicht wahr?«

Hammerer brummte. »Den Konzernen ist das vorwiegend egal ... vielleicht ein paar alte MSA-Labore.«

»Genau«, sagte Misa. Es wäre doch lustig gewesen, wenn ausgerechnet die MSA ihr hierbei helfen würde ...

»Ich hab' etwas«, sagte ihr Assistent schließlich. »Keine Ahnung, ob es das ist, was Sie suchen.«

Misa flippte Hammerers File auf den Bildschirm und betrachtete den zehnfach beschleunigten Materieausstoß in ultrahoher Auflösung.

»Normale spektrale Auflösung«, sagte sie enttäuscht. »Gibt es noch mehr Kanäle?«

»IR und Mikrowellenspektrum«, sagte Hammerer bedächtig. Er hatte die Bilder von Jupiter in falschen Farben nicht gesehen. Er wusste nicht, was sich finden konnte, wenn man die richtigen Fragen stellte. Oh, wäre nur Pavel Rabinovic hier gewesen ...

Misa ignorierte die frisch aufflammende Trauer und hatte einen anderen Gedanken: Wenn Bavaria wollte, dass sie ihnen half, dann konnte man dort vielleicht auch einige Ressourcen locker machen.

»Herr Hammerer, öffnen Sie bitte einen Kanal zur Bavaria-Zentrale.«

»Äh?«

Misa unterdrückte einen Seufzer. 'So langsam', dachte sie, 'könnte er sich mal dran gewöhnen, einfach die Sachen zu machen, die ich verlange.'

Hammerers Stimme bebte. »Ich ... also – mit wem denn?«

Sie kicherte. »Also ich bekomme meine Nachrichten immer vom Vorstand, aber vielleicht fragen Sie erst mal beim Sekretariat an, wer mir ... uns als Kontakt zugeteilt ist.«

»Erledigt«, sagte Hammerer, dankbar, weniger selbst denken zu müssen. »Reine Laufzeit beträgt ...« Er linste auf sein Bedienfeld. »... sechseinhalb Minuten.«

»Gut«, sagte Misa und klatschte in die Hände. »Mango-Lassi.«

Der Dienstroboter nickte und machte sich laut- und klaglos an die Arbeit.

Wieso hatte sie daran eigentlich noch nicht früher gedacht? Insgeheim wunderte sie sich umgekehrt, dass noch niemand sie nach Fortschritten gefragt hatte. Vertraute man ihr so sehr, oder waren Misa Vebiletti und die *Ludwig II.* bereits als frommer Wunsch und wahrscheinlicher Verlust abgeschrieben?

Und während sie noch darüber sinnierte, wie ihr Stellenwert im Konzern wohl sein mochte, genoss sie den Joghurtshake und betrachtete den langsam größer werdenden Punkt im astrometrischen Overlay, der ihr aktuelles Ziel anzeigte.

»Machen Sie mal einen Nahbereichsscan«, sagte sie unvermittelt. »Ich wüsste gerne, ob jemand in der Nähe ist.«

»Aktiv oder per Satellit?«, fragte Hammerer.

So viele Optionen. »Satellit«, entschied Misa. »Wir müssen uns ja nicht ohne Not auftakeln wie ein Weihnachtsbaum.«

»Verstanden. Oh.«

»Ja?«

»Es gibt Antwort von der Erde«, sagte Hammerer mit einem Raunen.

»Also?«

»Wir haben uns tatsächlich an Ludwig Mayr zu wenden«, berichtete er.

Hammerer schien überrascht. Misa war zufrieden, dass man sie also wirklich ernst nahm, zumindest, wenn der Name, den sie in Erinnerung hatte, zum geschäftsführenden Vorstand gehörte.

»In Ordnung«, sagte sie, »wir stellen folgende Anfrage: Sicher hat Bavaria mittlerweile den letzten Sonnensturm analysiert. Sie sollen uns ihre Erkenntnisse und Schlussfolgerungen verschlüsselt zukommen lassen.«

»Unsere Nachrichten sind immer verschlüsselt«, sagte Hammerer gekränkt.

»Das weiß ich«, sagte der Operator in Misa, »aber dank schlechter Quanten-Signalrate nicht immer optimal. Hier gehen wir auf Nummer sicher.«

»Jawohl«, sagte Hammerer. »Die Laufzeit wissen Sie ja jetzt schon.«

Misa nickte und ignorierte die Tatsache, dass er sie nicht hören konnte. Ab und zu, sagte sie sich, musste der Captain auch mal stumm sein dürfen.

Hammerer räusperte sich. »Wenn ich eine Frage stellen darf ...«

»Nur zu.«

»Was erhoffen Sie sich davon?«

Misa drehte sich zu ihm um. »Glauben Sie, man kann jemals zu viel Information haben?«

»Ich glaube«, sagte er langsam, »dass man sich so sehr in der verführerischen Sicherheit von immer mehr Information wiegen kann, dass man irgendwann 'vergisst', zu handeln.«

»Das wird uns nicht passieren«, sagte Misa. »Irgendwann sind wir da. Dann sehen wir weiter.«

»Ich verstehe«, sagte Hammerer, doch es klang, als gebe er sich mit stillem Besserwissen zufrieden. Misa erkannte belustigt, wie ihr Verstand eine eigenartige Selbstnotiz verfasste, nämlich, dass sie mit Hammerer noch einiges zu üben hatte. Sie fragte sich, ob Hugo Marcus sie genauso gesehen hatte ...

Misa stand schließlich auf, drehte sich um und musterte ihren Assistenten. Seltsam, dass sie noch nicht miteinander warm geworden waren, dachte sie.

»Ihren Einwand weiß ich zu schätzen«, sagte sie, auch wenn sie innerlich überhaupt nicht zustimmte. Ihr jedoch Tatenlosigkeit vorzuwerfen war ... absurd. Nach all dem, was sie erlebt hatte ... Dann fügte sie hinzu: »Im Gegensatz zu anderen habe ich jedoch nicht vor, mich kopfüber in den Schlund des Todes zu stürzen. Ich hoffe, das ist in Ihrem Sinne.«

Hammerer nickte stumm.

Misa begriff erneut, dass sie so gut wie überhaupt nichts über ihn wusste. Und sie hatte sich auch bisher keine Mühe gegeben, daran etwas zu ändern. Zu ... beschäftigt war sie gewesen. Oder war das nur eine Ausrede dafür, ihre Ruhe haben zu können? Sie musterte den Chronometer auf ihrem Interface. Es war noch etwas Zeit. Sie konnte einfach seine Akte in der Schiffsdatenbank studieren. Allerdings spürte sie, wie unaufrichtig sich das angefühlt hätte.

»Wissen Sie«, meinte sie beiläufig, »bevor die Lage angespannt und brenzlig wird, sollten wir unseren Zusammenhalt stärken.«

Gespannt blickte Hammerer sie an.

Misas Gesicht reflektierte ihr Bedauern. Doch sie würde jetzt keinen Rückzieher machen. »Äh, ich hätte, nachdem wir die Reise angetreten hatten, ein Dinner anregen sollen, doch das kommt wohl jetzt nicht in Frage. Stattdessen ...«

Eine Kontrolle piepte. »Antwort von der Erde«, sagte Hammerer schnell und zeigte damit, wie unangenehm auch ihm die Unterhaltung war. Misa entließ unhörbar einen Schwall Luft aus der angespannten Brust und sagte: »Auf den Schirm.«

Ein weiß-blaues Logo erschien, das sich in Pixel auflöste, wieder zusammensetzte und dann in einer eleganten Kurve aus dem Bild schwebte. »Bavaria Inc.« blieb in glühenden Lettern auf dem Schirm stehen, ehe auch dieser Schriftzug verblasste.

Ein perfekt frisierter Mann in einem den ganzen Bildausschnitt gläsern umspannten Büro erschien und lächelte ebenso gekonnt wie gestellt in die Kamera.

»Grüße aus München«, sagte Ludwig Mayr. »Und zunächst: Willkommen im Team, Frau Vebiletti.«

Mit großen Augen hing Misa an seinen Lippen. Der Vorsitzende eines der Weltkonzerne sprach sie tatsächlich persönlich an.

Hinter ihm blitzten die typischen Zwiebeltürme der süddeutschen Metropole auf, die sie nur von Photographien und Ansichtskarten kannte. Sehnsucht nach der Erde regte sich in Misa, doch das durch Raum und Zeit gereiste Echo Ludwig Mayrs wartete ihre Gedanken nicht ab.

»Es betrübt mich zutiefst, nicht persönlich mit Ihnen sprechen zu können«, fuhr die Aufzeichnung fort, »doch wir verstehen ja alle, dass die Umstände es nicht anders zulassen. Dennoch freue ich mich darauf, Sie nach Abschluss Ihrer Mission auf der Erde begrüßen zu können.«

Wieder pausierte der Mann im maßgenau sitzenden Anzug und blickte ausdruckslos in die Kamera. Während Misa normalerweise unbehaglich zu Mute gewesen wäre, strahlte der Vorstandsvorsitzende der Bavaria ein immanentes Vertrauen aus, das umgekehrt gewissermaßen Furcht einflößend war.

»Bevor ich Ihnen viel Glück und schnellen Erfolg wünsche, lassen Sie mich erwähnen, dass wir alle relevanten Informationen an diese Nachricht anhängen.«

Dann blickte Ludwig Mayr sich verstohlen um, fing sich wieder und sah Misa direkt in die Seele, so schien es ihr.

»Gute Jagd.«

Misa schauderte bei seinen Worten, doch schneller als erwartet verschwamm das Büro im höchsten Turm Münchens wieder, ging zurück auf die Einblendung des weiß-blauen Emblems, das auch verblasste und der schwarz-weißen Codierung eines Datenstromes Platz machte, der natürlich nicht zur visuellen Wiedergabe gedacht war und entsprechend nur mehr Rauschen auf den Schirm projizierte.

Sie sortierte sich, fand ihre Fassung wieder, drehte sich erneut zu Hammerer um und fragte: »Was enthält der Datencontainer?«

»Messdaten, Einschätzungen von wissenschaftlichen Instituten, Prognosemodelle.«

»Prognosemodelle?«

»Für den Fall eines schweren Sonnensturms, der die Erde träfe.«

Misa hob die Augenbrauen. »Eine ganz besondere Art, uns Motivation zu verschaffen.«

»Allerdings«, fügte Hammerer hinzu. »Es wäre wirklich schlimm.«

»Wie schlimm?« Misa kämpfte gegen den sensationistischen Willen an, die Katastrophe zu visualisieren, sie wollte nicht im entscheidenden Moment von dem jähen Gefühl der Verantwortung übermannt werden.

»Je nach Rotationswinkel und Auswurfszenario Zivilisationsausfall zwischen fünfzehn und dreiundsiebzig Prozent«, sagte Hammerer ungerührt, zumindest äußerlich. »Acht Milliarden Menschen ohne Strom«, fuhr er fort, »dreieinhalb davon ohne Wasser.«

»Pffft«, machte Misa, die die Auswirkungen unterschätzt hatte. Das war das Ende der Erde, die sie kannte – auch wenn sie sie nicht so gut kannte, wie sie sich gewünscht hätte.

»Unglaublich, dass Yang so etwas in Kauf nimmt.«

»Unglaublich, dass wir die einzigen zu sein scheinen, die das verhindern sollen.«

Misa schüttelte den Kopf. »Sind wir nicht«, sagte sie. »Die anderen Konzerne haben ebenso viel zu verlieren wie Bavaria.«

»Oder sie haben auch Überlebenskits gebunkert«, sagte Hammerer.

»Unsinn. Die *Illumination* war am Jupiter und griff das Burst-Array an. Sie wurde zerstört, weil Yang nicht wollte, dass sie das innere Sonnensystem erreicht. Und ich bin sicher …«

»Verzeihung«, sagte Hammerer, »mein Einwand war eigentlich nicht ganz ernst gemeint.«

»Oh. Ach so.« Innerlich zuckte Misa kurz zusammen, doch es gab keine Zeit für Introspektion. Nicht jetzt. Oder Verschwörungstheorien – allerdings war es schon erstaunlich, dass Millennium noch immer existierte.

»Wissen wir eigentlich, wo Yangs 'Kriegs-Flotte' von Frachtern sich befindet?«

»Moment.«

Hammerer wischte eifrig auf seinen Kontrollen herum.

»Vier Tage von der Erde entfernt«, sagte er. »Aber natürlich.«

Misa grunzte. »Er wird nicht erst zuschlagen, wenn alles bereit ist.«

»Wie bitte?«

Wieder drehte sie sich mühsam zu Hammerer um und entschloss sich, sollte das hier alles gut gehen, das Brückenlayout zu ändern. »Die Flotte flog am Jupiter los, kurz bevor der Burst passieren sollte. Yang hätte mindestens zwei Wochen Leid in Kauf genommen, ehe die Schiffe auch nur Ansatzweise dort gewesen wären.«

»Ihm geht es um den Schrecken und die Erlösung«, sagte Hammerer.

Misa nickte.

»Wir brauchen doch einen Aktivscan vom vor uns liegenden Sektor.«

Hammerer räusperte sich überrascht. »Was ändert Ihre Meinung, Captain?«

Misa nahm das hinterher gewürgte »Captain« durchaus wahr. Zeichen der Missgunst und fehlenden Zustimmung, doch auch dafür, dass er ihre Befehle nicht in Frage stellte. Noch nicht.

»Wenn es hier etwas mit einer Tarnvorrichtung Gesichertes gibt wie am Jupiter, dann werden die Satelliten es nicht sehen. Ein aktiver Scan vielleicht aber schon.«

»Wie kommen Sie darauf, dass hier etwas Derartiges sein könnte?«

Misa wischte den Satellitenscan auf den Sichtschirm. »Hier ist nicht mal Scheiße, wenn wir danach gehen. Es ist zu wenig los hier, finden Sie nicht?«

Hammerer zuckte mit den Schultern und blickte Misa ratlos an, als sie ihn über die Schulter musterte. »Vielleicht, weil einfach nichts da ist. Das Weltall ist ein leerer Ort.«

Sie nickte, doch sie erinnerte sich an Hugo Marcus' Maxime.

»Das wüsste ich gerne ganz genau«, sagte sie.

»Ich verstehe«, sagte Hammerer. »Beginne Mikrowellensweep … Moment mal.«

»Ja?«

Misa war hellwach. Vielleicht war ihr gerade die rettende Idee gekommen.

»Da ist etwas«, sagte Stefan Hammerer. »Zweihunderttausend Kilometer vor uns. Fahre die Frequenzen weiter durch …«

»Legen Sie's auf den Schirm«, sagte Misa und bekam sofort die pixelige Ansicht von schlecht aufgelösten Mikrowellenbildern. Deutlich setzte sich ein grünes Falschfarbenglühen in leicht rechter Richtung vom Abgrund des starrenden Weltalls ab.

»Was ist es?«, hauchte Misa.

»Ich weiß es noch nicht.«

Im selben Moment aktualisierte der Scan sich vom Mikrowellenbereich auf das untere IR-Spektrum und zeigte den Zielpunkt in waberndem Orange.

»Ein Schiff«, sagte ihr Assistent aufgekratzt. »Keine Bewegung, minimale Energiesignaturen, es sendet kein Identifizierungs-Signal.«

»Scan deaktivieren«, sagte Misa scharf.

Fragend blickte Hammerer sie an.

»Vielleicht haben sie uns noch nicht bemerkt«, präzisierte sie. »Dann können wir uns unsererseits ungestört unter reduziertem Abstrahlprofil nähern.«

»Scan abgestellt«, bestätigte Hammerer.

»Hauptenergie dimmen.«

»Jawohl.«

Misa fiel ein, dass sie noch immer ziemlich schnell unterwegs waren. »Manövrierdüsen zum Abbremsen bereithalten. Schön sachte«, sagte sie und brachte die Navigationskontrollen auf ihre Bildschirme.

»Annäherungszeit bei aktueller Bremslast: zwanzig Minuten«, sagte Hammerer.

»Gut«, sagte Misa. »Schauen wir doch mal, was das ist.«

»Wenn wir Glück haben, ein Frachter voll Schnaps«, gab der Bavaria-Attaché zurück.

Irritiert blickte Misa ihn an. Was für ein seltsamer Ausdruck.

Behutsam drehte sie sich ganz zu Hammerer um. »Nervös?«, fragte sie sanft.

»Es …« Er stockte. »Ich finde es einigermaßen gruselig, dass wir uns einem Schiff ohne IFF-Transponder nähern. Es … es könnte alles passieren.«

Misa versuchte sich an einem schmalen Lächeln, doch das einzige, was passierte, war ein Zittern ihrer Unterlippe. »Genau deswegen sind wir hier«, sagte sie, überrascht von der eigenen Entschlossenheit. Womöglich war es auch lediglich ein leichter Anflug von so etwas wie Erfahrung, der ihr die nötige Ruhe verlieh. Trotzdem durfte in einem Universum, das Misa Vebiletti als das ihrige ansah, kein Raumschiff ohne Transponder umherfliegen.

»Was tun wir, wenn wir näher gekommen sind?«, fragte Hammerer, während die Sekunden verrannen und der regenbogenfarben flimmernde Falschfarbenfleck auf dem Bildschirm langsam größer wurde.

»Das kommt darauf an, worum es sich handelt«, gab Misa zurück. Doch wenn sie ehrlich war, hatte sie noch keine Ahnung. Das hier war etwas, doch der Bavaria-Mann hatte Recht: Wenn man immer, sobald man einem senderlosen Schiff begegnete, das Schlimmste annahm, konnte man kaum von der Erde zum Mars fliegen, ohne wahnsinnig zu werden. Misa seufzte.

Nur, dass hier irgendwo ein Verrückter war, der einen Sonnensturm entfesseln wollte.

»Können Sie heranzoomen?«, fragte Misa.

»Ich kann es versuchen. Der Kontrast ist mittlerweile ziemlich schlecht, da die Sonnennähe jeweils eine Seite überblendet«, antwortete Hammerer.

»Das macht nichts, geben Sie mir einfach, was Sie kriegen können.«

Der Sichtschirm wechselte auf die schwarz-weiß-goldene Ansicht in Echtfarben und zoomte dann langsam an das glänzende Objekt heran, das nur mehr wenige tausend Kilometer vor ihnen lag.

Ein eigenartiges Gefühl der Vertrautheit überkam Misa, doch noch konnte sie es nicht festmachen.

»Ich glaube, ich habe das Schiff schon einmal gesehen«, sagte sie langsam.

»Ich jage den optischen Stream seit Minuten durch die heuristische Mustererkennung«, sagte Hammerer. »Noch nichts.«

»Nur Geduld«, sagte Misa und erinnerte sich selbst daran, dass der Mensch über die besten Mustererkennungsalgorithmen im bekannten Universum verfügte. »Nur Geduld.«

Eine Kontrolle piepte. Hammerer wischte über seine Anzeigen, dann sagte er triumphierend: »Ich hab's.«

»Was ist es?«

»*Kursk*, Petrov«, sagte Hammerer.

Misa riss die Augen auf. »Aber natürlich!«

Die russische Kavallerie. Düster erinnerte sie sich, dass das Schiff die *Illumination* und Sumsangs *Endeavour One* beinahe zu Schrott geschossen hatte.

Mit der jähen Erkenntnis, worum es sich handelte, kehrte das intuitive Verständnis der Formensprache zurück. Petrov legte keinen Wert auf Ästhetik, sondern ließ die Schiffe aus den jeweiligen Teilen zusammenschweißen, die gerade verfügbar waren. Das gab dem Schiff ein unnatürlich vernarbtes Aussehen, gerade so, als würde es jeden Moment auseinander fallen. Doch jeder wusste, dass Petrov-Schiffe schwer gepanzert und außerordentlich zäh waren.

»Öffnen Sie einen Kanal«, sagte Misa.

»Bitte?«

Sie seufzte kaum vernehmbar. Musste sie etwa jeden Befehl, den er nicht hatte kommen sehen, bestätigen? »Öffnen Sie einen Kanal, Herr Hammerer.«

»Jawohl.«

»Raumschiff *Kursk*, hier spricht Misa Vebiletti vom Bavaria-Raumschiff *Ludwig II.*, wir empfangen eigenartige Sensoranzeigen von Ihnen. Benötigen Sie Hilfe?«

»Kanal geschlossen«, sagte Hammerer, nachdem Misa ihre Ansage beendet hatte. »Antworten sie?«, fragte er in die gespannte Stille hinein.

»Abwarten«, sagte Misa ruhig. »Vor allem: Wollen sie überhaupt antworten?«

Leises Zirpen an Hammerers Konsole.

»Es kommt etwas.«

Das Fiepen war verrauscht und dennoch ohrenbetäubend. Augenblicklich hielt Misa sich die Ohren zu, ehe Hammerer die Lautstärke herunter drehen konnte.

»Was ist das?«

»Das Signal wird gestört«, antwortete der Bavaria-Attaché.

»Wovon?«

»Unbekannt.«

»Finden Sie's heraus.«

Nachdenklich musterte sie das Spektrogramm des Audio-Streams, der unablässig zusammenhanglose, verrauschte Töne übermittelte.

»Ich glaube, ich kann einen Tiefpass darüberlegen«, sagte Hammerer.

»... unfähig ... allein ... Sonnenst... Millennium ...«

Russischer Akzent. Eindeutig ein Schiff des Petrov-Konzerns.

Bevor sie jedoch den Sinn der einzeln extrahierten Wörter hätte entwirren können, brach das Signal zusammen. Die plötzliche Stille war körperlich und geistig unangenehm.

»Was ist da los?«, fragte Misa ungeduldig.

»Ich weiß es nicht«, entgegnete Hammerer, dessen Gesicht aufrichtige Ratlosigkeit zeigte ... und dann im grellen Lichtblitz des Hauptschirmes zu einer überzeichneten Fratze aus Grauen und Überraschung wurde.

»Was ...«

»Die *Kursk* ist explodiert«, sagte Hammerer, als Misas Augen sich wieder an normalen Kontrast gewöhnten.

»Scheiße.«

Misas Stimme hallte auf der Brücke nach, sodass die groteske Situation durch ihre erfrischend ehrliche Beschreibung nur noch unwirklicher wurde.

»Was ist passiert?«, fragte Misa. »Wurden sie angegriffen? Reaktorschaden ... was ...«

»Moment ... ich glaube ... seltsam.« Er sah Misas finstere, von Fragen in Falten gezwungene Miene. Ihr Assistent sammelte sich. »Es kommt noch ein Audio-Stream herein«, sagte Hammerer verwirrt.

Misa nickte verdattert. »Lassen Sie hören.«

Ein eiskalter Schauer jagte ihren Rücken herunter und tauchte Herz und Verstand in schockgefrierendes, imaginäres Weltraumwasser. Sie japste nach Luft und fand nur Vakuum um sich herum.

Es war nichts zu hören als ein irritierend hohes, hysterisches Lachen.

»Yang«, sagte sie in düsterer Vorahnung, nein, Gewissheit.

»Das haben Sie gut erkannt«, sagte die Stimme, als sie ihren Ausbruch in den Griff bekommen hatte. »Sie haben mich also endlich gefunden.«

Misa begriff, dass sie am ganzen Körper zitterte. Es war unerträglich, nicht zu wissen, woher die Stimme kam. Woher das kam, was die *Kursk* in Sekundenbruchteilen zerstört hatte.

»Genießen Sie nur das Gefühl der Überlegenheit«, sagte sie laut. »Genießen Sie ihre feige Unnahbarkeit. Denn eins ist sicher, von Angesicht zu Angesicht würden Sie sich mir nicht stellen ...« Dabei fuchtelte sie wild mit den Armen in der Luft herum, um Hammerer zu bedeuten, er solle endlich das Signal triangulieren.

»Welch mutige Worte, Frau Vebiletti«, sagte Yangs Stimme. »Ungewöhnlich verwegen, wenn ich bedenke, mit wie viel Glück sie dem Jupiter entkommen konnten.«

»Sie können nicht entkommen«, spottete Misa weiter. »Es sind noch viel mehr Schiffe auf dem Weg.«

Jetzt stand sie direkt neben Hammerers Konsole, der eifrig nickte und gleichzeitig seine Ratlosigkeit anzeigte. Das Signal kam direkt aus dem Nichts vor ihnen.

»Schiffe, mächtiger als die *Kursk*?«, fragte Yang. »Ich denke, ich habe Ihnen eine schöne Demonstration gegeben.«

»Sie können nicht gewinnen«, sagte Misa.

»Oh, ich denke schon. Lassen Sie mich Ihnen einen Vorgeschmack geben.«

Das Kommandodeck der *Ludwig II.* erbebte.

»Was ist los?«, schrie Misa unnötigerweise, denn auch Yang konnte ihre Verzweiflung hören, was sie sogleich dazu brachte, wieder still zu sein.

»Sie haben ... angedockt«, sagte Yangs Stimme zufrieden. »Und es wäre überaus unhöflich von mir, Sie nicht hineinzubitten.«

Hammerer tauschte fragende Blicke mit Misa aus. »Er hat uns am Haken«, formten seine Lippen.

Misa schauderte. Dann erinnerte sie sich. Die getarnte Station beim Jupitermond Callisto.

Irgendetwas musste hier direkt vor ihrer Nase liegen.

Ungeduldig musterte sie den makellos finsteren Weltraum auf dem Sichtschirm. Wollte Schlieren, Muster, irgendetwas erkennen.

Und dann, ohne Vorwarnung oder Erkenntnis, riss der Weltraum auf, so wie beim letzten Mal, und gab den Blick frei auf eine dunkle Innensphäre. Yang hatte einen Weg gefunden, ein riesiges Raumdock zu verstecken, indem er das Licht darum herum krümmte.

»Was passiert jetzt?«, fragte Hammerer zaghaft.

»Wir werden geentert«, antwortete Misa.

»Völlig richtig«, sagte Yangs zufriedene, triumphierende Stimme. »Und wenn Sie still halten und sich nicht wehren, dann lasse ich Sie auch am Leben … jedenfalls vorerst.«

Hammerer hatte mittlerweile den Abschnitt einer am Heck der *Ludwig II.* angebrachten Kamera gefunden, der ihnen zeigte, was los war. Ein riesiger Greifarm hatte das Schiff gepackt und bewegte es in Richtung der fernen, schmalen Röhren, die das Konstrukt durchzogen und wie die Karikatur eines Skelettes zusammenzuhalten schienen.

Misa überschlug die Optionen. Wenn sie den Arm abzuschütteln versuchten, würde die *Ludwig II.* unweigerlich wie das Petrov-Raumschiff *Kursk* enden. Nein, sie mussten es geschehen lassen. Und, dachte sie missmutig, sie war schließlich schon einmal aus einer Millennium-Einrichtung entkommen.

»In Ordnung«, sagte Misa laut und deutlich, sodass sie sicher war, dass Yang sie hörte. »Wir ergeben uns.«

»Das habe ich erwartet«, entgegnete der Millennium-Chef augenblicklich. »Sie werden sich an Ihrer Andockschleuse einfinden. Ohne Waffen und ohne die Chance auf Widerstand.«

Misa seufzte. Soviel dazu. Sie hatte Yang gefunden – und das war auch das einzig Positive an diesem Tag.

9

Misa stand mit Stefan Hammerer an der Luftschleuse der *Ludwig II*. Der Puls schien ihre Kehle wie eine überreife, dicke Frucht zuzuschnüren und bald, dachte sie, würde sie vor Anspannung platzen, doch war sie äußerlich erstaunlich gelassen. Gut, sie hatte sich ein bisschen zu naiv verhalten, keine Vorsichtsmaßnahmen ergriffen. Aber mit dem Tode abgefunden hatte sie sich noch nicht. Als Henry Yangs Fratze voller vergifteten Lachens vor der vakuumbewehrten Panzerglasscheibe erschien, überkam sie ein Würgen. Misa japste, lehnte sich an die niedrige, servomechanische Tür, die gleich aufschwingen und ihren Mörder eintreten lassen würde, sammelte sich und versuchte standhaft, nicht die Besinnung zu verlieren.

Nein, noch war es nicht verloren. Sie erinnerte sich, dass es nicht mehr um Geld oder Ansehen oder irgendwelche romantischen Vorstellungen von Loyalität zu Bavaria oder sonst jemandem ging.

Es ging nur noch ums nackte Überleben.

Der Gedanke schob sich augenblicklich beiseite, als auch die Luftschleusentür zur Seite surrte und einen winzigen Hauch leicht muffig riechender Luft in die *Ludwig II.* hinein wehte.

Henry Yang stand umrahmt von vier Männern dahinter und leckte sich die Lippen.

»Misa Vebiletti«, sagte er. »Ins Netz gegangen wie ein argloser Fisch den Wurm zu fassen beliebt.«

Sie sagte nichts, sondern blickte ihn durchdringend an.

Langsam trat er näher und musterte Misa und Hammerer.

»Wissen Sie, ich freue mich, Sie endlich persönlich wiederzutreffen«, sagte er jovial. »Sie haben McNamara getötet – etwas, das ich weder Ihnen noch Hugo Marcus zugetraut hätte. Zäher als erwartet ...« Er zögerte und blickte sie an, als lege er sich etwas zurecht.

»Und kleiner«, sagte er zufrieden mit sich und seiner Beleidigung.

»Es kommt nicht auf die Größe an«, sagte Misa.

»Nicht nur«, gab Yang zurück und warf ihr einen seltsamen Blick zu. Misa mochte nicht darüber nachdenken, ob er ihre Brüste angesehen oder ihre Körpergröße gemeint hatte, es war ihr auch egal. Dies war nicht der Zeitpunkt, ihn zu provozieren.

Oder doch?

»Kommen Sie«, sagte Yang mit höflich-heuchlerischer Geste an Misa gewandt, nachdem sie eine Zeit lang schüchtern vor ihm und seinen Wachen gestanden hatten.

»Und ihn …« Er deutete auf Hammerer und wandte sich zu seiner Linken, »werfen Sie in die Arrestzelle, bis sich Tam um ihn kümmern kann.«

Misa wusste nicht, wer Tam war, doch behagte es ihr ebenso wenig, sich von ihm trennen zu müssen, obgleich ihre Erfahrungen mit vorherigen Gefangenschaften letztlich genau dies vorhergesagt hatten.

»Was haben Sie vor?«, fragte Misa, als Hammerer und seine Wachen in eine der vor ihnen liegenden Zahnstocherröhren abgebogen waren. Erst jetzt begriff Misa, dass sie von innen transparent waren und die ganze Weite der getarnten Einrichtung überblickbar machten.

Hier und da leuchteten orangefarbene Scheinwerfer angedockte Transportschiffe aus, während andere Bereiche der sicher mehrere Kilometer durchmessenden Kugel im Dunkel blieben.

»Das wissen Sie doch«, sagte Yang gnädig und blieb einen Moment lang stehen. »Die Herrschaft der Großen Fünf brechen und die Menschheit endlich wieder in ein Zeitalter der Kultur führen.«

Misa schnaubte. »Und dafür zerstören Sie jede Kultur, die bis dato auf der Erde existiert.«

Yang schüttelte den Kopf. »Diese Aussage ergibt nur Sinn mit der Prämisse, dass es sich beim vorherrschenden hyperkapitalistischen System um etwas handelte, das Kultur ermöglichen oder zumindest erhalten könnte – das Gegenteil jedoch ist wahr.«

Nachdenklich runzelte Misa die Stirn. Yang glaubte felsenfest an das, was er erzählte.

»So viel Leid«, sagte sie.

»Bedauerlich«, wandte Yang ein, »doch letztlich unvermeidlich.«

»Nein«, sagte Misa bestimmt. »Sie haben es in der Hand. Stoppen Sie es, und niemand kommt mehr zu Schaden.«

Abwehrend ruderte der Millennium-Chef mit den Armen in der Luft herum.

»Sie verstehen es noch immer nicht«, rief er erregt, »die Menschheit als Ganzes leidet am Geschwür der Fünf. Jeder hat seine Seite zu wählen oder landet als Abweichler in der niedrigsten Schicht. Es gibt keine freie Wahl mehr, kein Streben nach Glück, verstehen Sie?«

»Doch ohne Wasser, ohne Strom und ohne Hoffnung wird all das sich wieder einstellen. Verstehe«, log Misa und folgte Yang durch eine Abzweigung in einen weiteren Rohrtunnel. Interessanterweise blieb die Gravitation konstant, obschon die Röhre aus der Perspektive der vorigen »bergan« führte. Doch darüber nachzudenken, dafür hatte Misa jetzt keine Zeit. Wenn sie stehen blieb, wurde sie sanft, doch nachdrücklich von ihren Wächtern hinter Yang hergeschoben. Sie konnte nur mutmaßen, was sie am Ende dieses Spaziergangs erwartete ...

»Doch nur übergangsweise!«, gab Yang nun zurück. »Nur, bis die fünf Weltkonzerne ihre Macht abgegeben haben. Dann kann ein zentraler Kontrollrat ...«

»Unter ihrer Führung«, wandte Misa ein.

»... unter meiner Führung, genau, eine neue, den Fortschritten unserer Spezies angemessene Gesellschaftsordnung erarbeiten.«

Misa lachte hohl. »Nur, dass von den 'Fortschritten unserer Spezies' auf der Erde nicht mehr viel übrig bleiben wird.«

»Doch nur vorübergehend. Das Ziel steht über dem Aufwand.«

»Wenn Sie meinen.«

»Glauben Sie nicht, dass es so kommen wird?«

»Ich glaube, dass man Sie aufhalten wird. Wenn es mir nicht gelingt, dann werden andere kommen.«

»Es ist längst zu spät, es aufzuhalten«, sagte Yang. »Und davon abgesehen, welch mystischen Helden sollte es gelingen, den Leviathan aufzuspüren? *Illumination*? Im Sonnensturm zerdrückt wie eine Sardinenbüchse. *Kursk*? Zerstört, bevor sie überhaupt wussten, worauf sie da gestoßen sind ...«

»Was wollen Sie von mir?«, fragte Misa, der völlig klar war, dass es einen Grund geben musste, wenn Yang sie am Leben ließ.

Nie zuvor hatte sie bei aller Unwägbarkeit so sehr das Gefühl gehabt, vollkommen vom Gutdünken eines einzelnen Menschen abhängig zu sein.

»Sie gefallen mir«, sagte er freimütig. »Mutig und loyal und voller Naivität.« Dann, mit einem Aufflammen von unerwarteter Leidenschaft, schmiegte er die Hand an Misas angewidertes Gesicht. »Sie gefallen mir sogar sehr«, sagte Yang. »Es gibt nicht viele, die sich mir entgegenstellen und dabei auch noch wiederholt davonkommen.«

Misa grunzte. »Sie werden ja sehen, welchen Widerstand ein so feiger Angriff auf die freie Welt heraufbeschwören wird.«

Yang lachte. »Freie Welt? Mrs. Vebiletti, ich bitte Sie. Sehen Sie sich doch um: Es gibt keine Ordnung als das, was die Konzerne vorgeben. Edikte werden von den Regierungen von Erde und Mars durchgewunken, weil sonst die Geldflüsse abgestellt werden, Vereinbarungen unter Vorbehalt doch noch scheitern, und so weiter und so weiter. Die einzige Freiheit, die diese Gesellschaft noch hat, ist, das Joch des Kapitalismus abzuwerfen.«

»Und an die Stelle von fünf Konzernen tritt ein einziger.«

Yang seufzte. »Ich habe es doch schon gesagt: Wir wollen nicht an ihrer statt herrschen. Wir wollen eine neue Gesellschaft ermöglichen.«

Misa zuckte mit den Schultern. »Das finde ich schwer zu glauben.«

Yang warf die Arme in die Luft und deutete auf einige spärlich beleuchtete Frachter in der Nähe der Röhre, durch die sie gingen. »Diese Schiffe enthalten keine Waffen, sondern Hilfsgüter. Was gibt es daran nicht zu verstehen?!«

Misa schluckte. Es ergab wirklich alles Sinn für ihn. Zum ersten Mal dämmerte ihr, dass die Welt von Henry Yang so ganz anders aussah als die, die sie kannte – und sie überein zu bringen, war vollkommen ausgeschlossen. Doch wenn sie ihm das sagte, war sie verloren.

»Ich denke ...«, sagte sie vorsichtig, »dass diese Schiffe keinen Krieg führen sollen, so weit so gut. Doch dennoch bleibt der Umstand, dass Sie es sind, der die Katastrophe erst herbeiführen werden.«

»Sonnenstürme«, sagte Yang, »passieren dauernd. Wir halten uns nur bereit, falls einer zu schlimm sein sollte.«

Misa wandte das Gesicht ab und starrte in die orange-schwarze Dunkelheit des Konstrukts, durch das sie sich bewegten. Eben noch hatte er offen wie nie von einer neuen Weltordnung fabuliert und nun log er ihr ins Gesicht, dass es keinen Angriff gäbe?

Misa schauderte. Sie musste ihn töten. Das, oder sie würde verlieren. Doch wie konnte sie es anstellen?

»Ich ... ich muss darüber nachdenken«, sagte sie. »Ich bin der Sache nicht abgeneigt, denn ich spüre, dass Sie Recht haben, was die Macht der Konzerne angeht. Doch was mich abhält ist die Unwägbarkeit ihrer Aussagen. Wer garantiert, dass Sie sich nicht zum ersten Kaiser der vereinigten Erde ausrufen und das Sonnensystem in eine Diktatur knechten?«

Henry Yang blieb reglos, als sie ihn anstarrte, und schien lange über Misas Frage nachzudenken. »Niemand«, sagte er ohne Betonung oder Emotion, doch Misa hatte schwören können, dass seine Mundwinkel kurz gezuckt hatten.

Einerlei. Ihr Plan stand fest. Wenn er ihr nur eine Sekunde ließ, würde sie ihn umbringen. Wie ein echter Spion es eben tat.

Yang räusperte sich. »Nun, dieses Gespräch war recht angenehm, doch ich fürchte, dass ich nun andere Dinge zu erledigen habe. Sie möchten sich vielleicht etwas frisch machen?«

Misa zögerte und blickte Yang fragend an. Sie hatte halb damit gerechnet, dass er sie in einen Kerker werfen würde, um sie ... nun ja, zu foltern wie auf Ganymed.

Doch er stand nur da und blickte sie an. »Eine Frau wie Sie hat doch ... Bedürfnisse.«

Sie beschloss, seinen offenen Sexismus zu ignorieren, und nickte. »Ich würde mich gerne frisch machen ... wenn Sie mich lassen.«

»Die Männer werden Sie in ein Quartier bringen. Ich würde gerne heute Abend mit Ihnen speisen.«

»Ich sehe keine Möglichkeit, das Angebot abzuschlagen«, sagte Misa matt.

Yang grinste mit einem Ausdruck, der von Misa kaum anders als lüstern interpretiert werden konnte. »Da haben Sie Recht.«

Sie verbeugte sich knapp, um den Anschein zu wahren, dass sie an ihm … und seinen Ausführungen interessiert war. »Ich freue mich darauf«, heuchelte sie. Was blieb ihr auch anderes übrig?

Die Suite, in die man sie brachte, lag am Rande der großen, beinahe kreisrunden Tarnungskuppel. Es gab einen riesigen Whirlpool und ein verspiegeltes Fenster nach draußen, in dem die mondhelle Venus und Milliarden Sterne des Universums zu sehen waren. Misa wusste nicht, welche Technologie es ermöglichte, nicht nur getarnt zu sein, sondern auch noch Licht von außen, das eigentlich um das Konstrukt herum lief, sehen zu können. Sie vermutete, dass es mit Aufteilung der Strahlenanteile zu tun hatte, was die Tarnung weniger perfekt, doch noch immer ausreichend machte, und beschloss, sich nicht weiter damit zu beschäftigen.

Zuerst wollte sie der Versuchung widerstehen, die großzügig eingerichteten, sanitären Anlagen zu verwenden – dachte an Stefan Hammerer, dessen Aufenthaltsort sie nicht kannte und dem es höchstwahrscheinlich nicht so gut ging wie ihr.

Doch dann, als sie mehrere Runden durch den großen Raum gedreht hatte, das Innere der getarnten Einrichtung zu ermessen versucht und an die Erde und ihr offenbar unaufhaltsames Schicksal gedacht hatte, hörte sie Hugo Marcus' Stimme, der ihr einflüsterte, dass Moral keine Option war. Sie musste Henry Yang entgegentreten und dabei alles aufbieten. Gerissenheit, Heimtücke und Rücksichtslosigkeit. Und das bedeutete, dass Misa Vebiletti sich herzurichten hatte, wie sie resigniert erkannte.

Misa war keine Frau, die besonders auf Äußerlichkeiten achtete. Natürlich lief sie nicht herum, als würde sie nicht baden, und natürlich trug sie Make-Up. Doch Beispiele wie ihre marsianische Freundin Püppi hatten sie lange Zeit zuvor entscheiden lassen, dass allzu dick aufgetragene Schönheit nur die falschen Männer anzog. Aber sie hatte keine Wahl. Für Henry Yang musste sie die Frau werden, die sie niemals sein wollte.

Die Kleiderwagen hatte sie schon gesehen, doch erst, als sie sich entkleidet hatte und vor dem Spiegel stand, begriff sie, was Yang damit bezweckte. Sie sollte sich für ihn schönmachen. Unbewusst oder nicht, es war klar, was er damit bezweckte. Die Auswahl an

Abend- und Cocktailkleidern war ebenso beeindruckend wie beängstigend. Doch das war ihre Chance. Sie hatte keinen Zweifel daran, dass er versuchen würde, ihr nahe zu treten. Und dann ... musste sie bereit sein.

Eineinhalb Stunden später klopfte es an der Tür und Misa wurde von den gleichen grimmig dreinblickenden Männern abgeholt, die sie auch hinein gebracht hatten.

Die Wachen ließen sich nichts anmerken, doch Misa vermochte es, ihre Verzückung anhand der kleinen, subtilen Reaktionen zu lesen.

Weinrot war das lange, tief ausgeschnittene Abendkleid, das sie trug, dazu passende Absatzschuhe und eine weißgoldene Diamantkette. Sie hatte eine Vermutung, wozu der begehbare Kleiderschrank, wie sie das Zimmer, in dem sie gewesen war, nun nannte, sonst diente. Prostitution war gewiss keine Erfindung von Henry Yang, doch andererseits wusste er anscheinend etwas mit seiner Position anzufangen. Und Misa kannte nur allzu gut die Einsamkeit des Weltalls. Des Spions.

Keine Frage, dass Yang Einsamkeit mehr verdiente als jeder andere Mensch – doch Macht, erkannte sie, brachte gewisse Vorteile mit sich – wenn man es als Vorteil ansehen wollte, andere Menschen ausnutzen zu wollen. Ihr dämmerte langsam, dass es nicht das letzte Mal sein würde, dass sie ihre Weiblichkeit würde ausspielen müssen.

Wieder ging es durch die langen, wie Mikadostäbe übereinander laufenden Gänge, die durch das gesamte Konstrukt reichten und in deren transparenten, gläsernen Begrenzungen sie hie und da das Sonnenlicht schimmern zu sehen meinte.

Man brachte sie ganz in die Mitte der sphärischen Tarnkonstruktion, die bis auf den zweifelsfrei bestehenden Umstand, dass sie existierte, ein wahrhaftiges Loch im Weltall darstellte. Das Licht mochte durch Metamaterialien außen herum fließen oder sonst wie abgelenkt werden, sodass niemand, der nicht wusste, dass es da war, es jemals hätte bemerken können. Vielleicht, dachte sie düster bei sich, gab es hunderte solche

Tarnkugeln im Sonnensystem und Yang hatte längst alle Vorkehrungen abgeschlossen, die Erde zu übernehmen. Auf diese Weise hatte er auch das Burst-Array verborgen, bis es beinahe zu spät gewesen war. Womöglich brauchte er am Ende gar keinen Sonnensturm, sondern verwendete ihn nur zur Rechtfertigung seines Einsatzes.

All das spielte indes keine Rolle, schloss sie. Wenn er tot war, war Millennium am Boden und die Gefahr abgewendet.

Als sie den kugelförmigen Raum betrat, war sie aufrichtig überwältigt. Noch immer wusste sie nicht genau, wie und wofür das Gewirr an transparenten Röhren konstruiert war, doch das ästhetische Wunder vor ihr entschädigte für ihre begrenzte Vorstellung davon.

Verschlungen trafen sich sechs oder mehrere Meter durchmessenden Röhren in der Mitte der Konstruktion, ehe sie nach außen verzweigten und jeden Winkel der Hohlkugel auszukleiden schienen. Doch damit nicht genug, die Plattform darunter schimmerte in allen Farben, die vom grazil verengten, wenige Zentimeter durchmessenden Fokuspunkt im Zentrum der Kugel ausgingen wie eine kataklysmische Mischung von Nordlichtern und Regenbögen.

»Es ist wunderschön, nicht wahr?«, sagte Yang, der jetzt einen Smoking trug, der tiefschwarz wie das Nichts des unendlichen Universums war. Dann, während er sich bis auf einen Meter genähert hatte und den Wachen ein Zeichen gab, sich zurückzuziehen, fügte er hinzu: »Beinahe so schön wie Sie.«

»Was genau ist es?«, fragte Misa, die fürs Erste nicht auf seine Anzüglichkeiten eingehen würde. Sie wusste, dass es nützlich sein mochte, wenn er später das Gefühl hätte, sie erobert zu haben – etwas, das er in Wahrheit niemals würde schaffen können.

»Das Herz des *Leviathan*«, sagte Yang vieldeutig und wartete zufrieden auf Misas weitere Nachfrage. Sie tat ihm den Gefallen.

»Des *Leviathan*?«

»Diese Raumstation trägt den Namen eines biblischen Untiers, das die Meere durchstreifte. Unerkannt näherte es sich, bis es zu spät war.«

»Weil sie getarnt ist«, sagte Misa.

»Weil sie nicht erkannt werden kann«, präzisierte Yang.

»Es ist kaum zu glauben«, sagte Misa, »dass Sie einen solchen Sinn für Ästhetik besitzen.«

Yang blickte Misa enttäuscht an. »Ich würde Ihnen gerne das Gegenteil beweisen«, sagte er, »doch hierbei haben Sie Recht. Beim zentralen Kristall des *Leviathan* folgt die Form der Funktion.«

Er deutete auf einen einzelnen, reich gedeckten Tisch neben der Röhre, die nach »unten« führte, was lediglich auf die Richtung des vorherrschenden, künstlichen Gravitationsfeldes bezogen eine Bedeutung hatte.

»Was, Mr. Yang, ist die Funktion dieses Ortes?«, fragte Misa und war sich der Mehrdeutigkeit ihrer Frage bewusst.

»Wenn Sie den Einkristall meinen, der die Lichtstrahlen, die auf die Oberfläche des *Leviathan* treffen und vom Metamaterial eingesogen werden, er führt sie zusammen, ordnet sie und sorgt dafür, dass den Gesetzen der Physik folgend am anderen Ende alles genauso aussieht, als gäbe es die Raumstation nicht.«

Misa nickte. »Ich verstehe nicht, was Sie sagen, doch ich will mich mit der Schönheit seiner baren Existenz zufriedengeben.«

»Sie sind nicht die Art Frau, die sich mit Äußerlichkeiten aufhält«, sagte Yang abwehrend.

»Und doch bin ich Ihrer Aufforderung zu diesem Dinner gefolgt, nicht wahr?«, fragte sie deutlich und ließ etwas Bein aus dem Abendkleid aufblitzen.

Yang blickte demonstrativ in eine andere Richtung. »Sie sind dem gefolgt, weil Sie sich etwas erhoffen«, erklärte er. »Vielleicht das, was ich mir auch wünsche ... vielleicht auch nur, Ihr Leben zu retten.« Damit sah er sie wieder an, und Misa war nicht im Stande zu sagen, ob es sich um Abscheu, Erregung oder kalten, nackten Hass handelte, als er sagte: »Sie sind niemals ohne Hintergedanken, nicht wahr?«

Misa beschloss, auf seine Falle hereinzufallen. »Niemand ist jemals ohne Hintergedanken«, sagte sie und streckte die Brust etwas nach vorn. »Doch das bedeutet nicht, dass der vordergründige Wunsch ohne Bedeutung wäre, nicht wahr?«

»Sie verstehen also jetzt, dass meine Agenda aufrichtig ist«, sagte er.

Misa nickte, obschon sie natürlich nach wie vor zu verhindern suchen würde, dass Millennium, dass Yang die Welt unterjochte.

»Ja«, hauchte sie in seine Richtung, sodass sie ganz sicher war, dass er mittlerweile das viel zu süßliche Vanille-Lavendel-Parfum riechen konnte, das sie nicht zu knapp aufgelegt hatte.

»Wir wollen Platz nehmen«, sagte er, plötzlich wieder vollkommen reserviert, »und darüber sprechen, welche Rolle Sie einnehmen können.«

Misa verstand nicht, was er meinte, doch fügte sie sich dem seltsamen Tanz, den sie vollführten und an dessen Ende zweifellos Tod und Verderben stehen würden.

»Austern an Zitrone«, sagte Yang, klatschte in die Hände und ließ den ersten Gang auffahren. »Dazu reichen wir Weißwein aus der Bourgogne.«

Misa hob eine Augenbraue und wartete, ob sie ihn herausfordern sollte.

»Wie ist es möglich«, fragte sie, »inmitten des Nichts solch eine Mahlzeit aufzutreiben?«

Schmatzend beugte Yang sich herüber. »Millennium ist nicht Bavaria oder Sumsang«, sagte er, »doch ich glaube fest daran, dass gute Verpflegung gute Produktivität bedeutet.«

Misa rollte mit den Augen. Sie hatte keinen Zweifel daran, dass er damit vor allem sich meinte, während alle anderen vakuumverpackte Rationen zu essen hatten. Seine Bigotterie widerte sie an, doch noch war es nicht an der Zeit, zu widersprechen.

»Das sind die besten Muscheln«, heuchelte sie weiter, »die ich jemals gekostet habe.« Die glibberig-fischigen Schalen waren widerlich salzig, doch das war sicher nicht, was er hören wollte.

»Sie wissen ja, was man sagt«, flüsterte Yang verschwörerisch.

»Nein, was denn?«

»Von allen aphrodisierenden Speisen«, erklärte er fröhlich, »ist die Auster die kräftigste.« Wie beiläufig fügte er hinzu: »Noch etwas Wein?«

»Faszinierend«, sagte Misa und spürte rein gar nichts außer dem salzigen Nachgeschmack der Meeresfrüchte, den sie lieber schnell hinter sich gelassen hätte. »Umso bedeutender der Umstand, dass ich sie noch niemals zuvor probiert habe«, fügte sie hinzu und zählte darauf, dass Yang ihren Ekel mit aufwallender Leidenschaft verwechseln würde.

Yang schlürfte eine weitere Schale leer und tippte auf ein schmales, unscheinbares Mäppchen, das er neben sich liegen hatte und das sie erst jetzt bemerkte.

»Kasa Misa Vebiletti«, sagte er feierlich, »Alter 34, aufgewachsen auf Sizilien, dann Ausbildung bei der ESA, Anstellung als Deep Space Operator bei der Marsianischen Weltraumagentur.«

Misa blickte ihn ausdruckslos an. Worauf wollte er hinaus?

»Wollen Sie nicht wissen, warum ich Ihren Lebenslauf rezitiere?«

»Da ich ebenfalls alles über mich weiß«, sagte sie kühl, »nein.«

»Na schön«, meinte Yang. »Würden Sie gerne Europa regieren?«

Misa blieb reglos. Er traute ihr nicht, hatte mehrfach versucht, sie umzubringen. Und jetzt wollte er wirklich, dass sie seine Statthalterin würde?

»Sie trauen mir nicht«, sagte Misa. »Wieso dieses Angebot?«

Sie wusste es natürlich. Kontrolle. Sie musste auf der Erde so etwas wie eine lokale Heldin sein, nachdem sie den Burst aufgehalten hatte. Wenn sie, ohne dass die Menschheit wusste, welche Rolle sie hierbei gespielt hatte, von Yang als lokale Kommissarische Instanz vorgeschlagen würde, wären die Menschen Europas sicher aufgeschlossen. Perfide, doch verständlich.

»Was du nicht schlagen kannst, das zieh auf deine Seite«, sagte Yang.

»Wie?«

»Sie sind zu wertvoll, als dass ich Sie einfach so umbringen könnte«, sagte Yang. »Denken Sie nur: Eine Welt nach Ihrem, nach unserem Vorbild.«

»Ich werde Sie hintergehen«, sagte Misa.

»Das würde jeder, der einen hohen Posten in der neuen Ordnung bekäme.«

Misa musterte Yangs Ausdruck. Da war die Lust an der Versuchung. Die kalte, berechnende Seite, von der sie nicht sicher war, was genau sie mit ihr vorhatte.

»Warum ich?«, fragte sie.

»Ich will Sie«, sagte Yang.

Misa lief ein Schauer über den teilweise vom Kleid freigelassenen Rücken. Sie wusste natürlich, wie es sich verhielt, doch es aus seinem Mund zu hören, drehte die Realität ihrer Situation durch den Fleischwolf des Universums. Misa war angewidert von Yangs Machtspielchen, doch die Angst vor der Alternative regte etwas in ihr. Nein, sie fand es nicht erregend. Doch der bizarre Tanz, in den er sie zwang, während sie muschelschlürfend inmitten des glitzernden Zentrums einer versteckten Raumstation saßen, schärfte ihre Identität. Sie würde sich ihm hingeben, egal, welche Überwindung es verlangte. Und dann, wenn er verwundbar war …

Misa spürte ein Kribbeln. Erschreckt fragte sie sich, ob er es nicht doch geschafft hatte, sie zu erregen, doch es fühlte sich glücklicherweise noch immer dezent anders an. Dann begriff sie es. Sah wie unter dem Brennglas in ihr Herz und begriff, dass sie wahrhaftig zum Spion geworden war.

Das Kribbeln galt der Aufgabe. Die süße Verlockung des Vergnügens bezog sich auf Yang. Doch nicht auf seine Männlichkeit oder Macht. So, wie er sie wollte, wollte Misa seinen Tod mehr als alles andere auf der Welt.

Sie besann sich und blickte Yang auf eine Weise an, auf die Frauen es seit Jahrtausenden taten, wenn sie ihnen signalisierten, wozu sie bereit waren.

»Was muss ich tun?«, hauchte sie.

»Dazu kommen wir zu gegebener Zeit«, sagte der Millennium-Chef zufrieden und klatschte zweimal kurz in die Hände.

»Kommen Sie«, sagte er und nahm noch einen Schluck Wein, wie um sie aufzufordern, sich auch hemmungsloser zu trinken. »Wir wollen tanzen.«

Misa nickte und erhob sich, wobei sie sorgsam darauf achtete, möglichst viel Bein zu zeigen.

»Ich hatte mir so sehr gewünscht, dass Sie meine Sichtweise verstehen würden«, sagte Yang, als er sie an sich zog.

Misa spürte seinen muskulösen Oberkörper. Sicher war es ein Leichtes, mit so vielen Möglichkeiten eines Konzerns im Rücken jede medizinische Zuwendung zu erhalten, die man für Geld kaufen konnte, dachte Misa. Sie erinnerte sich an Püppis Klagen, wie schwierig es war, trotz der schweren Arbeit in der Mine fit auszusehen, und dass es etwas ganz anderes war, als fit zu sein.

Yang war nicht der schwerfällige, degenerierte Geschäftsmann, der Prostituierte der Bequemlichkeit wegen nahm. Yang, folgerte Misa, tat es allein der Macht wegen.

Wie die Macht über sie, die er nicht bekommen konnte.

Seinen Griff, stark wie Schraubstöcke, austarierend, begriff Misa, dass er sie nicht loslassen würde, wenn er es nicht wollte. Und doch musste sie einen Weg finden, ihn verwundbar zu machen. Während er sie wieder und wieder auf der Stelle drehte, verschränkte sich die Glaskugel in der Mitte der Raumstation zu einem Kaleidoskop verschwimmender Formen und Farben, doch dann und wann sah sie den Tisch mit den Austern vorbei schwirren. Darauf, glänzend und verführerisch: Die Fischmesser, die sie nicht verwendet hatten und die man geöffneten Austern nur zur Dekoration und aus Anstand beilegte.

Misa ließ es geschehen, ließ Yang sie weiter und weiter drehen, spürte seinen unsteten Atem und die unkontrollierte Wölbung seiner Hose.

Noch nicht, sagte sie sich. Noch nicht …

»Wie fühlen Sie sich?«, fragte Yang in das Drehen und Taumeln und Träumen hinein, wie die Bewegungsunschärfe über ihren Augen, die vor lauter Bewegung die Tränen in die Augen trieb.

Auf einmal blieb er stehen und sah Misa eindringlich an.

»Wundervoll«, hauchte sie, in Erwartung dessen, was folgen sollte. Folgen musste.

»Sie«, sagte Yang, »sind wundervoll.«

Dann, ohne das unsichere Zögern von unerfahrenen Männern, küsste er sie. Obschon sie es vorhergesehen hatte, kam es ganz und gar überraschend. Eine Woge Ekel durchfuhr sie, doch dieser wurde noch vor der Ausführung einer Abwehrhaltung von ihrem Intellekt gestoppt. Wenn sie sich jetzt beherrschen konnte, dann hatte sie gewonnen.

Als es vorbei war, sah sie, wie Yang um Atem ringen musste und wie sehr seine Hose sich ausbeulte.

Misa lächelte. Nicht, weil ihr gefiel, was passierte, sondern weil seine Verteidigung mehr und mehr Risse bekam.

»Was für eine Ironie«, bemerkte Yang atemlos, »dass wir uns noch vor kurzer Zeit gegenseitig umbringen wollten.«

»Gegensätze ziehen sich an«, sagte Misa mit gerade so viel Gleichgültigkeit, dass es ihn stechen musste – doch nicht zu viel.

»Wir sind nicht so verschieden, wie Sie vielleicht glauben«, sagte er.

Misa antwortete nicht.

»Beide jung verwaist ... fragen wir uns, was die Welt für uns bereithält ... immer versucht, zu beweisen, wozu wir imstande sind.«

Misa wich unbewusst einen Schritt zurück. »Das geht Sie nichts an«, sagte sie leise.

»Mich geht alles etwas an«, sagte Yang herrisch und griff sie bei den Handknöcheln.

»Nein«, sagte Misa atemlos.

»Ich weiß alles über Sie«, sagte er. »Wollen Sie etwa deswegen alles aufgeben?«

»Sie wissen gar nichts«, sagte sie und begriff wie hinter einem kalten, grauen Schleier, dass sie dabei war, die Kontrolle zu verlieren.

»Vorsicht«, sagte Yang.

»Sonst was?«, spottete Misa. »Bringen Sie mich doch um? Was ist das für eine Art, eben heiße Leidenschaft, und jetzt Morddrohungen?«

Yang lächelte finster. »Ich bin ein Mann der Extreme.« Damit blickte er sie an und musterte ohne Zweifel ihre Brüste. »Und Sie, Misa Vebiletti, sind auch ein Extrem.«

Sie fand ihre Beherrschung wieder und streckte die Brust noch ein weiteres Stück weiter nach vorn. »Da haben Sie wohl recht«, sagte sie süßlich und war wieder in dem schnellen, reißenden Tanz, den sie nur kurz für ein wenig Streit unterbrochen zu haben schienen.

Wieder umfingen sie Yangs starke Arme, sein bebender Leib und seine ausgefüllte Hose.

»Ich kann es kaum erwarten, zu sehen, wie extrem Sie sein werden«, sagte er und schob sie sanft zurück zu dem Tisch, an dem sie gegessen hatten. Sie spürte, was er vorhatte. Wie seine Hand nach dem Saum ihres Kleides griff und die Innenseiten ihrer Schenkel entlangfuhr, während er weiter, weiter, weiter schob.

Dann, in einem einzigen Ausbruch an aufgestauter Leidenschaft zog er rücksichtslos die Tischdecke nebst Geschirr voller Krach vom Tisch und stieß Misa rücklings auf die nackte Tischplatte. Sie spürte die Kälte des geschliffenen Glases.

Außerdem sah sie das Messer am Ende der Platte liegen. Es wackelte und drohte, ob seiner Rohheit auch noch herunterzufallen. Doch wenn sie es jetzt erreichte …

Misa stöhnte und begriff, dass Yang jetzt ihr Kleid vollkommen über die Hüfte zurückgeschoben hatte. Sie würde weit gehen, doch nicht so weit …

Sie hob die Beine an, sah, wie Yangs Ausdruck von Überraschung der Aussicht auf pure Lust wich, ehe er begriff, dass Misa sich rücklings vom Tisch rollen ließ, das Messer griff und schreiend auf ihn zu stürzte.

Sie hatte es nicht geplant, doch zweifellos war es die einzige Möglichkeit. Hätte sie es geschehen lassen sollen? Wie in Zeitlupe sah sie Yangs geweitete Augen, den entblößten Hals, den sie anvisierte, und fragte sich, was eine Spionin alles geben musste, um erfolgreich sein zu können.

Vielleicht war es töricht, nur mit einem Fischmesser den finalen Angriff zu wagen, doch sie würde nicht erlauben, dass er sie befleckte.

Von Ekel und Rache beseelt, fühlte Misa die Lust am Töten heraufziehen, als sie mit dem Messer auf Yangs Hals zustieß, der vor Überraschung über den jähen Sinneswandel seiner längst als Gespielin abgerichtet gedachten Lieblingsfeindin wie gelähmt schien.

Doch als das Messer beinahe die Schlagader erreicht hatte, lief Misas Welt wieder in normaler Geschwindigkeit. Und in jener Welt rollte Yang sich elegant zur Seite, brüllte vor Furcht und Zorn.

»Ich werde Sie umbringen«, hallte durch Misas Ohren, doch es war ihr nichts als redundante Information. So weit war sie vor Stunden gewesen, dachte sie belustigt und noch immer von ihrer jähen Blutgier beseelt. Sie sah, wie er aufsprang und hastig den Geschirrberg nach weiteren Messern oder anderen Waffen absuchte. Misa sprang ihm in den Weg, das Messer wie einen

Dolch führend, obwohl sie es noch niemals getan oder gar gelernt hatte.

»Gleich werden meine Wachen hier sein«, sagte Yang zufrieden. »Und ohne das Überraschungsmoment haben Sie keine Chance gegen mich.«

Misa blickte sich um. Er hatte Recht. Der Raum bot keine verwinkelten Ecken oder Gegenstände, die sie zu ihrem Vorteil verwenden konnte. Hatte sie versagt?

Er stand jetzt lachend vor dem Scherbenberg, der ihre Vereinigung hätte feiern sollen, doch nun schien er langsam zu begreifen, dass die Frau im Abendkleid nicht zu besitzen war. Misa konnte praktisch sehen, wie es in ihm arbeitete. Wie der »Mann der Extreme« mühelos von dem Gedanken, sie besitzen zu wollen, dazu überging, sie wieder töten zu wollen.

Sie konnte gerade noch ausweichen, als Yang zu einem gewaltigen Sprung ansetzte, doch seine ausschweifende Bewegung hatte auch den Vorteil, dass er das Gleichgewicht verlor, nachdem er nicht wie erhofft ihren Hals zu packen bekam.

Misa rannte schnell um den Tisch herum, um eine Art rudimentäre, obgleich eher imaginäre Verteidigungslinie zu finden. Noch immer das Messer in der Hand, wog sie ihre Optionen ab und stellte fest, dass es eigentlich keine gab. Das Metall fühlte sich plötzlich schwer und stumpf an, und Yang hatte sich längst aufgerappelt und musterte sie.

»Versuchen Sie doch mal, wegzulaufen«, sagte er. »Dann könnte ich Sie wie ein Tier bei der Großwildjagd erlegen.«

Sie kommentierte seine Bemerkung gar nicht erst. Regungslos standen sie einander gegenüber, und düster erkannte Misa, dass die Zeit gegen sie lief. Dann sah sie den Stuhl. Das Lichtspiel auf seiner Lehne.

Die Tarnung.

Sie täuschte den Versuch an, rechts um den Tisch zu Yang zu gelangen, nahm dann den Stuhl und überlegte keine einzige weitere Sekunde, sondern warf ihn mit aller Kraft auf das Kristallglas in der Mitte der Kuppel, das die Lichtstrahlen lenkte, die den *Leviathan* vor dem Universum verbargen.

Nicht das Krachen und Knacken war am schlimmsten, sondern das bräunlich-türkise Spiegellicht, das aus den offenen Wunden der Lichtleiter an alle Seiten der Zentralkuppel schien und wie das Feuer der Sonne Misas Leidenschaft illuminierte. Mit aufgerissenen Augen sah der Millennium-Chef, wie die Tarnkappe der *Leviathan*-Station an einer einzigen Stelle zerstört werden konnte – und dass er Misa dort auch noch hingebracht hatte.

»Was? Nein!«, schrie Yang, doch es war zu spät.

Viel zu spät.

Misa wartete nicht ab, dass er zu sich kam, sondern tat etwas, das sie viel früher hätte versuchen sollen – sie rannte in Richtung der nächstgelegenen Röhre. Sie konnte sich nur einen Gedanken vorstellen, den er jetzt haben mochte. Doch wenn sie um ihr Leben rannte, so würde sie vielleicht …

»Halt!«

Misa erstarrte. Vor der nächsten Abzweigung standen zwei baumgroße Männer. Andere als zuvor. In der Ferne hörte sie durch ihre vor Laufen und Aufregung klirrenden Ohren einen Alarm bimmeln und begriff distanziert, dass er ihr gelten musste. Reglos blickte sie die beiden Männer an und fragte sich, wie weit sie gehen würden. Sie trugen Waffen am Gürtel, hatten sie jedoch nicht gezogen. Wenn sie einen Haken schlagen und sich wegducken würde …

Bevor sie auch nur den ersten Schritt gewagt hatte, wurde sie gepackt und spürte zwei starke Arme ihre Hände hinter dem Rücken zusammenbinden.

Verdammt!

In diesem Moment fiel alles in Misa in sich zusammen. Sie hatte die falsche Entscheidung getroffen. Zwar war jetzt vor aller Welt sichtbar, wo Henry Yang sich verborgen hielt, doch bis jemand kam, um es zu Ende zu bringen, konnte es Tage, nein, Wochen dauern. Jäh sah Misa die Schlagzeile vor sich, die es nicht geben würde – *Erste Mission der Bavaria-Agentin bereits ein Fehlschlag!* – und seufzte.

Sie blickte auf. Klappernd vor Wut stampften Henry Yangs an sich weiche Ledersohlen auf die Metallverstrebungen der Verbindungsgänge.

»Sie!«, rief er, noch bevor er sie wirklich erreicht hatte. »Sie haben alles ruiniert«, sagte er, langsam zu sich kommend. Dann, wenige Momente später, stand wieder der beherrschte, aalglatte

Henry Yang vor ihr, der nicht müde wurde, darüber zu dozieren, warum es anthroposophisch eine gute Idee war, die Menschheit durch einen Sonnensturm zurück ins technologische Mittelalter zu stoßen. Misa sah jetzt, dass er eine Schramme an der Unterlippe davongetragen hatte, Sie wusste gar nicht mehr genau, was im Tumult genau passiert war.

»Sie können es nicht mehr aufhalten«, sagte er regungslos und betrachtete sie mit einem hasserfüllten Funkeln in den Augen.

»Immerhin kann die Welt jetzt sehen, was auf sie zukommt«, sagte Misa halbzufrieden.

»Vielleicht …«, sagte Yang langsam, »… doch vielleicht können wir die Schlüsse, die man daraus zieht, noch etwas anpassen.«

Er erklärte nicht, was er damit meinte. »Bringt sie zunächst in die Gefangenenquartiere«, sagte er emotionslos. Als die Männer jedoch bereits ihre Griffe um Misas Schultern anspannten, überlegte er es sich anders.

»Eins noch«, sagte Yang. Dann drehte er Misa wieder um, sah sie auf seine ganz bestimmte, machtbewusste Weise an und schlug ihr mit der flachen Hand so heftig ins Gesicht, wie sie es noch niemals erlebt hatte. So heftig, dass sie das Bewusstsein zu verlieren schien – aber nur beinahe – ein Zustand, schlimmer als bewusstlos zu sein, denn nun vermischte sich die Erkenntnis der sicheren Niederlage mit der Entwürdigung Yangs, eine Frau geschlagen zu haben. Irgendwie konnte sie sogar froh sein, dachte ihre verquere Logik, dass er nichts Schlimmeres mit ihr angestellt hatte. Noch nicht. So oder so: Sie hatte auf ganzer Linie versagt.

Misa spürte zwar, dass sie weggetragen, gezogen und geschleift wurde, doch es war ihr egal.

Jetzt war längst alles egal.

10

Während sie zwischen Bewusstsein, Wahn und vollständiger Dunkelheit umher schwankte, entlud sich all die Anspannung in grotesk surrealen Momenten. Traumfragmente, die wie Blitze ihren Verstand erhellten, nur um die ganze, leere Wirklichkeit zu beleuchten.

Da war der Jupiter, der sich bei jeder Umdrehung immer wieder in die grinsende Fratze Yangs verwandelte, der lachte und lachte und niemals damit aufhören würde. Dem entgegen: die Sonne. Schöpferin der irdischen Energie, flackerte sie in funkelnden Materieausbrüchen hin- und her und zeigte Misa in grotesk überzeichneten Plasmaausbrüchen, wie sehr sie es genoss, all die geladenen Teilchen auf die Erde zu werfen. Das irdische Magnetfeld glühte auf, erzeugte wundervoll verkrüppelte Nordlichter, deren Feldlinien zu brechen drohten, und die schließlich die ganze Wucht des Sonnensturmes auf die Oberfläche lenkten, die augenblicklich hellglühend zu schmelzen begann, um dem Erdkern entgegenzufließen.

Misas physikalische Instinkte mochten für den Moment ausgeschaltet sein, irgendwie abwesend begriff sie doch, fern zwar, dass irgendetwas davon nicht real war, irgendetwas nicht stimmen konnte. Yang, der unbezwingbare Gasriese, lachte nur. Dann wuchsen ihm Arme und Beine und er fesselte sie, und sie war und war doch nicht auf ihrem Schiff.

Auf der *Ludwig II.*

Das konnte nicht sein und fühlte sich besser und gleichzeitig schlechter an, und dann wurde es hell und sie hörte ihn sagen: »Weckt sie auf, bevor das Schiff startet.«

Erwartungsvoll blickte Henry Yang sie an. Entweder der Traum war zu einer festeren, geradezu realeren Form kondensiert oder sie war wieder wach.

Sie war mit Ultraklebeband an ihren Kommandositz gefesselt und konnte nicht einmal den Kopf drehen, sondern sah nur Yang und den Sichtschirm des Schiffes, der die funkelnde, vom automatischen Strahlenschutz abgedimmte Sonne zeigte, die gerade voraus zu sein schien.

Misa verstand nichts, war vor Kopfschmerz paralysiert und blickte Yang fragend an.

»Haben Sie gedacht, ich würde Sie umbringen?«, fragte er sanft und selbstzufrieden.

»Das werden Sie mir sicher gleich erklären«, stammelte sie – überaus entzückt über die Schlagfertigkeit, die ihr Sprachzentrum ohne verlässliche Kommunikation mit dem restlichen Gehirn zustande brachte.

»Wie der Zufall es will«, sagte Yang, »das werde ich.«

»Da bin ich gespannt«, sagte Misa lakonisch.

»Sehen Sie die Sonne?«

»Ich sehe eine Projektion auf einem Sichtschirm«, sagte sie und genoss die Möglichkeit, immerhin die Perspektive bestimmen zu können.

»Wissen Sie«, fragte Yang genüsslich, »was passiert, wenn Insekten die Sonne sehen?«

Misa blickte ihn an. Sie hatte keine Lust auf Ratespiele. Noch weniger hatte sie Lust auf Ratespiele mit ihm. Es gab ja ohnehin keinen Ausweg.

Er wartete gar nicht erst, ob sie reagierte.

»Sie fliegen zur heißen, fernen Sonne. Wenn es sich dabei jedoch um eine Lampe handelt ...« Er klatschte in die Hände. »Zisch, weg sind sie.«

Er blickte Misa eindringlich an. »Sie haben sich, mit anderen Worten, die Finger verbrannt, Misa Vebiletti. Und daher werden Sie, ganz genau wie andere Schmeißfliegen auch, von der Hitze verschlungen.«

Misa hob eine Augenbraue und vermied es, weiteren Ausdruck zu zeigen. Sie verstand, dass er damit auf den bevorstehenden solaren Sturm anspielte, doch nicht, worauf er hinaus wollte.

»Ist der Autopilot bereit?«, fragte Yang und drehte sich zum hinteren Teil der Brücke.

»Ich kann den Kurs nicht eingeben«, sagte eine Stimme hinter Misa.

»Was ist los?«, fragte Yang.

Stille, gefolgt von aufgeregtem Murmeln. Misa konnte sich überlegen, dass mehrere Männer im Teil hinter ihrem Platz sein mussten und irgendwelche Eingaben am Computer versuchten.

»Der Zugang ist ohne Code nicht möglich«, sagte schließlich eine andere Stimme.

»Natürlich«, meinte Yang und blickte Misa wieder an.

»Den Zugangscode bitte.«

»Sonst was?«, spuckte Misa ihre Antwort aus. Ihr Spott war leicht und kam ganz natürlich. Sie kannte die Antwort, doch sie stellte überrascht fest, dass sie keine Angst hatte. Nicht jetzt.

»Na schön … Holt mir diesen Lakaien her.«

»Stefan Hammerer«, sagte einer der Männer.

»Mir egal«, entgegnete Yang. »Ich will ja nur den Code haben.«

Misa hörte hektische Schritte, dann nur noch das beinahe stoische Rauschen der Schiffsmaschinen.

»Sie wissen natürlich, was ich von Ihnen will.«

Sie lachte. »Sie können es nicht haben«, sagte Misa.

»Das werden wir gleich sehen. Ich muss Ihnen natürlich nicht erklären, dass es in erster Linie Ihre Verantwortung ist, wenn ihr jämmerlicher Zuarbeiter von mir dazu … überredet werden muss, den Code zu nennen.«

»Folter und andere Drohungen von Gewalt haben nur selten dazu geführt, dass man das bekam, was man wollte«, sagte Misa.

»Aber, aber, Mrs. Vebiletti. Wer redet denn von Folter?«

»Glauben Sie etwa, dass wir Ihnen irgendetwas sagen werden? Wenn Sie dieses Schiff haben wollen, dann müssen Sie es schon selbst flott machen.«

»Wie Sie wünschen«, sagte Yang und wandte sich ab. Äußerlich ruhig betrachtete er das gleißende Panorama der Sonne auf dem Hauptbildschirm und drehte sich erst wieder um, als ein schnaufendes Häufchen Elend herein geschleift wurde, das entfernte Ähnlichkeit mit ihrem Assistenten hatte. Die starken Arme der Männer, die ihn hergebracht hatten, drückten ihn hinunter in die Knie und festigten endgültig das Bild des selbstherrlichen, feudalen Kriegsherrn, das Misa von Yang hatte.

»Mr. Hammerer, ja?«, fragte Yang.

Stefan Hammerer nickte heftig mit dem Kopf. Misa konnte seinen blutunterlaufenen Augen und der gebückten Haltung entnehmen, dass es ihm schlechter ergangen war als ihr selbst.

»Nun, Mr. Hammerer, ich mache Ihnen ein Angebot. Sie werden freigelassen.«

Still musterte Hammerer Yang.

»Oh, Sie möchten natürlich gerne wissen, was es ist, das ich will.«

Nicken. Stöhnen.

»Die Kommando-Codes natürlich.«

Sofort schüttelte Misas Assistent den Kopf. Verrat kam nicht in Frage. Zufrieden zwinkerte Misa ihm zu, doch er nahm sie gar nicht wahr, war voll und ganz auf Yang konzentriert.

»Sie weigern sich?«, fragte Yang.

Hammerer nickte.

»Ich verstehe«, sagte der Chef des Millennium-Konzerns und ging langsam um Hammerer herum.

»Sehen Sie … wir haben nicht viele Optionen«, meinte er schließlich. »Mrs. Vebiletti hat ebenso wie Sie abgelehnt, aber das haben Sie sich wahrscheinlich gedacht. Ich frage mich nun, wer von Ihnen beiden empfänglicher für einen … Handel ist.«

Hammerer sagte nichts, doch er blickte nun zum ersten Mal zu Misa herüber. Sah ihre Fesseln und verwandelte den Ausdruck der Hoffnungslosigkeit in seinem Gesicht in blankes Entsetzen.

»Sehen Sie, ich habe auch gedacht, dass Sie das wären, Mr. Hammerer, also versuchen wir es jetzt einmal anders.«

Henry Yang nahm eine ziemlich kleine Blasterpistole aus seiner Anzugtasche und musterte die Strahlenwaffe.

»Wissen Sie, wie es sich anfühlt, eine Hand zu verlieren?«, fragte er süßlich. »Oder ein Bein?«

Hammerer schüttelte den Kopf und sah trotzig aus.

»Ich frage mich«, sagte Yang, »ob das wohl schlimmer wäre, als Sie direkt zu erschießen. Meinen Sie, Sie würden es sich dann anders überlegen?«

Horror in Hammerers Augen. Panische Blicke zu Misa. Kopfschütteln.

»So standhaft …«, fabulierte Yang. »Na schön.«

Misa begriff nicht, was er meinte, doch mit einer kurzen Armbewegung waren zwei der Wachen zu ihm gekommen und hielten Hammerers Arme fest.

Yang kniete sich vor ihm hin und blickte Misas Assistenten aus nächster Nähe an. »Rechts oder links?«, fragte er.

Hammerer sagte nichts.

»Mrs. Vebiletti, rechts oder links?«

Misa sagte nichts. Sie begriff, dass es ihre Aufgabe gewesen wäre, für ihren Kameraden zu sorgen, ihm irgendwie Erleichterung zu verschaffen, doch diese Entscheidung konnte sie unmöglich …

»Sie wissen es auch nicht?«, fragte Yang süffisant. »Vielleicht sollte ich mit Ihnen beginnen?«

Misa zuckte mit den Schultern, soweit es die Fesseln zuließen. Sollte er doch. Sie spürte irgendwie, dass er trotz allem Hammerer für die schwächere Option hielt. Er wollte sie gegeneinander ausspielen. Aber es würde ihm nicht gelingen.

»Letzte Chance, Mr. Hammerer. Rechts oder links?«

Stefan Hammerer zitterte und bibberte am ganzen Körper, und Misa meinte, eine kleine Pfütze unter ihm ausmachen zu können. Doch er sagte nichts.

»Sind Sie Rechtshänder? Ja?«

Yang trat auf die nämliche Seite und zwickte Hammerers angespannten Bizeps.

»Ein Jammer«, sagte er und hielt den Blaster an das Schultergelenk.

Misa konnte sehen, wie Hammerer die Augen zukniff und die Zähne zusammenbiss. Er war nicht bereit, Yang zu geben, was er wollte. Insgeheim fragte sie sich, ob sie das auch tun würde, wenn Yang ihr die Pistole auf die Brust setzte.

»Ich gebe Ihnen drei Sekunden.«

Hammerer sagte nichts.

»Ich werde in zwei Sekunden schießen«, sagte Yang.

Noch immer Stille.

»Eine Sekunde.«

Die Zeit spannte sich in die Ewigkeit – zumindest für Misa. Sie hörte, wie Hammerer würgen musste.

Yang lachte. Gleich würde er schießen, Misa war sicher. Und sie ließ es geschehen und machte nicht einmal den Versuch, etwas zu tun. Düster erinnerte sie sich daran, dass auch Hugo Marcus es so gemacht hätte. Sie spürte, wie ihre Eingeweide sich noch weiter zusammenzogen.

Es verstrich noch ein Moment, und dann noch ein weiterer.

»3X7y47fkjh2Rosenheim«, würgte Stefan Hammerer hervor.

Yang lachte.

»Haben Sie alles verstanden?«, fragte er sofort, an den hinteren Teil der Brücke gewandt.

»Jawohl.«

»Passt der Code?«

»Jawohl. Wir haben Vollzugriff auf die Schiffssysteme.«

Anerkennendes Nicken von Yang. »Das haben Sie gut gemacht, Mr. Hammerer.«

Erlösende Entspannung durchfuhr Stefan Hammerer und dankbare Augen hingen an Yang.

Dann, beinahe beiläufig, drehte dieser sich zu Misa um und drückte ohne hinzusehen den Auslöser seiner Strahlenpistole.

Zischendes Gurgeln in Hammerers Brust mischte sich mit dem Geruch von verbranntem Fleisch, inkontinenter Blase und frisch Erbrochenem und ließ Misa nach Luft schnappen. Er hatte ihn gekillt, nachdem er ihm den Code gesagt hatte.

Wie eingebrannt in ihre Netzhaut sah sie Hammerers leere Augen mit seinem Kopf zu Boden sinken. Sie hatte ihn sterben lassen. Sie hätte es wissen müssen. Sie hätte …

Versuchsweise sammelte Misa Spucke in ihrem Mund, doch war ihrem Überlebenstrieb nicht danach, ihn zu provozieren. Wenn er sie auch umbringen wollte wie ein Tier, dann sollte er schön selbst darauf kommen.

»Ich nehme an«, sagte Yang wieder an den hinteren Teil der Brücke gewandt, »dass wir jetzt den Kurs programmieren können?«

»Jawohl«, hörte Misa sofort. »Der Kurs ist fertig eingegeben.«

Was meinte er damit? Wohin sollte die *Ludwig II.* fliegen?

»Koordinaten eingespeichert. Überbrückung unmöglich«, sagte eine Stimme hinter Misa, deren Besitzer sie nicht sehen konnte. Überhaupt konnte sie jetzt nur noch den Sichtschirm mit dem brodelnden Plasmaball in der Mitte des Sonnensystems sehen, da Yang zur Seite gegangen war. Eine Sonne, die plötzlich näher und bedrohlicher schien als jemals zuvor …

»Sehen Sie«, sagte er, »die Gewohnheit diktiert es, 'auf Wiedersehen' zu sagen, wenn man sich trennt, oder wenigstens 'Lebewohl'. Doch beides scheint mir seltsam deplatziert, nun, da sie weder leben noch mich wiedersehen werden.«

»Fahr zur Hölle«, sagte Misa, doch sie hörte nur, wie Yang zufrieden kicherte.

»Aber, aber«, sagte er, »Mrs. Vebiletti. Vielmehr werden Sie jetzt gleich zur Hölle fahren.«

Es gefiel ihm offenbar, aus dem Off zu sprechen, denn er sah keine Notwendigkeit, noch einmal in den vorderen Bereich der Brücke zu kommen. »Sie müssen das Positive sehen«, erklärte er jovial. »Sie werden das Feuerwerk aus nächster Nähe genießen können.«

Welches Feuerwerk?

'Oh nein', dachte Misa, als es ihrem Verstand endlich gelang, sich in Yangs verkümmerte, widerliche Perspektive zu begeben.

Die *Ludwig II.* würde in die Sonne fliegen und den Sonnensturm auslösen, den zu verhindern sie angetreten war.

Ein würdiger Abschluss.

Misa würgte.

»Wie ich sehe«, sagte Yang zufrieden, »beginnen Sie das ganze Ausmaß dieses Schlamassels zu begreifen.«

»Auch Sie werden irgendwann Ihren Richter finden«, sagte Misa erschlafft und kraftlos. Sie hatte aufgegeben und das sollte er ruhig wissen. Sie wusste, dass er keine Gnade walten lassen würde, doch es war ihr alles nur noch unendlich egal.

»Wir werden ja sehen«, sagte Yang, dessen Stimme jetzt ferner klang. »Und da mich niemand für unhöflich halten soll – auch Sie nicht – verabschiede ich mich nun mit dem gebührlichen Anstand.«

Anstatt jedoch einen Gruß folgen zu lassen, lachte er nur. Lachte so laut und eindringlich, dass es Misa Schauer um Schauer den Rücken hinunter jagte. Dann wurde sein Lachen blecherner, ferner.

»Ich werde Sie noch ein Stück begleiten können«, sagte Yang über die Sprechanlage. »Bis das Rauschen der Korona eine Übertragung verhindert. Dann werden Sie Ruhe haben, über Ihre Fehler nachzudenken.«

Misa sah einen Teil von sich zetern, schreien, Yang verfluchen. Doch ihre aufgegebene Hülle saß fest verankert in dem Sessel und rührte sich nicht. Sie hatte keine Lust, ihn zu beschimpfen. Keine Lust, zu leben. Aber auch dafür sorgte er ja.

Sie spürte das Einsetzen der Triebwerke. Es rauschte, dann, nach der Zündung, ging das Geräusch in ein tiefes Wummern über, das von den Treibstoffpumpen und Fusionsgeneratoren erzeugt wurde.

Andererseits ...

»Computer, Autorisationscode Vebiletti 'vierundzwanzig-Starnberg-Neuschwanstein-achtundvierzig'. Not-Stopp des Antriebssystems.«

Die Spracherkennung reagierte sofort. »Befehl kann nicht ausgeführt werden. Die Kontrollen sind gesperrt.«

Wieder Lachen. »Ich habe Ihnen eine reibungslose Fahrt versprochen, und die bekommen Sie auch.«

Misa seufzte. Nein, noch war sie nicht fertig. Sie schüttelte den Schatten der Resignation ab. Hier ging es schließlich nicht nur um sie. Sicher hatte Yang alle verfügbaren Satelliten auf die *Ludwig II.* gesetzt, um schön und für alle Welt sichtbar aufzunehmen, wer genau hier ein Schiff in die Sonne steuerte, nämlich Bavaria. Und auch, wenn sie nicht viel mehr von ihren Auftraggebern hielt als von Yang, so war Verrat nicht ihre Spezialität, auch wenn das keine Rolle mehr spielte, wenn sie erst einmal verglüht war. Man würde sie für eine Verräterin halten. Das konnte sie nicht zulassen. Sie beschloss, Yangs Gekrächze zu ignorieren und sich stattdessen kurz zu konzentrieren.

»Computer«, sagte sie voll neuer Entschlossenheit – was freilich keinen Einfluss auf die Schaltkreise haben würde – »welche Systeme sind nicht von dem Command-Lock betroffen?«

»Auskunft nicht möglich. Die Kontrollen sind gesperrt.«

Na super. Er hatte zumindest gründlich gearbeitet.

»Sie halten sich noch immer für superschlau, was?«, sagte Yang über die Sprechverbindung. »Ich habe aus dem Jupiter-Fiasko gelernt. Es sind wirklich alle Systeme des Schiffes gesperrt.«

Misa lächelte innerlich kurz, als sie sich daran erinnerte, wie sie das Burst-Array in der Atmosphäre des Gasriesen versenkt hatte. So leicht würde er es hier nicht machen, aber irgendwie wich das Gefühl der Niederlage der frischen, leichten Aura der Herausforderung.

Und doch begriff sie durch seinen Kommentar eines: Auch hier und jetzt war Yang nur ein Mensch, egozentrisch, machtbesessen und im Rausch des Sieges. Wenn er etwas übersehen hatte, konnte sie es finden – egal, ob der Computer gesperrt war oder nicht.

»Computer, erhöhe Brücken-Temperatur um zwei Grad Celsius.«

Gespannte Stille. Mal sehen, ob er wirklich an alles gedacht hatte.

»Befehl kann nicht ausgeführt werden. Die Umgebungs-Kontrollen sind gesperrt.«

Na schön.

»Medizinischer Notfall«, sagte sie. »Ich fühle mich, als könnte ich nicht atmen, habe Herzrasen und ein Stechen in der Brust.«

Yang lachte. »Wissen Sie was? Auch wenn es der offensichtliche Versuch ist, den Computer zu überlisten, glaube ich Ihnen, dass sie sich so fühlen.«

Der Bordcomputer hingegen hatte weder Galgenhumor noch Zynismus für Misa übrig.

»Kein medizinischer Notfall auf den internen Sensoren. Operation abgebrochen.«

'Okay', dachte sie. 'Eine echte Herausforderung also.'

Misa knabberte an ihrer Unterlippe – eine ersatzweise Übersprungshandlung, da sie weder Hände noch Haare unter ihrer Kontrolle hatte, die sie üblicherweise missbrauchte, wenn sie angespannt und konzentriert war.

Die Waffensysteme? Unsinn. Navigationskontrollen? Ganz sicher gesperrt. Sie würde Yang wohl kaum davon überzeugen können, dass sie auf die Toilette hätte gehen wollen, ehe die *Ludwig II.* in der Sonnenkorona wie ein Maiskorn aufplatzte.

Unnachgiebig tickte die überflüssigerweise eingeblendete Reisezeit herunter. Zwei von vier Stunden waren bereits vergangen, und selbst wenn es ihr irgendwie gelungen wäre, den Kurs umzukehren, hatte sie keine Ahnung, ob noch genügend Treibstoff oder Platz oder irgendetwas da gewesen wäre.

»Computer«, sagte sie matt, »Funktioniert die Notrufboje?«

»Positiv«, gab das akustische Interface zurück.

Misa seufzte. »Starte einen Notruf der Klasse 3.«

»Befehl kann nicht ausgeführt werden. Die Notruf-Kontrollen sind gesperrt.«

Natürlich. Sie hatte den Befehl falsch formuliert. Die stumpfe Heuristik des Computers wertete zwar aus, ob es funktionierte, doch das bedeutete nicht, dass sie es auch benutzen durfte. Verdammt!

Siebzehn Anfragen später musste sie einsehen, dass Yang an alles gedacht hatte – oder an alles, was ihr einfallen wollte. Ratlos hing sie in ihren Fesseln und blickte resigniert auf den großen glühenden Plasmaball, der mittlerweile den ganzen Sichtschirm ausfüllte und immer, immer näher kam.

»He, Yang«, sagte sie schließlich. »Sind Sie noch da?«

»Meinen Sie etwa, das würde ich mir entgehen lassen?«

Misa schüttelte den Kopf, soweit es die Fesseln zuließen. Natürlich nicht. Es war grotesk, doch sie brauchte Ablenkung. Und auch wenn er der letzte Mensch der Welt war, mit dem sie sprechen mochte, war es doch gleichzeitig besser als nichts.

»Was würde ich nicht dafür geben, jetzt eine heiße Schokolade zu haben.«

»Ich fürchte«, sagte Yangs Stimme zufrieden über den Sprechkanal, »dass dies keine Butterfahrt ist. Unter keinen Umständen …«

»Anfrage akzeptiert. Einen Moment.«

»Was war das?«

Yangs Stimme erbebte.

Misa sagte nichts, sondern sah sich um und versuchte, die Stimme zuzuordnen. Es konnte doch nicht …

Der heiße Geruch frisch erzeugter Schokolade stieg an ihre Nase.

»Einen Moment«, sagte der Dienstroboter und watschelte um sie herum. Misa musterte ihn gleichsam verwirrt und überrascht und euphorisiert. Doch er fand keinen Platz, die Tasse abzustellen, da die Sessellehnen überall mit Superklebeband und ihren Armen verbunden waren.

»Soll ich Ihnen Platz schaffen?«, fragte der Roboter.

»Ja!«, rief Misa.

»Nein!«, rief Yang.

Der Roboter ignorierte die Stimme aus dem Sprechkanal und begann damit, sorgsam die einzelnen Klebestreifen abzutragen.

Misa spürte unbehagliche Kälte an ihrem Arm, dann jähen Schmerz, als der Klebstoff mit einigen Haaren robotisch gelöst wurde.

Es war doch nicht zu fassen. Der Roboter hatte wahrscheinlich nicht viel Spielraum gehabt, doch irgendwie durfte er offenbar ein Getränk anbieten. Und jetzt, da sie es nicht zu sich nehmen konnte oder der Platz zum Abstellen nicht frei war oder aus irgendeinem anderen Grund folgerte er, dass Misa befreit werden musste. Nach und nach verschwanden die Klebestreifen, ehe sie begriff, dass der rechte Arm frei war.

Yangs Stimme gurgelte auf und ab.

»Das wird Ihnen gar nichts nützen. Die Kontrollcodes werden Sie niemals bekommen. Sie sind verloren. Für immer.«

Misa schluckte und blickte auf Hammerers Leichnam, der noch immer wenige Meter zwischen ihr und dem Sichtschirm lag. Yang hatte Recht. Vielleicht würde sie frei kommen, doch dann war sie noch immer gefangen in einem fliegenden Sarg, der auf das größte Krematorium der Welt zuraste.

»Sehen Sie das Positive: Kaum noch zwei Stunden, dann ist es überstanden.«

Misa beschloss, es wie auf dem Burst-Array zu machen. Einfach ignorieren, bis es nötig war, mit ihm zu sprechen.

»Ich hoffe, das Getränk ist zu Ihrer Zufriedenheit«, sagte der Dienstroboter und zog sich in seine Nische zurück. Offenbar waren seine Subroutinen der Meinung, dass es ausreichend war, einen Arm frei zu haben. Reichlich einfältig, aber darüber durfte sie sich nun wirklich nicht beklagen. Hastig zerrte und zog sie an den Klebestreifen, ehe sie den Arm wirklich frei bewegen konnte. Der andere Arm war zwar mit einer Hand, zumal sie bei derartigen Tätigkeiten noch immer schmerzte, frei zu bekommen, doch es war keineswegs einfach.

Mit zwei Armen schließlich, stellte sie zufrieden fest, konnte man beinahe alles selbst erledigen. Die Klebestreifen, die mehrmals um ihren Brustkorb herumgewickelt waren, stellten sich als Herausforderung dar, doch waren sie nicht unüberwindlich.

Yang zeterte und fluchte, doch er war sich noch immer so sicher, dass Misa nichts machen konnte, dass es sie nicht weiter störte. Er würde kaum die Selbstzerstörung starten – schließlich wollte er ja unbedingt die *Ludwig II.* seinen Sonnensturm auslösen lassen. Wenn sie die Kontrolle nicht wiedererlangen konnte, so konnte sie immer noch versuchen, den Auftreffwinkel zu variieren. Vielleicht verfehlte der Sonnensturm dann die Erde.

Aber eins nach dem anderen. Misa hantierte noch immer mit den Klebestreifen.

»Warum die Eile?«, fragte Yang wieder. »Es nützt ja ohnehin nichts.«

'Das werden wir ja sehen', dachte sie, und brachte gerade genügend Willenskraft auf, ihre Konzentration nicht an Yang zu verschwenden. Diesen Fehler hatte sie oft genug begangen.

Als der Countdown zum Aufprall eineinhalb Stunden zeigte, erhob Misa Vebiletti sich aus ihren Fesseln und stand auf der Brücke ihres Schiffes. Fühlte sich ... lebendig. Doch noch wollte es ihr nicht gehorchen.

Während Yang noch flötete, was sie jetzt wohl tun wollte, ging sie ohne Antwort in Richtung Maschinenraum. Zur Not würde sie das Schiff eben selbst zerstören.

Der Korridor fühlte sich seltsam fremd an. Sie kannte die *Ludwig II.* natürlich in- und auswendig, und es war auch kein Gefühl der Distanzierung oder des Unbehagens. Vielmehr spürte sie, dass das Schiff sie ablehnte, ja, irgendwie bekämpfen würde. Die Wände schienen jeden Moment auf sie zustürzen zu wollen, je näher sie dem Ziel auch kam.

Dabei musste sie natürlich gegen die unaufhörliche Beschleunigung der beiden Antriebsmodule ankämpfen, doch das stellte nur eine kleinere Zusatzarbeit ihrer Beine dar. Die echte Bedrohung lag in ihrem Kopf, nicht den Muskeln. Misa wusste, dass sie in einiger Zeit in die Sonne stürzen und genau dafür verantwortlich gemacht werden würde, was sie eigentlich hatte verhindern wollen. Die Ironie stach sie so sehr, dass die vage, unverhoffte Möglichkeit, es noch zu verhindern sie gleichsam lähmte und quälend langsam vorankommen ließ.

Dann, das Schott zum Maschinenraum.

Yangs lautsprecherverzerrte Stimme lachte und erklärte, dass er noch immer die Kontrolle über das Schiff habe, und dass sie ihn nicht aufhalten könne. Dass er in seiner grenzenlosen Gnade die Tür vor ihr servomechanisch verschlossen hätte. Allein, Misa hatte schon einmal in höchster Not die manuelle Überbrückung verwenden müssen und fand diesmal schneller die Treibsätze, die die schweren Schwungräder freigaben. Es war unmenschlich schwer, und zwei jeweils halbverletzte Hände ächzten unter den Versuchen, doch schließlich brachte sie das Schott auf und sah, was sie nicht sehen durfte.

»Wie gefällt Ihnen der Tesla-Generator?«, fragte Yang hämisch und noch immer sicher, dass es nichts gab, was sie tun konnte.

Reglos starrte Misa auf das blinkende, mannshohe Gerät inmitten der schmalen Einrichtung des Maschinenraums. Sie hatte so etwas schon in den Laboren der MSA gesehen und bekam langsam eine Idee davon, welche Aufgabe das Stück Technologie hatte – für kurze Augenblicke ein unglaublich starkes Magnetfeld aufzubauen, das die Außenhülle des Schiffes als Antenne verwenden und der Sonne die Möglichkeit geben würde, eine Protuberanz auszubilden, die letztlich für den Massenausbruch zum richtigen Zeitpunkt in die richtige Richtung sorgen würde …

Doch das bedeutete auch …

»Sie haben verloren«, sagte Misa so laut und beiläufig und zufrieden, dass Yang es hören musste. Wenn sie das Gerät kurzschließen oder zerstören oder deaktivieren konnte, würde kein Sonnensturm entstehen, sondern lediglich die *Ludwig II.* verglühen. Keine guten, doch immerhin bessere Aussichten, fand sie.

»Freuen Sie sich nicht zu früh«, sagte Yang denn auch unbeeindruckt. »Sie können es nicht aufhalten.«

Misa grunzte und ignorierte die Stimme des Millennium-Schurken gleich wieder. Sie wusste nicht, ob es möglich war, ihn zu einer unbedachten Aktion zu provozieren, doch das hatte auch keine Priorität – zuerst musste sie den Tesla-Generator ausschalten.

Interessiert ging sie ein-, zweimal um das Gerät herum. Versuchte herauszufinden, wie es aufgebaut war, doch alles, was sie erkennen konnte, war die Spule am oberen Ende und die Kabel zum Plasmakern, die an der Basis des Geräts entsprangen.

Nervös ging sie zu einer der Schubladen, wo sich die Handscanner befanden, und versuchte, den Magnetfeld-Generator genauer zu untersuchen. Nichts. Der Scanner wurde abgelenkt. Das Feld im passiven Zustand war bereits zu groß.

Dann wieder Yang. »Ich verstehe wirklich nicht«, sagte er genüsslich, »wie es möglich ist, dass Sie eine Stunde vor Ihrem unausweichlichen Ableben durch die Maschinensektion kreuchen, anstatt voller Anstand und Entspannung einfach abzuwarten, dass es endlich vorbeigeht.«

»Es ist noch nicht vorbei« murmelte sie und überlegte dabei, wie es zu schaffen war, die Energieverbindung zu kappen, ohne sich selbst mit durchzuschmoren und gleichzeitig den Kern zu überlasten.

Immerhin – beides würde auch bedeuten, dass der Sonnensturm abgewendet würde, selbst wenn sie dabei draufging. Nein, soweit war es noch nicht.

Misa trat an eine der Konsolen und tippte hastig einige Anfragen ein. Da war schließlich noch immer Frachtraum zwei.

Kopfschüttelnd strich sie nach und nach die Optionen von der Liste. Natürlich würde der zerlegte Oberflächenbuggy ihr nicht helfen, ebenso wenig wie die erweiterte Gliding-Ausrüstung oder die Notstrom-Generatoren …

Der Prototyper.

In Sekundenschnelle hatte sie das Interface auf den Schirm gewischt. Bibliothek für gespeicherte Bauteile. Hochenergie-Isolator, zusammen mit einer maximal scharfen Machete.

Drucken.

Sie wusste nicht, ob Yang sehen konnte, was sie machte, aber es war ihr auch egal. Wie im Rausch rannte sie hinaus auf den Korridor und zu Frachtraum zwei.

Der Zugangscode. Hatte der arme Hammerer sie wirklich überall ausgesperrt?

Nein, er passte. Die schweren Türen knirschten und gaben die Schätze der Bavaria-Forschungsabteilung frei. Hinten in der Ecke knarzte der Prototyper. Drei kurze Pieptöne gaben das Ende des Prozesses an.

Triumphierend betrachtete Misa die zwei Meter lange Isolatorstange, an deren Ende eine Carbon-Klinge saß, die alles außer Diamant schneiden konnte. Jetzt lag es an ihr.

Der Kunststoff fühlte sich warm vom Prototyping-Prozess an, doch er war vollkommen ausgehärtet und sofort einsatzbereit, wie der Bildschirm mitteilte.

Die Tür knarzte.

Yangs Gelächter.

»Sie waren unvorsichtig«, sagte er. Misas Verstand deutete die Äußerung und erklomm neue intellektuelle Höhen, indem er begriff, dass die relativistische Verzögerung durch die große Signallaufzeit mittlerweile so bedeutsam sein musste, dass es einfach nur Minuten statt Sekunden gedauert hatte, bis Yang verstand, was sie vorhatte.

»Wenn Sie dies hören können, habe ich die Frachtraumtür mit einem neuen Code versehen. Zu schade aber auch.«

Misa sah, wie die schweren Bolzen aufeinander zu stoben, und rannte los. Wenigstens zehn Meter lagen vor ihr, und sie hatte nicht die abrupte Beschleunigung eines Sprintasses in ihren Beinen. Auch ohne doppelte Gleitkommapräzision kannte sie den Ausgang der Wahrscheinlichkeitsrechnung: Sie schaffte es nicht.

Verzweifelt trommelte sie die Fäuste gegen die massiven Metallverstrebungen. Sie war gefangen.

»Ich schlage vor, Sie machen es sich gemütlich«, sagte Yangs Stimme zufrieden. »Es dauert nicht mehr lange.«

Nichts da. Misa hatte noch immer den Handscanner mit dem Inventar des Frachtraums am Gürtel hängen. Sie zwang sich, die Liste neu durchzuscrollen. Sie hatte doch ...

Da war es!

Schwere Waffen.

Sie seufzte, verfluchte und dankte der Entwicklungsabteilung Bavarias gleichermaßen und suchte Kiste 47-11 Alpha.

Eine Minute später hielt Misa einen Raketenwerfer in der Hand, der in etwa die Feuerkraft haben sollte, eine zehn Zentimeter dicke Stahlschicht durchbrechen zu können. Ja, es bestand die Möglichkeit, dabei die strukturelle Integrität des Schiffes zu beschädigen – und das war ihr vollkommen egal.

Sie suchte Deckung hinter einer der hintersten Kisten, legte den Lauf der Waffe darauf ab, sodass sie selbst vollkommen geschützt war, ignorierte die Gedanken, die sie daran erinnerten, dass sie so etwas noch niemals gemacht hatte, und feuerte dann ohne weitere Warnung auf die Frachtraumtür.

Die Wucht des Rückstoßes riss sie nach hinten, und dann waren da die Explosion und Rauch und gleißendes Licht.

Das Wimmern der automatischen Feuerlöschanlage mischte sich mit dem durchdringenden Piepen, das anzeigte, dass das Heiligtum des Schiffes, Frachtraum Zwei, angegriffen worden war – woher sollte der Schiffscomputer auch wissen, dass es sich nicht um einen Angriff handelte – und gab Misa schließlich, nachdem der Rauch abgezogen war, den Blick frei auf den durchnässten, mit Löschschaum übersäten Korridor hinter der Tür.

Sie konnte heraus. Schnell schnappte sie die unförmige Isolatormachete, rappelte sich auf und rannte zurück in den Maschinenraum.

Yangs mehrere Minuten retardierte Stimme hallte durch den Korridor. »Ich sehe, was Sie versuchen. Doch seien Sie gewiss: Egal, ob das Schiff sein Ziel erreicht, Sie werden dabei auf jeden Fall nur sterben.«

Misa ignorierte Yangs Sermon und beeilte sich nur noch mehr. Atemlos stand sie vor dem Magnetfeldgenerator, spürte ihren Herzschlag in jeder Faser ihres Körpers. Wahrscheinlich war einfach alles vorbei, wenn sie jetzt das Kabel kappte. Trotzdem gab es nur einen einzigen Gedanken: Zur Hölle mit dem, was danach kam – sie musste es tun.

Der Akt des Durchtrennens war antiklimatisch unaufregend. Sie nahm die Isolatormachete so hoch es ging über den Kopf, sodass das ferne Ende bereits an die Decke stieß, und dann hackte sie mit einem schrillen, aus dem ganzen Körper stammenden Schrei das Energiekabel durch.

Und dann passierte … nichts.

Keine Funkenexplosion, keine Warngeräusche, dass der Kern überlastet würde, gar nichts.

Misa Vebiletti stand zitternd inmitten des Maschinenraums der *Ludwig II.* und betrachtete das tote Stück Technologie vor ihr, das seinen Zweck jetzt nicht mehr erfüllen würde.

Sie wusste, dass ihr etwas mehr als eine Minute Zeit blieb, ehe Yang über seinen Standkanal sehen würde, was die internen Sensoren ihm über den Zustand des Schiffes anzeigen konnten – Misa konnte sich nicht ausmalen, was er dann noch versuchen würde, vielleicht blindwütig sprengen oder so etwas, aber es spielte auch keine Rolle mehr.

Die Erde war gerettet – erst einmal, jedenfalls – und alles, was jetzt kam, war ihr persönlicher Bonus.

Die Kontrolle über das Schiff zurückzuerlangen, kam ihr wie ein ferner Wunsch vor, ferner als Yangs elektromagnetischer Griff an die Kontrollen und ferner als der entzündete Plasmaball, auf den die *Ludwig II.* mit unverminderter Geschwindigkeit zuhielt.

Misa schloss die Augen und versuchte, endlich einmal für einen einzigen Moment einen klaren Kopf zu behalten. Welche Systeme konnte Yang nicht erreichen, was konnte sie vor ihm verbergen?

Gewiss hatte er die Navigationskontrollen gelockt. Ihre Gedanken rasten hinüber zu den Robotern, deren einzige, naive Autonomie sie befreit hatte und die in dieser Situation vollkommen nutzlos war. Es war unmöglich, in so kurzer Zeit Hammerers Sperre zu knacken. Sie wagte nicht einmal zu hoffen, es zu schaffen.

Yangs widerliches, nimmermüdes Gelächter erreichte erneut das Schiff. »Sie haben nicht gewonnen, Mrs. Vebiletti«, teilte er mit. »Ich werde einfach ein neues Schiff schicken. Haben Sie etwa gedacht, ich hätte nur einen Pincher? Dieses Mal nicht.«

Misa zuckte zusammen. Aber natürlich.

Als sie das abgetrennte Energiekabel des Magnetfeldgenerators sah, traf es sie.

Pincher. Nicht nur Feldgenerator. Damit konnte man auch einen elektromagnetischen Puls auslösen – stark genug, die gesamte Schiffselektronik auf einmal zu überlasten. Sie erstarrte. Womöglich hatte sie gerade leichtfertig mit dem Energiekabel ihre einzige Chance selbst zerstört. Aber noch war nicht alles verloren.

Hastig rannte sie an das Terminal neben dem Plasmakern. Zufrieden stellte sie fest, dass das Energienetz automatisch und ohne Murren die Spannung aus dem Kabel genommen hatte, nachdem es durchtrennt worden war. Und jetzt, welch Ironie – musste sie es wieder zusammensetzen.

Doch zunächst nahm sie Handscanner und Werkzeugkasten und trat an die makellose Abdeckung des Gerätes.

Ohne irgendeinen Zweifel nahm sie den Schweißbrenner, setzte an und entfernte eine Seite der Abdeckung.

Nackte, langweilige Bauteile hingen umher, ganz hinten eine Art flüssig-trübe Kondensatorbauteile. Keine Chance, die innere Funktionsweise mit den Augen zu verstehen. Der Scanner musste her. Sie atmete leicht auf, als sie begriff, dass der Faradaysche Käfig mit dem Entfernen der Abdeckung wirkungslos geworden war und sie es schon viel früher viel einfacher hätte haben können. Und jetzt wollte sie das Gerät gar nicht deaktivieren, sondern dazu bringen, einen EMP zu produzieren.

Misa seufzte. Der Scanner zeigte genau an, wo die Steuerung sich befand, doch sie wusste nicht, wie sie darauf zugreifen sollte. Konnte sie vielleicht auf einer niedrigeren Ebene den Pincher laden?

Rastlos wischte sie die Scanergebnisse auf dem Bildschirm umher. Die Steuerlogik war zu kompliziert, um sie neu zu programmieren. Doch wenn ein unerwartet großer Strom durch das Gerät schoss …

Genau das würde sie tun. Misa schnappte sich das Handschweißgerät, das vage Erinnerungen an Kämpfe in einem ähnlichen Maschinenraum weckte, und kniete sich an die klaffende Wunde im Kabel. Es musste nicht ewig halten. Sie hatte wahrscheinlich ohnehin nur einen Versuch.

Misa lächelte, als sie den kurzen Gedanken verwarf, darauf zu warten, was Yang dazu sagen würde, wenn er sah, dass sie die Kabel wieder verschweißte. Egal.

Sie trat an das Steuerpult und überlud die Verbindung zum Magnetgenerator. Maximale Leistung, eine Sekunde.

Ihr Atem wollte und wollte nicht die Lunge verlassen, und beinahe erwartete sie dabei, dass ihr Herz aufhören würde zu schlagen, dann drückte sie endlich den verführerisch blinkenden Knopf in der überbrückten Energieverteilung. Es gab ein widerlich hohes Geräusch, dann sprühten Funken aus dem Pincher, der beim Aufladen ein seltsames Piepen von sich gab, und mit dem Verglühen des Lichtbogens an der geflickten Kabelstelle gingen auf der *Ludwig II.* alle Lichter aus.

11

Zittrig suchte sie blind in den Schubladen des Maschinenraums nach einer Notlampe, ständig in Angst, sich durch unbedachtes Hantieren ein oder zwei Finger an scharfkantigen oder feuergefährlichen Werkzeugen abzuschneiden. Als sie schließlich fand, was sie gesucht hatte, leuchtete sie sich natürlich erst einmal selbst ins Gesicht, um sicherzugehen, dass sie auch weiterhin nichts sehen konnte.

Nachdem die unvermeidlichen Sterne, die ihre Augen vernebelt hatten, langsam aber sicher verblasst waren, suchte sie die Notstromkonsole.

Sie fühlte sich sofort zurückversetzt in die Dunkelheit der *Leopold*. Diesmal musste sie es nicht so weit kommen lassen, keinen Sauerstoff mehr zu haben, denn sie war bereits wenige Meter neben der Steuerung, die dem Raumschiff und seinem Kapitän seine Handlungsfreiheit wiedergeben würde.

Noch immer vor Aufregung bebend und doch zufrieden lächelnd betätigte sie die schummrig beleuchteten Schaltflächen, die einen sauberen Neustart von Grund auf abfragten, setzte neue Kommandocodes fest und betete dann, dass der Plasmakern sich wieder starten ließ.

Misa bemerkte die Anspannung, die von ihr abfiel, erst, als das beruhigende Surren der Materieumwandlung den Maschinenraum wieder in die wohlbekannte Geräuschkulisse tauchte – viel leiser zwar als auf dem Schwesterschiff *Leopold*, aber doch so vernehmlich, dass ohne es einfach die beruhigende Aura des Funktionierens fehlte.

Zufrieden blickte Misa sich um, steckte den Handscanner, den sie noch immer in der Hand verkrampft hielt, an den Gürtel, kümmerte sich gar nicht darum, dass der EMP auch ihn deaktiviert hatte, und eilte auf die Brücke.

Der Sichtschirm zeigte die gnadenlose Hitze der Sonne, auf die die *Ludwig II.* nach wie vor zuraste. Misa wusste, dass es einige Mühe kosten würde, den Kurs zu ändern, denn langsam lief sie Gefahr, auch noch gegen das Gravitationsfeld des Zentralgestirns kämpfen zu müssen.

Rastlos wischten die Finger über die Navigationssteuerung. War es besser, eine radiale Kursänderung vorzunehmen oder mit den Steuerdüsen das Schiff um 180 Grad zu drehen und einfach vollen Gegenschub zu entfachen?

Zu dumm, dass die Plasmaumwandler nicht funktionierten. Damit wäre eine Kursumkehr möglich gewesen. Doch so ...

Grimmig blickte sie auf den Sichtschirm. Es gab keine andere Möglichkeit, als eine langgezogene Kurve zu vollführen, noch mehr Schub zu geben und zu hoffen, dass die Strahlung, die in diesem Bereich wesentlich stärker war als beispielsweise im Abstand der Erde, nicht die Hülle zum Schmelzen bringen würde. Als sie den Kurs eingegeben hatte und die leichte Radialbeschleunigung wahrnahm, erlaubte sie sich so etwas wie Entspannung – wieder zitterte sie am ganzen Körper, doch nach und nach begriffen die Nervenzellen, dass die unmittelbare Gefahr vorüber war – vielleicht nicht für immer, doch für den Moment.

Misa lehnte sich in ihrem Kommandositz zurück und schloss die Augen. Einen kurzen Moment lang genoss sie die süße Unbeschwertheit des jähen Überlebens, dann zirpte der Kommunikationskanal. Yang.

Misa seufzte. Sie wusste genau, was er mitzuteilen hatte. Doch jetzt, hier, in diesem Moment, konnte sie es gut vertragen.

»Ich werde Sie töten«, war denn auch das erste, was das vor Zorn und Hass verzerrte Gesicht auf dem Hauptschirm von sich gab. Und dann schaffte er es doch, Misa erneut zu überrumpeln.

»Ich dachte, es wäre opportun, Ihnen mitzuteilen, dass ich dieses Mal einen Ersatzplan habe«, erklärte er sichtlich zufrieden. »Ein weiteres Schiff. Unerreichbar für Sie oder irgendjemand anderen.«

Damit erstarb der Bildschirm und zeigte den gelblich gefärbten Hintergrund der solaren Korona.

Warum nur erzählte er ihr das? Misas Hände huschten über die Kontrollen und versuchten, die nächstgelegenen Bavaria-Satelliten und die schiffseigenen Sensoren auszuwerten.

Misas Herz stockte für einen kurzen, viel zu lange währenden Augenblick, als sie begriff, dass er Recht hatte. Im Trajektorien-Diagramm eine Winzigkeit weiter links, vielleicht eine halbe Stunde nach der *Ludwig II.* gestartet, steuerte ein Frachter den beinahe gleichen Kurs. Niemals würde Misa es schaffen, ihn zu erreichen, selbst wenn es ihr gelänge, eine 360-Grad-Drehung auszuführen ... es sei denn ...

Sie sah die Tag-Nacht-Ausleuchtung der Erde in zweieinhalb Tagen, sah die Länder und Staaten, die es treffen würde, sah sich selbst bereits ohne Nahrung und Wasser zu Grunde gehen.

Nein, dazu durfte es nicht kommen. Sie rannte zurück in den Maschinenraum. Musste etwas nachholen, das sie früher hätte tun sollen.

Rastlos räumten die Dienstroboter bereits das Chaos auf, das sie in der Maschinensektion veranstaltet hatte. Das kam ihr gerade Recht. Kurzentschlossen schnappte sie einen und schleppte ihn mit sich in den rechten Zugangsschacht.

Sie wusste natürlich, dass er ihre Unruhe nicht spüren konnte, dennoch wirkte es so, als ob er sich seiner Verantwortung bewusst war.

»Wir müssen die Plasmaumwandler reparieren«, sagte sie so deutlich wie nur möglich.

Verwirrt sah der Roboter sie an. »Diese Prozedur ist nicht Teil meiner Programmierung. Bitte spezifizieren.«

Misa seufzte. Allein würde sie es jedenfalls nicht schaffen. Sie setzte den Roboter vor die offene Wandabdeckung und nahm ihr Pad heraus. Das Beste würde sein, ihn so zu programmieren, dass er es auch auf der anderen Seite ausführen konnte, wenn, nein, korrigierte sie sich, falls sie es hier schafften.

Das Schwierigste dabei war nicht, herauszufinden, was repariert werden musste, sie war schließlich ziemlich sicher, dass die Mikrofissuren der Verkabelung das Problem waren. Stattdessen dem Roboter beizubringen, die Kabel einzeln zu testen und falls nötig zu ersetzen, erwies sich als schwieriger als gedacht. Sie hatten zwar bei der Venustankstelle neuen Proviant aufgenommen, aber dennoch musste der Roboter mit seinen Ressourcen haushalten. Als er schließlich meldete, dass die Aktion abgeschlossen war, gab es keinen wohlorganisierten, straff durchkolorierten Kabelbaum mehr, sondern nur noch einzeln getestete Strippen, die durcheinander mit den – hoffentlich – richtigen Stellen verbunden waren.

Ausdruckslos betrachtete der Roboter sein Werk und wandte sich Misa zu. »Haben Sie weitere Anweisungen?«

Am liebsten hätte sie ihn gebeten, eine heiße Schokolade zu besorgen, doch es gab noch mehr zu tun.

»Backbordseite, gleiche Prozedur«, sagte sie knapp und sah den Roboter bereits aus der Wartungsluke hinaus krabbeln.

Unruhig blickte sie ihm nach. Würde die Zeit reichen? Sie prüfte ihren Chronometer. Zwanzig Minuten hatte es gedauert. Noch einmal so viel Zeit hatte sie eigentlich nicht. Doch wenn es klappte …

Misa kehrte auf die Brücke zurück. Es gab da noch etwas zu erledigen, und dafür eignete sich die kurze Unterbrechung gut. Stefan Hammerer lag noch immer reglos genau vor dem Sichtschirm der *Ludwig II.*, zweifellos mittlerweile erstarrt.

Misa musste leicht würgen, als sie an ihn herangetreten war. Das Schiff hatte Leichensäcke für derartige Fälle an Bord, und es war schließlich nicht die erste Leiche, die sie sah. Dennoch war es diesmal anders. Misa fühlte sich, als wäre ein Teil von ihr mit gestorben, als Yang ihn vor ihren Augen erschossen hatte. Er war ihr untergeordnet gewesen. Sie war der Captain des Schiffes. Sie hätte an seiner Statt sterben sollen.

Misa schluckte und sah den Robotern nach, die den Sack abtransportierten, vermutlich in irgendeine genau dafür vorgesehene Kühlkammer, die sie nicht kannte und nicht kennen wollte.

Das war das Leben als Spion, sagte sie sich. Wie hieß es doch? »Sterben und Sterben lassen.«

Oder so.

Misa rappelte sich auf und brachte das andere Schiff auf den Schirm. Wenn die Plasmaumwandler funktionsfähig waren, hatte sie eine Chance. Ansonsten hatte sie nichts als einen Platz in der ersten Reihe, wenn Yang die Zukunft der Menschheit zerstörte.

Sie sah nicht, dass die kleine Kontrollleuchte in dem Terminal auf grün sprang. Nachdem der Roboter jedoch ohne Eile auf die Brücke getrottet war und »Arbeit abgeschlossen« vermeldet hatte, kehrte das Kribbeln zurück.

Was, wenn das Schiff einfach auseinander flog?

»Warnung«, stand plötzlich auf dem Schirm. Dann: »Außenhüllentemperatur verlässt den Toleranzbereich.«

Was sollte denn das jetzt bedeuten? Sie wischte das Programm zur strukturellen Integrität auf den Schirm.

'Oh Mist', dachte sie, als der Verstand hinter ihrem erstarrten Bewusstsein endlich die Information verarbeiten konnte. Die der Sonne zugewandte Seite der *Ludwig II.* schickte sich an, sich rotglühend, wie sie war, in ihre Bestandteile zu zersetzen.

Hastig prüfte sie die Strahlungsabscheider. Maximale Leistung. Das kleine Schiff wurde mit der Energie, die die Sonne nach allen Seiten von sich warf, in dieser Entfernung nicht fertig.

Doch noch gab es eine Chance. Konzentriert gab sie eine halbe Rolle in die Flugsteuerung ein. Die *Ludwig II.* würde sich auf den Bauch rollen und erst einmal von der anderen Seite gebraten werden.

Mühsam krallte sich Misa in die Sessellehnen, während das Schiff sich zur Seite legte.

Zittrig prüfte sie die Temperatur. Sie stieg nicht weiter an, doch es würde gefährlich sein, sofort die maximale Beschleunigung abzurufen. Sie stellte einen Timer auf fünf Minuten und ließ sich in den Kommandosessel sinken.

»Ma'am, ist Ihnen nicht gut?«

Der Roboter war sofort aus seiner Nische nach vorn getreten. Abweisend dachte sie, dass man nicht einmal mehr irgendwo allein herum lümmeln konnte, doch antwortete höflich auf sein Hilfsangebot.

Wobei ...

»Heiße Schokolade«, sagte sie. Das Schiff hatte ja gerade ohnehin einen Energieüberschuss.

Der Timer piepte, als der Roboter zurückkehrte. Misa brachte die Projektion der Trajektorie des zweiten Schiffes auf den Schirm, das sich anschickte, den Sonnensturm auszulösen, wenn sie es nicht verhindern konnte.

Es war genug Zeit. Misa zwang sich, noch einmal in Ruhe die Kalkulationen nachzuprüfen. Wenn sie sich vertan hatte, würde die *Ludwig II.* über das Ziel hinaus schießen. Noch einmal näher in Richtung Sonne zu fliegen war mithin unmöglich.

Sie hatte nur diesen Versuch.

Entschlossen drückte sie die Taste für die Hyperbeschleunigung mittels Plasmaumwandler – und schrie auf, weil das erste, was beim Eintreten der Beschleunigung passierte, war, sich den heißen Milchdrink voller Kakaonachbildung über den Overall zu kippen.

Bewegungslos in den Sessel gepresst musste Misa die Zähne zusammenbeißen und warten, dass der jähe, von Überraschung und Ärger über die eigene Dummheit dominierte Schmerz langsam vorüber ging. Er wich schließlich der Freude darüber, dass ihr Plan aufzugehen schien.

Als nach quälenden Minuten die Beschleunigung nachließ, konnte Misa endlich aufstehen und den Dreck von der Jacke wischen. Sie brachte das fremde Schiff auf den Sichtschirm, vergrößerte, bis sie es gut erkennen konnte, und erschrak.

Es war ein größerer Frachter, zweifellos Sumsang-Fabrikat. Yang musste von langer Hand geplant haben, diese Sache den anderen Konzernen in die Schuhe zu schieben.

Misa kannte das Protokoll. Ohne Vorwarnung auf andere Raumschiffe zu feuern, war ein Bruch der UN-Menschenrechtskonvention, die zwar nicht das elektronische Papier wert war, auf dem sie gedruckt wurde, aber von anständigen Menschen wie ihr noch immer in Ehren gehalten wurde.

»Fremdes Schiff«, sagte Misa in die Sprechanlage. »Es gibt berechtigte Vermutungen, dass Sie einen terroristischen Akt vorzunehmen gedenken. Stoppen Sie Ihren Kurs.«

Dann wartete sie. Der Abstand betrug zwar noch einige tausend Kilometer, doch so wenig, dass die Verzögerung durch die endliche Laufzeit des Lichtes zwischen beiden Schiffen keine Rolle mehr spielte.

Misa wurde nervös. Konnte sie auf das Schiff schießen, wenn es nicht antwortete?

Vielleicht würde man es ihr so auslegen, dass sie auf ein wehrloses Raumschiff gefeuert hatte – selbst dann, wenn der Kurs zweifelsfrei zeigte, dass es in die Sonne fliegen würde. Sie zögerte.

»Stoppen Sie Ihren Antrieb, oder wir eröffnen das Feuer«, sagte sie.

Natürlich war die wahrscheinlichste Erklärung, dass Yang das Schiff so fernsteuerte wie die *Ludwig II.* zuvor. Fragte sich nur, warum er nicht längst einen Kanal geöffnet hatte, um sie auszulachen.

Misa prüfte die Bahnextrapolation. Fünfzehn, vielleicht zwanzig Minuten, ehe es so nahe heran gekommen war, dass der Magnetfeldgenerator aktiviert werden konnte.

Unwillkürlich klopfte sie mit den Fingerkuppen auf der Lehne herum.

Misa musste lernen, eine Entscheidung zu treffen, auch wenn ein Fehler verheerend sein konnte.

Sie armierte die vorderen Raketenwerfer der *Ludwig II*.

Eingehende Transmission. Misa prüfte nicht die Quelle, sondern presste hastig den Aktivierungsbutton.

Was dann folgte war ein kakophonisches Lachen aus den Lautsprechern, das sie gleichzeitig erschaudern und mit den Schultern zucken lassen wollte.

Yang.

»Wie ich sehe, haben Sie meinen kleinen Köder geschluckt«, sagte der Millennium-Chef. »Ich gratuliere Ihnen zu Ihrem erfolgreichen Überleben. Doch jetzt müssen Sie mich entschuldigen … ich habe noch zu tun.«

Damit wurde der Kanal geschlossen und der Sichtschirm von einer Explosion übersteuert. Misa hielt instinktiv die Hand vor die Augen, obwohl der Schirm seine maximale Helligkeit im Weiß nicht überschreiten konnte.

Als die Explosion vorbei war und das harte, dunkle Schwarz des Weltraums wieder zum Vorschein kam, war das im Sonnenlicht glänzende Sumsang-Schiff verschwunden.

Rasch prüfte sie die Sensorlogbücher. Es war wirklich weg.

Misa scannte nach Trümmern. Es fanden sich genug, dass sie nicht befürchten musste, dass es sich um ein Ablenkungsmanöver handelte und in Wahrheit doch ein Teil des Schiffes den Sonnensturm auslösen konnte.

Und jetzt?

Missmutig blickte Misa auf die verblassende Projektion der Trajektorie.

Yang.

Sie atmete verbrauchte Kommandobrückenluft ein und ließ sie stoßartig wieder entweichen. Was blieb, war nur Yang.

###

Es war nicht schwer, herauszufinden, wohin er unterwegs war, denn die *Leviathan*-Station funkelte im Sonnenlicht wie ein Weihnachtsbaum mit viel zu vielen Lichterketten. Nichts war geblieben von ihrer Unsichtbarkeit, die Misa, nicht ohne Stolz bemerkend, zerstört hatte.

Grimmig betrachtete sie die Sensoraufzeichnung des nächstgelegenen Bavaria-Satelliten, die den Start eines einzelnen Schiffes zeigte, ehe die gesamte Station sich in einen kataklystischen Feuerball auflöste, den man zweifellos auch von der Erde aus noch sehen können musste.

Misa hatte keine Eile damit, den Kurs des Schiffes zu extrapolieren. Wenn es zur Sonne wollte, um einen solaren Massenauswurf zu provozieren, so lag die *Ludwig II.* an genau der richtigen Stelle.

Sein Plan war gescheitert.

Die jähe Welle des Triumphes durchfloss Misa wie eine rasende Stromschnelle und ließ sie unwillkürlich zusammenzucken. Da stand kein unverwüstlicher, grenzenlos selbstsicherer Spion auf der Brücke der *Ludwig II.* und blickte herausfordernd in das orangefarben verblassende, letzte Lebenszeichen der Tarnkappenbasis. Misa Vebiletti hatte sich durchgewurschtelt – wieder mal – und irgendwie hatte sie das Gefühl, dass dies ihre Art war, die Dinge zu regeln. Nicht mit viel Getöse und andererseits auch nicht mit der erstbesten Lösung – töricht vielleicht und ein bisschen naiv – doch am Ende jagte ihr Schiff das des Bösewichtes, und das war alles, worauf es ankam.

Gebannt extrapolierte sie im Kopf die sichtbare Bahn des Schiffes auf dem Sensorplot. Es sah ganz so aus, als ob es viel schneller wäre, als seine gedrungene, altmodische Bauweise hätte erlauben sollen. Sie ermahnte sich dazu, sich nicht von Äußerlichkeiten blenden zu lassen, und folgte Yangs Kurs bis zu seinem logischen Ende …

Venus.

Misas Augen verengten sich zu Schlitzen, als sie die Navigation der *Ludwig II.* anpasste. Frische Entschlossenheit verdrängte die ziellose, selbstbezügliche Nostalgie aus ihrem Verstand und ließ sie unbewusst den Werkzeugkasten an ihrem Gürtel umfassen.

Bald würde es eine Strahlenpistole sein und kein Handschweißgerät, doch das änderte an ihren Empfindungen nur wenig.

Venus also.

Der zweite Planet des Sonnensystems war trotz seiner exponierten Lage stets erstaunlich widerspenstig gegenüber jeglichen menschlichen Zähmungsversuchen gewesen. Sie schnippte das enzyklopädische Dossier der Bavaria-Datenbank auf den Schirm und dachte darüber nach, was Yang dort wollen könnte. Sich verstecken? Für immer und ewig oder einfach nur, bis sie aufgab?

Der Computer quittierte ihre Anfrage mit einem leisen Piepen; es gab mehrere große Terraformingstationen, die hydrothermale Turbinen betrieben, die ihrerseits Stickstoff und Aerosole aus der dichten Treibhausatmosphäre ziehen sollten – eine Arbeit für Jahrhunderte. Dann waren da noch ein paar Forschungsstationen und unter widrigsten Bedingungen operierende Minenaußenposten. Doch verglichen mit den blühenden Zentren der Aktivität auf selbst so weit abgelegenen Monden wie Titan war der Morgenstern eine Wüste der Ödnis.

Misa musterte nachdenklich den Kurs des fliehenden Schiffes. Yang musste begriffen haben, dass seine Patronen verschossen waren. Sich zu verbarrikadieren wie ein in die Enge getriebenes Tier, war genau das, was sie erwartete. Natürlich hätte Misa sich nicht gewundert, wenn Millennium auch hier eine geheime Basis gehabt hätte, doch langsam war sie gelangweilt von diesem Muster. Was war das für eine Welt, in der niemand die Konzerne und ihre stellaren Aktivitäten kontrollierte?

Sie beschloss, die Politik beiseite zu lassen und sich auf das vorzubereiten, was unzweifelhaft folgen würde – ihre erste gezielte Kommandoaktion. Misa seufzte, erhob sich von ihrem Sessel, checkte den Chronometer für die Ankunftszeit im Orbit des Planeten und begab sich dorthin, wo es Antworten auf alle Fragen der Spionin gab – in den zweiten Frachtraum.

###

Der Raketenwerfer war wieder ordentlich verstaut in seiner camouflagegrünen Kiste, doch sein Werk war weder repariert noch überhaupt notdürftig verdeckt worden. Wie ein Monument Misas aufgebäumten Willens lag das Loch in der Tür vor ihr und verdeutlichte auf grotesk überzeichnete Weise, was sie schon jetzt für Yang aufgewendet hatte.

Ihre Schritte hallten seltsam schwer auf dem vom Ruß befreiten, blank geputzten Metallboden. Zufrieden blickte sie sich um und begriff: Es war alles da – alles außer Ausreden.

Sie nahm ihr Handpad heraus und wischte versonnen über die Inventarliste. Grimmig tippte sie einzelne Items an, um sie zu untersuchen. Sie beschwor und verfluchte die Technik gleichermaßen, als sie begriff, dass es an jeder Kiste eine Touch-Schaltfläche gab, die dafür sorgte, dass wie von Geisterhand herbeigerufen die Dienstroboter ihren Inhalt entfernen und, falls nötig, fachmännisch zusammensetzen würden.

Der Geländebuggy. Sie ließ sich zu einem herzhaften Anheben der linken Augenbraue hinreißen und lächelte, als das Trippeln der servomechanischen Füße erklang. Sie konnte die Roboter noch immer nicht leiden, doch sie fühlte sich zunehmend besser … mächtiger. Die schweren Kisten wurden in die Shuttlerampe beordert, die, wie sie hoffte, nach der Landung als Ausfahrt geeignet wäre. Wohin auch immer sie musste, um Yang zu stellen.

Sie schluckte. Kommandoaktion hin oder her, die tiefe, magengrubendumpfe Sicherheit: Sie jagte diesem Mann hinterher, um ihn zu töten. Kein ruhiges, zivilisiertes Wort mehr, nicht ein einzelnes Zugeständnis. Dies war ihre finale Prüfung. Misa klickte Raketenwerfer, gepanzerten Atmosphärenanzug, Mikrosprengladungen und andere nützliche Kleinigkeiten an. Keine Kompromisse.

###

Sie haderte mit sich. Einerseits brauchte sie dringend Schlaf, doch andererseits bestand die Möglichkeit, dass etwas Unerwartetes passierte. Und doch: War das nicht ständig der Fall?

Misa tippelte von einem Bein aufs andere und prüfte wieder und wieder den Chronometer. Wenige Stunden trennten ihr Raumschiff von Yangs Frachter und dem zweiten Planeten. Kostbare Stunden, die den Unterschied machen konnten. Schlief Yang jetzt gerade?

Zwar hielt sie ihn für wahnsinnig, doch eben auch berechnend. Er würde jeden Strohhalm greifen, der sich ihm bot. Kaum konnte sie glauben, dass er auf die wenigen verbliebenen Wachmänner vertraute. Am Ende war es doch immer so, dass man die Dinge selbst regeln musste. Und er hatte die Initiative, was diese Flucht anbetraf. Zwar konnte er nicht entkommen, aber doch den Ablauf diktieren. Bestimmt würde er schlafen. Seine Ankunft auf der Venus war unabänderlich. Düster dachte sie an die Versuche der anderen Konzerne. Dachte an die auseinander gebrochene *Illumination* und ihre Crew. Nein, niemand würde ihn aufhalten, wenn sie es nicht tat. Keine Kavallerie würde erscheinen, um das bedrängte Fort vor Barbaren und Größenwahnsinnigen zu beschützen. Nicht diesmal.

Ruhelos programmierte sie alle möglichen und unmöglichen Alarmtrigger in den Bordcomputer. Mehrmals prüfte sie jede einzelne Routine auf ihre Funktion. Als sie kaum drei Stunden vom Morgenstern trennten, fiel sie schließlich in den tiefsten Schlaf seit langer, langer Zeit.

Misa träumte nicht viel in jenen Tagen, doch als die Landung auf der Venus bevorstand, versank sie schließlich in einen tiefen, lebhaften Traum, der ihr im Weltall nicht selten verwehrt wurde.

Zuerst dachte sie, dass der orangefarbene Ballon vor ihr der Jupiter sein müsse, denn es wäre nicht das erste Mal gewesen, dass die Abenteuer auf Ganymed sie eingeholt hätten. Doch als sie begriff, dass der Gegenstand ihres Bewusstseins der sprichwörtliche Morgenstern war, blähte er sich auch schon auf sie zu und drohte, Misas armen, trägen Verstand zu verschlingen. Sie fand sich auf der kargen, wüsten Oberfläche wieder, bemerkte nicht, dass sie ungeschützt den widrigen klimatischen

Bedingungen ausgesetzt war und blickte sich um in der Wüste der Wahrhaftigkeit.

Sie war niemals auf dem zweiten Planeten gewesen, auf dem es weniger zu sehen gab als selbst auf den winzigsten Monden des Saturns. Dennoch wuchsen wie von Geisterhand plötzlich Städte und Gebäude und zivilisatorische Strukturen aus dem Boden, die den heftigen Wettern mühelos trotzten. Sie besann sich auf ihre Aufgabe und begann fahrig, nach Yang Ausschau zu halten. Als sie sich bewegte, begriff sie erst, dass die dichte Atmosphäre sich wie ein gasförmiges Gemisch anfühlte, das am besten als ätzender Honig zu charakterisieren war – und das sich so leicht atmen ließ wie nur terranische Luft. Misa ignorierte die durchaus vorhandenen Hinweise darauf, dass sie eher gar nicht atmete und setzte versuchsweise einen Fuß vor den anderen. Schräg vor ihr landete unter großem Getöse ein Raumschiff, das frappierende Ähnlichkeit mit der elegant geschwungenen Silhouette der *Ludwig II.* hatte.

Sanft setzten die Kufen auf dem steinigen Boden auf, und kurze Zeit später zeigte sich ein vollkommen weiß gefärbter Atmosphärenanzug an der Luftschleuse, die ächzend aufschwang und ihren wackligen Inhalt in die Welt hinein schwappen ließ.

Sie erkannte nicht, um wen es sich handelte, doch sie begriff, dass sie der Gestalt, die sich auffällig gut auszukennen schien, nur folgen musste, um herauszufinden, was sich ereignete.

Der Mensch im Raumanzug marschierte zielstrebig auf eine Höhlenformation wenige Raumschifflängen von seinem Landeplatz entfernt zu.

Der vor Erosion glänzend geschliffene Boden knirschte unter den Stiefeln des Unbekannten. Als der Anzug und sein Besitzer die Höhlenformation erreicht hatten, nahm die Gestalt den Handscanner vom Gürtel und tippte mit durch die Handschuhe bedingten, klobigen Bewegungen Kommandos in die Technologie, die ihm den Weg zu weisen schien. Tiefer und tiefer gelangte der Anzugträger mit Misas schläfrigem Verstand in die Höhlen der Venus.

Dann, wie von Geisterhand, erschien ein metallisches Tor vor dem rastlosen Wanderer. Die Gestalt hob den Scanner, und Sekunden später öffnete es sich unter ohrenbetäubendem

Quietschen. Erst jetzt begriff sie, wie sehr die Dunkelheit die Wahrnehmung dominierte, denn Misa nahm genauso wie die Gestalt die Hände vor die Augen, bis das auftauchende Licht nicht mehr so blendete.

Behände durchschritten sie die Luftschleuse und betraten ein in den Fels gegrabenes Tunnelsystem, von dem Misa keinerlei Kenntnisse hatte, der Unbekannte jedoch anscheinend schon.

Abzweigung um Abzweigung nahm der Mensch im Anzug, ohne zu zweifeln oder sich umzusehen.

Plötzlich tauchten zwei Gestalten vor ihnen auf. Misa sah die gezückten Strahlenpistolen erst, als der Unbekannte im Anzug neben ihr die seinige längst wieder an den Gürtel gesteckt hatte. Unbehaglich blickte sie in die schreckgeweiteten Augen der leeren, regungslosen Gesichter, die ebenso überrascht waren wie Misa selbst.

Sie ließen die Leichen zurück und kamen schließlich an eine unterirdische Weite, die am ehesten mit der Kuppel einer Kathedrale verglichen werden konnte.

Henry Yang stand am Ende des Raumes und deutete auf den Unbekannten im Raumanzug. Bevor die Gestalt ihre Waffe heben konnte, lachte Yang. Er lachte sein Mark und Bein durchdringendes Gelächter, und Misa spürte das Unbehagen der Gestalt neben sich, die hastig nach der Pistole griff – doch es war zu spät.

Yangs Augen schossen zwei Laserblitze ab, die schneller waren.

Zwei rauchende Öffnungen in der Brust, kippte die Gestalt stocksteif nach hinten um – wer immer es war, er hatte versagt.

Yangs Lachen versiegte in ein selbstzufriedenes Brummen, dann, ganz langsam und im Wissen des sicheren Sieges, trat er nach vorn, nahm von Misa keine Notiz und entfernte den Helm des Geschlagenen.

Misas Herz blieb stehen und ließ ihren Verstand ausgiebig an seiner Schockstarre teilhaben. Jetzt erkannte sie das leere Gesicht unter dem Visier. Sie war es selbst. Natürlich.

Misa schrie auf und stieß sich den Kopf an der Wand ihrer Kabine. Sie war zurück auf der *Ludwig II.*, presste die Hände auf die Brust und stellte sicher, dass da keine Löcher oder Wunden waren.

Sie war ganz und wusste doch, wenn sie das Schiff verließ, suchte sie nicht weniger als den Tod. Sie war gewarnt.

12

Nachdem sie eiskaltes Wasser in das kleine Becken ihrer Kabine gegossen und sich wortwörtlich frisch zu machen versucht hatte, fand sie irgendwann die Ruhe, den Chronometer zu checken.

Sie hatte den Alarm längst verschlafen. Das Schiff war seit einer halben Stunde im Venusorbit und kreiste um die Koordinaten, an denen Yangs Schiff in der dichten Atmosphäre verschwunden war. Die Sensoren, so stellte sie fest, hatten nicht geringe Mühe, festzuhalten, was sich darunter abspielte.

Misa seufzte und begann, sich anzuziehen.

Sie musste ihn finden, stellen und dann töten. All das auf einem Terrain, das er nicht unüberlegt ausgewählt hatte.

Misa blickte in den Spiegel, sah ihrer kaum erwachten Lebendigkeit in die Augen und stellte fest:

Die Chancen waren schlecht. Ziemlich schlecht.

Warum nicht umkehren?

Versuchsweise flippte sie den Treibstoffstand auf die Konsole neben der Waschstelle.

Es würde schon bis nach Hause reichen. Und dann?

Dann würde sie auf den nächsten Millennium-Killer warten.

»Nein.«

Misa erstarrte ob ihrer ungewöhnlich direkten Zurechtweisung – sie redete gewöhnlich nicht laut mit sich selbst.

Erneut der Spiegel. Suche nach neuer, ungebeugter Entschlossenheit. Sie fand nur Augenringe und das Echo aufrichtiger Verzweiflung.

Angst, sagte sie sich selbst, war das Produkt von Erwartungen. Misa machte ihr Bett und platzierte die Decke über dem Ort ihrer Angst.

Sie hatte Yang eines voraus – sie hatte eine Perspektive über den Tag hinaus – machte sich klar, dass er der Getriebene war, und sie die Ein-Personen-Treibjagd. Sie hatte ihn da, wo sie ihn haben wollte ... oder nicht?

Gedankenversunken ging sie durch die schmale Garderobe ihrer Kabine. Fand den passgenauen Atmosphärenanzug. Atmete tief ein. Stellte enttäuscht fest, dass er wirklich keinen Zentimeter zu groß oder zu klein war. Dass sie keine Wahl hatte.

Die halb ernst gemeinte Enttäuschung wich neuer Entschlossenheit. Als sie, den Helm in der Hand, zur Brücke ging, war nur ein kleiner Teil von Misa, der Ängstlichen, übrig und ein viel größerer Teil von Misa, der Spionin, die nichts erschrecken oder überraschen konnte, diktierte ihren Weg.

Sie würde die genau gleiche Abstiegstrajektorie wählen wie Yang, dann war die Chance am größten, ihn auch zu finden. Wenn sie erst einmal durch die schweren Stürme der oberen Atmosphäre hindurch war, dachte sie, würde die *Ludwig II.* die Landung und den hohen Druck am Boden schon aushalten. Misa prüfte die Scannerdaten des einsamen Bavaria-Satelliten im Orbit – er beobachtete die Fortschritte des Terraformings und konnte keine Hinweise geben, wo Yang sich mittlerweile befand. Nein, er konnte nicht einmal dazu verwendet werden, Kommunikation durch die dichte Atmosphäre zu leiten, doch davon ließ sie sich nicht abhalten. Dank der umfassenden Kommandocodes der *Ludwig II.* schaffte sie es, den Trabanten zu übernehmen und einen genau definierten Uplink zum Schiff zu schaffen. Der Satellit sollte außerhalb des rostbraunen Sturmes für sie die Gegend sondieren, mehr nicht. Und das würde er wohl gerade so schaffen. Und, falls nötig, vielleicht sogar einen Notruf von ihr absetzen.

Misa ließ ein weiteres, das Universum erschütterndes Seufzen entfleuchen und befahl dem folgsamen Schiff den beschwerlichen Abstieg hinein in den großen Mahlstrom der Venusatmosphäre.

Penibel genau behielt sie die Anzeigen für die Temperatur der Außenhülle im Auge – zweifellos würde das Schiff ein weiteres Aufheizen verkraften, doch ewig hielt ein Hitzeschild eben auch nicht. Die Fortschritte der künstlichen Levitation waren beachtlich, und so wäre bei klarem Wetter das Eindringen in die oberen Gasschichten des Morgensterns kein Problem gewesen – allein, auf der Venus gab es niemals gutes Wetter.

Sie klammerte sich an ihre Sitzlehnen und korrigierte immer wieder sachte den Abstiegswinkel. Gleichzeitig liefen die Scanner auf Hochtouren. Jedes einzelne nicht-natürliche Molekül nahm die Sensorphalanx der *Ludwig II.* aufs Korn, und für jedes einzelne musste sie schließlich einsehen, dass es keine Schlüsse auf Yang zuließ.

Düster dachte Misa darüber nach, während der Sichtschirm sich mit dichten, rostroten Dunstwolken ausgefüllt zeigte, was wäre, wenn er sie nun nur hier hinein lockte, um dann wieder hinaus zu fliegen. Sie erinnerte sich an die Verfolgungsjagd durch den Jupiter und bemerkte, wie sehr sie zitterte. Die Aufregung zerrte wie Sturmböen an ihr, und obschon sie bereits im vollklimatisierten Druckanzug saß, fröstelte sie doch.

Das Farbschema des Ausblicks änderte sich schließlich von rot zu braun zu gelb zu braun, und beinahe meinte sie, weiter sehen zu können. Feine, tausende Kilometer lange Blitze fuhren durch den Venushimmel und tasteten neugierig und voller ungezähmter Energie nach den Aufbauten der *Ludwig II.*

Hier und da wähnte Misa bereits den Einschlag und kritisierte sich selbst dafür, nicht an die ionosphärischen Stürme gedacht zu haben. Behutsam, doch steiler als geplant führte sie das Schiff immer tiefer in den Venusstrudel – die Höhenmessung musste unzuverlässig sein, denn beinahe hatte sie gedacht, die Oberfläche gesehen zu haben ...

Misa fuhr zusammen, als sie begriff, dass die *Ludwig II.* geradewegs auf eine der mehrere Kilometer hohen Terraforming-Turbinen zuraste, die sich düster vor dem gelben Hintergrund aus dem Dunst herauszuschälen begann.

Sie drückte die Steuerbuttons so kräftig wie möglich und schrie die Kontrollen zugleich an, ihr Folge zu leisten. Gerade rechtzeitig drehte das Schiff schwerfällig wie ein Wal, der in Öl statt Wasser schwamm, auf die rechte Seite und rollte sich um den Masten herum. Aufatmend sammelte Misa sich und brachte das Schiff in eine aufrecht schwebende Position.

Sie würde sich langsam dem Erdboden nähern und dabei schön gleichmäßig nach Yang suchen. Der Uplink zum Satelliten war überraschend gut, und immerhin konnte sie sicher sein, dass sie es mitbekäme, wenn er nicht mehr »auf« der Venus war.

Die *Ludwig II.* hatte jetzt mit dem langsamen Sinkflug begonnen und drehte eine Korkenzieherbahn um die Turbine herum. Misa konnte den Boden noch immer nicht sehen, doch langsam bekam sie das Gefühl, dass es kein Zufall war, dass sie genau auf eine der exakt sieben menschlichen Strukturen auf dem Planeten zugeflogen war.

Hie und da teilten sich die vorbeieilenden Wolken jetzt und gaben einen Blick frei auf das, was vielleicht der Venusboden sein konnte, irgendwie jedoch mehr Misas Vorstellung davon, doch dann riss die Wolkendecke wirklich auf und zeigte das schmutzige Relief einer Art lehmigen Kraters, auf dessen Kante die steil aufragende Turbine ruhte.

Sie war mit einer klassischen dreibeinigen Konstruktion im Boden verankert, die auch vielen hundert Kilometer schnellen Stürmen widerstehen konnte. Erst in der niedrigen Höhe, die sie jetzt erreicht hatte, konnte Misa sehen, wie in Windrichtung eine Art negativer Schatten – eine gereinigte, im seltsamen Kontrast glänzende Luftfahne von der Turbine weg zeigte – gleichermaßen Ausweis der menschlichen Ingenieurskunst und Menetekel für die Zukunft der Venus. Sie wusste nicht, welcher Anteil der Aerosole und Schadstoffe und Treibhausgase bereits entfernt war, doch selbst dieser bescheidene Betrieb würde irgendwann seine logischen Folgen zeigen.

Der Wind heulte hier unten viel lauter, doch immerhin waren die Gewitterentladungen anscheinend überstanden.

Als sie die Bodenkonstruktion der massiven Turbine endlich komplett erkennen konnte, erspähte sie es schließlich – windgeschützt hinter einem der Füße, der gegen den Sturm wie ein Wellenbrecher wirkte, gelandet, stand Yangs Frachter auf dem steinigen Untergrund. Misa spürte eine Woge neuer Entschlossenheit – gefolgt von wilder, ursprünglicher Angst. Hastig ließ sie die *Ludwig II.* mit voller Sensorauslastung das Schiff scannen – keine Lebenszeichen, keine Energiesignaturen – Yang konnte nicht mehr dort sein.

Wenn er doch nur irgendwo in der menschenleeren Steppe gelandet wäre – sie hatte das dumme Gefühl, dass Yang auch hier und jetzt in seiner rasenden Flucht noch wusste, was er tat, und plötzlich ein weiteres Ass zurück in den Ärmel hatten stopfen können. Aber sie hatte keine Wahl. Misa lenkte die *Ludwig II.* neben den mehrere hundert Meter langen Fuß der Struktur und nahm ihren Helm neben sich auf.

Grimmig begriff sie, dass Yang wusste, dass sie kam. Genau so musste sie sich auch verhalten.

###

Sie war nicht sicher, woher das Knirschen stammte.

Ihre Ohren fiepten vor lauter Rauschen des Sandes und Sturms um ihren von einem scheinbar viel zu dünnen Helm geschützten Kopf herum. Sie konnte dabei zusehen, wie die scharfen Sandkristalle ihr Visier in Sekundenschnelle blind zu machen drohten, doch sie nahm den Arm zu Hilfe und bahnte sich einen Weg durch die Venuswüste vor ihr.

Als sie sich nach wenigen Metern umdrehte und feststellte, dass die Sicht längst nicht so gut war wie der Sichtschirm der *Ludwig II.* dank seiner Nachbearbeitungseffekte sie hatte glauben lassen, seufzte sie ausgiebig. Mühsam legte sie den Kopf in den Nacken und vergewisserte sich der alles überragenden Silhouette der Turbine, die in drei Richtungen um sie herum war, allein, sie konnte keinen Eingang vor sich sehen.

Selbst die gefilterte, eigentlich autark aufbereitete Luft des Atmosphärenhelms schmeckte jetzt nach trockenem Rost und Venusstaub, obschon Misa nicht wusste, wie Venusstaub schmecken musste.

Sie orientierte sich und stapfte weiter voran. Der periphere, drohende Schatten der Turbine wurde schwerer und schwerer, und schließlich trat die nackte, sandgeschliffene Metalloberfläche aus den Staubschwaden hervor. Neben dem Schnittpunkt der Tripod-Beine der Turbine befand sich, anstatt im Zentrum, die in einem grotesken Aufbäumen gegen die Gesetze der Ästhetik verschobene Luke – so sehr, dass Misa sich fragte, ob die Erbauer betrunken oder verbittert oder gelangweilt gewesen sein mochten, denn es gab hier keine Vorzugsrichtung, sondern nur Staub und Metall und Überdruck.

Zaghaft näherte sie sich der Luke, die fest verschlossen war. Davor fanden sich eine vielleicht einen halben Meter hohe Düne und der an den Kanten der Luke aufgewirbelte Sand. Misas Stiefel sanken hinein und fühlten die weichen, in Jahrmilliarden abgeschliffenen Sandkörner.

Als sie den Arm ausstrecken konnte, zögerte sie. Bilder ihres leblosen Körpers durchzuckten ihren Verstand. Misa Vebiletti begriff, dass sie keine Vorstellung davon hatte, was hinter dieser

Luke lag. Nachdenklich prüfte sie die magnetischen Verschlüsse ihrer beiden Strahlenpistolen.

Dankbar, dass die Weltraumtechnik auch heute noch Wert auf ausfallfreie Systeme legte, drückte sie auf den handtellergroßen Knopf, der die äußere Schleuse öffnete. Sie betrat den Vorhof der Hölle, doch der Pförtner war ausgegangen.

Krachend fiel die Luke hinter ihr wieder in die Verankerung, und kaum dass das Rauschen der Atmosphäre verstummt war, nahmen die leisen Pumpen der Luftschleuse ihre monotone Arbeit auf.

Als endlich Stille den Raum erfüllte, wagte Misa endlich, sich zu bewegen. Sie nahm die Waffen in die Hand und drückte widerwillig auf den nächsten Knopf. Bevor die Servos der Tür ihre Arbeit aufnahmen, duckte sie sich zur Seite und stellte die Außenmikrophone lauter.

Nichts.

Vielleicht war Yang gar nicht hier, dachte sie plötzlich.

Vielleicht war gar niemand hier, und wenn sie die viele Kilometer große Struktur durchsucht hatte, war er längst ganz woanders und bekam doch noch seinen Sonnensturm.

Es gab kein Zurück. Misa sagte zu sich, dass ihr Verstand einfach nur Gefallen daran fand – verständlicherweise – Ausreden zu konstruieren, um sie zur *Ludwig II.* in die vermeintliche Sicherheit zurück zu locken. Verdammter Selbsterhaltungstrieb.

Sie holte tief Luft, sammelte ihre Kräfte und rollte sich schließlich durch die zweite Luftschleusenluke, die Pistolenläufe stets nach vorn gerichtet.

Der Anzug fing einen Großteil des Aufpralls auf die harten Metallverstrebungen am Boden des Korridors ab, doch als sie sich wieder aufrappelte, sah Misa, dass die Turbinenstation vor ihr tatsächlich ganz und gar menschenleer war.

Ruhig sah sie sich um. Stemmte sich gegen die Wand, um ja nicht von hinten erwischt zu werden.

Vielleicht alles übertrieben, dachte sie, doch man konnte ja nie wissen.

Sie beschloss, dass sie einen besseren Überblick brauchte. Einen Plan, sozusagen.

Vorsichtig tappte sie Schritt für Schritt voran in die spärlich beleuchteten Gänge. Sie hielt es für klug, keine eigene Lichtquelle zu bieten. Nicht, dass jemand deswegen sie besser sehen konnte.

Misa wählte die erstbeste Richtung, denn beide Optionen des Korridors schienen an der Außenwand entlangzulaufen, statt in die Mitte zu führen. Sie zuckte mit den Schultern und tastete sich vorwärts.

Nahm plötzlich, wie in einem spontanen Einfall, den Handscanner vom Gürtel und versuchte, im passiven Modus etwas über die Geometrie der Korridore herauszufinden.

Massives Metall statt moderner Leichtbauweise verhinderte jegliche Scanergebnisse. Yang musste es gut zupass kommen, dass sie sich nicht orientieren konnte, doch fragte sich Misa, wie sehr er sich auf dieses Versteck verlassen hatte und ob es eine spontan erfolgte Flucht war oder ob die sprichwörtliche Höhle des Löwen schon lange existierte.

Sie würde es noch herausfinden, da war sie sicher.

Etwas knarzte. Misa fuhr herum und hielt beide Pistolen im Anschlag, doch sie konnte sich gerade noch zurückhalten, kopflos in die Dunkelheit zu feuern.

Was sie betraf, gab es keinen Hinweis darauf, dass jemand ihre Anwesenheit bemerkt hatte, und je länger es so blieb, desto besser.

Sie konnte jetzt im schummrigen Licht der notdürftigen Beleuchtung eine Wand am Ende des Weges erkennen. Eine neuerliche Kreuzung, wie es schien. Leise trieb sie sich voran und bemerkte, wie der Helm mit dem Feuchtigkeitsgrad ihrer Atmosphäre nicht mehr zurechtzukommen schien. Angst, erkannte Misa. Es nützte nichts, sich schöne Dinge einzureden, sie hatte die Hosen voll und wusste es auch. Und trotzdem, erkannte sie überrascht und etwas stolz, ging es weiter und weiter und weiter.

Deutlich konnte sie jetzt sehen, dass zehn Meter weiter vorne eine nicht-rechtwinklige Kreuzung auf sie wartete. Und, welche Freude, eine Konsole.

Sie scannte sicherheitshalber noch einmal den Abschnitt vor ihr. Keine Fallen, zumindest keine offensichtlichen, keine Lebenszeichen und auch keine thermalen Spuren von irgendjemandem. Yang, wusste Misa, hatte vier bis fünf Stunden

Vorsprung. Doch die Turbine war der einzige Ort, an dem er Zuflucht hätte suchen können.

Irgendwie erschien vor ihrem inneren Auge das Bild des bösen Magiers, der im höchsten Turm seines finsteren Schlosses auf den Helden wartete, doch sie verwarf es im sicheren Wissen, dass die Realität nicht plakativ und schwarz oder weiß war, sondern rostbraun vor Venusstaub.

Misa musterte die schmalen Staubränder an den sauber verschweißten Bodenplatten. Selbst wenn man annahm, dass jahrzehntelang niemand die autarke Anlage besucht hatte, so war der Staub doch ein Zeichen dafür, dass ab und zu jemand die Luftschleuse verwendete. Oder etwa nicht? Misa umarmte die Erkenntnis, dass sie mehr damit beschäftigt war, sich selbst einzureden, wie und warum Yang hier sein musste – immerhin musste sie sich so nicht mit ihrer Angst beschäftigen.

Endlich war die Konsole vor ihr. Vorsichtig lugte sie in die beiden neuen Abzweigungen, die halblinks und rechts lagen, und musterte den Plan, den ihr Handscanner zeigte. Irgendwo musste es eine Art Treppenhaus oder Turbolift geben. Und Hinweisschilder oder so etwas. Aber das Stück Technologie, das scheinbar kanten- und beinahe konturlos aus der Wand hinauswuchs, würde ihr dabei helfen.

Ja, Yang würde vielleicht bemerken, dass jemand die Konsole verwendete, doch andererseits konnte sie sich kaum vorstellen, dass die Luftschleuse unbewacht war und dann auf Terminals geachtet wurde. Sie versuchte, so gut es ging, passive Befehle zu verwenden und nur aufgeführte Informationen auszulesen, ohne aktive Anfragen zu stellen. Doch das allein bescherte ihr keinen Plan von dem Gebäude.

Misa fluchte. Sicher hätte die Bavaria-Datenbank der *Ludwig II.* einen Plan des Gebäudes gehabt. Nur mühsam wehrte sie die unerbittlich aufflammenden Gedanken ihres vorzeitigen Scheiterns ab und zwang sich, sich auf den nächsten Schritt zu konzentrieren.

Der Lageplan also. Sie hatte ihn schnell heruntergeladen und noch schneller die Spuren gelöscht, die sie hinterlassen hatte. Doch all das konnte nicht darüber hinweg täuschen, dass jemand, der auf sie wartete – geradezu genüsslich ihre naiven Schritte verfolgte – wissen musste, was sie tat und wo sie es tat und auf welche Weise.

Und dann war da ja noch die andere Frage. Die Frage, deretwegen sie hergekommen war. Der ganze Plan nützte nichts, wenn sie nicht in Erfahrung brachte, wo er sich befand.

Ihr Handscanner vibrierte.

Atemlos sah sie, wie eine Textnachricht unbekannten Absenders sich entpackte.

»Ich bin ganz oben, natürlich«, las Misa, während ihr Schauer um Schauer den Rücken hinunter lief. »Kommen Sie ruhig. Ich werde Sie die Aussicht genießen lassen. Eine kurze Zeit lang jedenfalls. Y.«

Sie stellte sich Yang vor wie jemanden, der sie erwarten würde – wie zuvor mit der *Leviathan* würde er ruhig bleiben, bis sie nahe genug heran gekommen war, dass sie das Ziel sehen konnte. Und dann würde er zuschlagen.

Misa seufzte und linste auf den Handscanner mit der frischen Karte. Mitten im Nirgendwo des Erdgeschosses war ein winziger blauer Punkt, der leicht im »östlichen« Arm der Turbine stand, wenn »Osten» hier eine Bedeutung hatte. Der dreibeinige Aufbau verjüngte sich nach oben hin, und so gab es genau zwei Möglichkeiten, nach oben zu gelangen: Entweder sie nahm den Fahrstuhl, nahm damit in Kauf, dass Yang die elektronische Kontrolle über sie gewinnen würde, wann immer es ihm beliebte – oder sie ging die zwanzigtausend Stufen umfassende Treppe. Misa wusste: Selbst wenn sie es nach oben schaffte, sie würde kaum in der Lage zu sein, dann noch zu tun, was notwendig war.

Nein, es musste noch eine Möglichkeit geben. Düster und voller Verzweiflung dachte sie darüber nach, was noch alles im Frachtraum war.

Dann dämmerte ihr, dass die Liste immerhin noch auf dem Handscanner war.

Es gab doch nicht …

Misa ballte die Fäuste, sodass sie beinahe das viel zu kleine Pad aus den viel zu dicken Handschuhen geworfen hätte.

Es gab ja ein atmosphärisches Jetpack. Und es gab ein halbes Dutzend Dienstroboter.

Natürlich konnte sie nicht einfach einen Roboter mit Jetpack bepackt durch die Luftschleuse hinein schicken. Viel zu plump.

Rasch studierte sie den Lageplan. Dann also ein Stunt. Wieso eigentlich nicht? Kurz fragte sie sich, ob das Jetpack überhaupt für die Überdruckluft der Venus geeignet war. Es musste. Wer baute denn so etwas und dann funktionierte es nicht?

Zitternd, aber voller innerer Ruhe legte Misa ihren Plan zurecht. Yang rechnete damit, dass sie in der Turbine empor stieg. Also bekam er, was er wollte …

###

Als sie den Fahrstuhl bestieg, war sie alles andere als sicher. Noch immer hatte sie keine Menschenseele getroffen, und glücklicherweise auch niemanden erschießen müssen. Doch das bedeutete nicht, dass es nicht dazu kommen würde.

Misa prüfte die Programmierung des Handscanners. Die Funkmodule waren deaktiviert, und es gab nicht viel Zeit, die Anweisungen zu senden. Erst, wenn der Fahrstuhl ausreichend weit außen lag, konnte sie wagen, ihren Stunt zu starten.

Sie hatte keine Ahnung, ob das Signal ausreichen würde. Ob sie alle Parameter richtig gesetzt hatte …

Egal. Besondere Situationen erforderten besondere Maßnahmen.

Misa drückte den Rufknopf, und mit einem durch den Helm abgeschwächten, dumpfen »Ping« öffnete sich eine Turboliftkabine.

Es war furchtbar, in diesen grotesk beschleunigenden Sarg einzusteigen.

»Willkommen, Mrs. Vebiletti.«

Yang.

Misa war nicht überrascht. Das war genau die Art Kontrolle, die er wollte. Die ihn sicherlich sogar erregte. Sie durfte keine Zeit verlieren. Rasch riss sie das Kontrollpanel aus der Wand. Kappte die Netzwerkverbindung. Sollte die Kabine doch am oberen Ende des Schachtes zerschellen – Yang würde sie nicht aufhalten.

Der Lautsprecher, gespeist mit Daten von sonst woher, wurde damit natürlich nicht deaktiviert.

»Ich freue mich schon, Sie hier oben zu … begrüßen.«

Misa antwortete nicht. Sie kannte ihre eigene Tendenz, zu früh zu viel zu sagen, ganz zu schweigen davon, dass sie nicht die

Absicht hatte, wertvolle Anzugenergie auf die unnötige Verstärkung ihrer Stimme durch den Helm zu verschwenden.

»Mrs. Vebiletti, ich habe Sie gesprächiger in Erinnerung. Wollen Sie mir nicht sagen, was Sie bedrückt?«

Misa zuckte mit den Schultern. Sicher gab es irgendwo eine Kamera. Sie würde ihm eine gute Show bieten.

Ihre Augen ruhten auf dem sinnlosen Etagencounter, denn die meisten sogenannten Ebenen enthielten weder einen Ausgang für den Aufzug noch andere nennenswerte Systeme. Meter um Meter raste er voran.

Sechzig, siebzig, schließlich hundert. Bis auf siebenhundert Meter musste sie kommen, dann gab es eine Chance. Als der Counter hundertsiebzig zeigte, drückte sie eine einzige Taste auf dem Handscanner und setzte das Unaufhaltsame in Gang.

Die Antennen des kleinen, pad-förmigen Scanners wurden überladen und verschickten ein komprimiertes Programm, das hoffentlich von der *Ludwig II.* empfangen wurde.

Während der Turbolift weiter raste, behielt Misa die vage Hoffnung in ihrem Herzen, dass ungefähr auf Höhe der zweihundertsten Etage ihr Raumschiff auf sie wartete.

»Na, was war denn das?«

Yang bemerkte die Sendung natürlich.

»Haben Sie etwa nach Hause telefoniert? Keine Sorge, niemand kann Sie hören, selbst wenn Sie schreien. Niemand, außer mir.«

Dann lachte er wieder in seinem typisch klirrenden Duktus. Misa lächelte. Er unterschätzte sie also. Gut.

Nur sie wusste, was wirklich geschehen war: Der Scanner hatte geheime, quantenkryptographisch gesicherte Schlüsselcodes mit dem Schiffscomputer ausgetauscht, bevor sie aufgebrochen war. Misa bedachte das pedantische deutsche Quanten-Protokoll mit ausgiebigen Gebeten, dass alles klappte.

Langsamer und langsamer schien die Zeit zu vergehen, während ihre Augen nicht vom Zähler weichen konnten. War der Lift wirklich langsamer oder formte ihre verzweifelte Erwartung die Realität?

Tatsächlich rumpelte es in der Kabine, als der Zähler hundertvierundneunzig zeigte. Zu schnell für ihren Geschmack, doch Yangs Überraschung ließ sie beinahe vor Freude aufschreien.

»Was ist denn das?«, brüllte er in den Aufzug hinein, sodass Misa ohne den Helm sicherlich taub geworden wäre.

»Das … oh nein. Sie werden elendig verrecken.«

Misa kümmerte sich nicht mehr um Yangs Flüche, sondern ging in die Hocke und kreuzte die Arme vor der Brust. Gleich würde …

Die Außenwand aufgerissen werden. Mit einem ohrenbetäubenden Krachen riss der Greifarm der *Ludwig II.* den von den Punktverteidigungslasern ausgeschnittenen Fahrstuhlschacht auseinander, sodass sie Mühe hatte, das Gleichgewicht zu halten.

Augenblicklich war das Heulen und Brausen der Atmosphäre bei ihr, doch scheinbar zehnfach verstärkt, denn nur mühsam erinnerte sie sich daran, dass sie in beinahe zwei Kilometern Höhe stand. Und der Fahrstuhl würde gleich abstürzen …

Groß aufgerissene Augen rasten durch die Staubwolken, die jetzt auch die Kabine füllten, und suchten … suchten …

Ungefähr zehn Meter unter ihr schwebte das Raumschiff an der Position, die sie programmiert hatte. Misas Magen drehte sich um, als sie bemerkte, dass die niedrige Venusgravitation ihren Teil einforderte und den trägerlosen Lift in die Tiefe beschleunigte.

In der beginnenden Bewegungsunschärfe sah sie die *Ludwig II.* auf sich zukommen. Gerade rechtzeitig begriff sie, dass sie noch immer reglos in der Kabine kauerte. Dass sie springen musste.

Misa schrie so stark, dass der Helm beschlug und sie nicht sehen konnte, wohin sie sich bewegte, ehe der Aufprall auf der Außenhülle der *Ludwig II.* ein dumpfes Geräusch und stechenden Schmerz verursachte.

Mühsam rappelte sie sich auf und begriff ungläubig, dass der erste Teil des Plans tatsächlich funktioniert hatte – sie kniete im stürmenden Wind auf ihrem schwebenden Raumschiff und konnte zur oberen Luftschleuse gehen.

Vorsichtig magnetisierte sie ihre Stiefel, um bei schwacher Gravitation und viel stärkeren Böen nicht davongewirbelt zu werden, und tastete sich kriechend voran. Sie konnte sich nur zu gut vorstellen, wie Yang sie bei derart schlechter Sicht mit den Außenkameras des Konstrukts suchen musste, insgeheim vielleicht oder vielleicht auch nicht hoffte, dass sie abgestürzt war.

Sie hörte die Luftschleuse nicht, sondern sah nur, wie einer der Dienstroboter plötzlich einen Arm hervorstreckte.

Das Jetpack. Erleichtert griff sie nach dem Riemen. Es war erstaunlich leicht und doch massiv; schmiegte sich ergonomisch an ihren Rücken an. Sorgsam band sie das Geschirr um Schultern und Beine ... und stellte fest, dass der Sicherungsgürtel nicht passte.

Misa fluchte. Es gab fünf Riemen, die sie umlegen musste, um sicher in dem Geschirr zu hängen, doch der letzte, der zwischen die Beine kam und die beiden um die Hüfte geschlungenen Verankerungen fixierte, war zu kurz.

Weil sie in ihrem Atmosphärenanzug dick wie ein Raumfrachter war, wie sie resigniert feststellte.

Und jetzt?

Misa musterte den Sturm um sie herum. Sie wusste nicht einmal sicher, ob das Jetpack überhaupt bei derartigen Bedingungen funktionierte, und da sollte sie es praktisch nur an den Schultern hängend verwenden?

Sie prüfte ihre Optionen.

Das Moment der Überraschung Yang gegenüber war bald verpasst, aber sie konnte schlechterdings nicht genau jetzt aufgeben.

Irgendeinem fernen, imaginären Beobachter gegenüber zuckte sie mit den Schultern, zog alle bereits unbequem sitzenden Riemen noch einmal fester und wischte die Kontrollen für das Jetpack-Interface auf ihren Handscanner, der jetzt wieder am Handgelenk fixiert war.

Misa prüfte den Autopiloten der *Ludwig II.*, der das Schiff an Ort und Stelle halten sollte, bis sie ... vielleicht zurückkehrte.

Dann drückte sie gespannt die Starttaste und raste ungebremst in die Höhe.

Natürlich. Das Jetpack war auf terranische Gravitation kalibriert. Von der jähen Beschleunigung wie paralysiert gelang es ihr nur schwer, Schub zurückzunehmen, doch als sie die Kontrolle vollständig übernommen hatte, sah sie, dass sie bereits über das Ziel hinausgeschossen war. Wie ein Mixer durch trägen Teig mühten sich die oberen Kollektoren durch die Venussuppe. Misa fixierte dank der dichten Wolken ziemlich mühsam den Balkon auf dem vorletzten Stockwerk und begann dann langsam und vorsichtig den Sinkflug. Sie bekam ein Gefühl für die Stärke der Antworten des Jetpacks auf ihre Eingaben und ärgerte sich beinahe, dass der Flug schon fast wieder vorbei war – denn, wie sie düster erkannte, dann gab es wirklich und endlich kein Zurück mehr.

Fünf, vielleicht zehn Meter vor ihr sah sie die große polierte Glasfront der Aussichtsterrasse, deren Zweck sie nicht begriff und die vielleicht von Yang nachträglich hinzugefügt worden war, zumal es grotesk schwierig sein musste, ein Glas zu finden, das in den wütenden Stürmen der oberen Atmosphäre nicht sofort blind wurde.

Niemand hielt sie auf, als sie die Tür auftrat und Stockwerk zweihundertsechsunddreißig betrat. Krachend fiel die Klappe zu und ließ Misa in der Dunkelheit und Stille zurück.

Zu dunkel.

Zu still.

Misa bibberte. Jetzt galt es.

Entschlossen griff sie an ihren Gürtel, um die Strahlenpistolen zu ziehen.

Erschreckt blickte sie an sich herunter. Sie hatte sie verloren. Der »Start« von der *Ludwig II.* aus musste die Verriegelung durch Vibration gelöst haben.

Etwas klatschte. Licht.

Geblendet blickte sie sich um.

Hinter ihr stand Yang, von zwei Wachen eingefasst, und grinste.

»Ich muss schon sagen, ein gelungener Auftritt«, sagte er und klatschte in die Hände.

Ohne weitere Worte schritten die zwei Männer plötzlich auf sie zu, zogen ihre Arme auf den Rücken und entfernten den Atmosphärenhelm. Wenn er sie jetzt wieder nach draußen schickte, würde auch das Jetpack nicht helfen …

»Sie haben wohl etwas vergessen«, sagte Yang genüsslich und klapperte mit der Pistole an seinem Gürtel, ohne explizit zu erwähnen, was er meinte.

Misa blickte ihn aus leeren Augen an. So ein verdammter Mist.

»Folgen Sie mir«, sagte er höflich, doch er meinte damit, dass die Wachen sie hinterher schieben sollten.

Sie leistete keinen Widerstand. Das nützte jetzt ohnehin nichts mehr.

Die Aussichtsplattform auf der Spitze der Terraforming-Turbine war zu einer Art Thronsaal umgebaut worden. Von außen hatte sie es nicht erkennen können, doch vor einer riesigen, vielleicht zwanzig Meter umfassenden Front von zusammengestellten Bildschirmen befand sich ein einzelner, erhöht stehender Sessel, in dem Yang genüsslich Platz nahm.

Einer der Männer reichte ihm einen Becher.

Er musterte Misa.

»Möchten Sie auch einen?«

Dann lachte er.

Sie sagte nichts.

»Also schön«, meinte er dann, stand wieder auf und ging auf sie zu.

»Sie haben es hierher geschafft. Mich, wie sagt man ... heroisch, wie Sie sind, gestellt. Und jetzt?«

Misas Augen glitten von oben nach unten nach oben und wandten sich ab. Sie konnte den Anblick von Yang in seinem widerlichen Triumphgehabe nicht ertragen.

»Mrs. Vebiletti«, sagte Yang mitleidig, »Sie haben versucht, mich zu töten. Mehrfach. Und ich war verblendet genug, darin nur fehlgeleitete Leidenschaft zu sehen. Doch jetzt, da Sie hier sind ... werde ich Sie leider ... bestrafen müssen.«

Sie schluckte. Sah die Entschlossenheit und den reinen, destillierten Hass in seinen Augen. Sah, dass er diesmal entschlossen war, sie umzubringen.

»Warum tun Sie das?«, fragte sie.

Yang stutzte. »Oh, na, weil ich Sie loswerden will«, meinte er.

»Nein«, insistierte Misa, »warum wollen Sie unbedingt die Erde terrorisieren?«

Sie wusste natürlich, dass er es ihr schon erklärt hatte. Aber womöglich war es die einzige – letzte – Gelegenheit, Zeit zu schinden, um ... was genau zu erreichen?

»Ich habe mehrfach erläutert, was mich antreibt«, sagte er gelangweilt, »aber ich muss einfach einsehen, dass sich meine Erkenntnisse Ihnen nicht erschließen. Zu schade …«

Dann folgte der Blick, den sie nur zu gut kannte. Yang war zerrissen von Wahnsinn, Begierde und Geltungssucht. Und gerade überlegte sich wieder ein Teil von ihm, der Begierde den Vorzug zu geben. Wenn er dumm genug war, ihr nur für eine Sekunde die Handfesseln zu lösen …

»Sie … Sie sind zu schnell für mich«, sagte Misa und versuchte, jeden Hauch ihrer Verzweiflung, der durchkam, zu unterdrücken.

Yang lächelte süffisant. »Nun, vielleicht sind Sie auch einfach zu langsam«, sagte er.

Er ging auf sie ein. Misas Gedanken rasten. Nicht ablenken lassen. Nicht an die … Folgen denken. Einfach reden.

»Wenn das so sein sollte …«, formulierte sie langsam, »wie viele Menschen gibt es schon, die Ihrem Intellekt wirklich folgen können?«

Yang nickte nachdenklich. Seufzte. »Nicht viele.«

Misa holte tief Luft. »Warum dann diejenigen töten, die es … immerhin versuchen wollen?«

Ausdruckslos blickte er sie an. Dann nahm er einen großen Schluck aus seinem Becher und lächelte. »Oh nein, Mrs. Vebiletti. So nicht. Glauben Sie nicht, dass ich genau durchschaue, was Sie versuchen?«

Misa nickte. »Ich rede hier um mein Leben«, gab sie freimütig zu. Vielleicht würde Aufrichtigkeit ihn überraschen. Immerhin waren Verrat und Betrug sein Metier.

»Ha!«, rief Yang aufgeregt. »Doch das wird Ihnen nicht gelingen.«

Zufrieden mit seiner Reaktion, beschloss Misa, ihn zu provozieren.

»Warum, frage ich mich«, sagte sie langsam und genüsslich, »bin ich dann noch am Leben?«

Er trat so nahe an sie heran, dass es unangenehm war, ohne sie jedoch zu berühren. Dann fuhr er mit den Fingerkuppen ihre Wange entlang. Er setzte wieder seine mitleidige Miene auf und wirkte doch nur wie ein bockiges Kind, das keine Süßigkeiten bekam. »Weil ich es so will«, sagte er. »Und nur deswegen.«

Misa nickte nachdenklich. Er würde sie kaum töten, wenn sie darum bat. Zumindest hoffte sie das. Und allein auf umgekehrte Psychologie oder Rationalität war hier ohnehin kein Verlass …

Doch das war noch kein Plan, sondern nur eine Vermutung. Und er war irrational. Aber nicht wahnsinnig genug, um einfach um sich zu schießen. Konnte sie das nutzen?

Sie bemerkte plötzlich, dass sie ganz ruhig war. Wie ein Entfesselungskünstler, unter Wasser getaucht und mit Ketten fixiert, sah sie ganz klar, dass es nichts zu befürchten gab. Sie wusste nicht wie, doch plötzlich ganz genau, dass es einen Ausweg gab.

Misa lächelte. »Erlauben Sie mir eine Henkersmahlzeit?«

Yang zuckte zusammen. Musterte sie mit zusammengekniffenen Augen. Schließlich deutete er eine Verbeugung an. »Selbstredend. Wir sind ja keine Barbaren.«

Auch wenn sie das anders sah, widersprach sie diesmal nicht.

»Pedantische Zeitgenossen könnten einwenden, die Henkersmahlzeit habe bereits auf der *Leviathan* stattgefunden, doch so eng wollen wir das mal nicht sehen. Ich biete Ihnen einen letzten Umtrunk an, doch das, Mrs. Vebiletti, erschöpft meine Großzügigkeit.«

Yang blickte zufrieden drein. Er konnte sich als gnädiger Despot gerieren und gleichzeitig deutlich machen, wie weit seine Macht reichte.

»Kaffee, schwarz«, sagte Misa nachdrücklich. »Möglichst heiß.«

Möglichst heiß …

Yang klatschte in die Hände. »Kaffee, heiß und schwarz«, rief er in die rauschende Stille seiner Zuflucht. Erwartete er Antwort oder gab er das Kommando an einen Prototyper? Misa wusste es nicht. Ratlos blickten ihre beiden Wachen sich an.

»Was stehen Sie da so herum«, meckerte Yang sogleich die Wache zu Misas Linken an. »Gehen Sie Kaffee machen.«

Der Mann nickte.

Zum anderen gewandt sagte Yang: »Sie werden es wohl ein paar Minuten alleine schaffen. Sie ist zwar gewitzt, aber nicht gerade stark.«

»Sie haben wohl vergessen«, sagte Misa, »wer Ihre Männer im Burst-Array ausgeschaltet hat.«

Yang schüttelte den Kopf. »Im Gegensatz zu Ihnen habe ich nicht vergessen, dass es Hugo Marcus war, der seine Erfahrung und sein Training bis zum Letzten ausgereizt hat. Ich gebe zu, dass mich Ihr Erfolg überrascht hat. Doch, seien wir ehrlich, diese Odyssee … Ihre sogenannte »Verfolgung« bis hierher ist gepflastert mit Zufällen und glücklichen Ereignissen.«

Misa dachte daran, wie sie sich aus der misslichen Lage befreit hatte, im führerlosen Raumschiff auf die Sonne zuzurasen. Yang hatte Recht. Es war weder Genialität noch übertriebene Spionageausbildung erforderlich gewesen. Einzig seine Nachlässigkeit hatte es ermöglicht, dass sie heil heraus gekommen war. Und wenn er ihr die Gelegenheit bot, würde es auch hier so sein.

»Und wenn schon«, meinte sie trotzig. »Ich bin hier, oder?«

Er zuckte mit den Schultern. »Das richten wir gleich hin«, sagte er und schien extrem zufrieden mit seinem Wortspiel zu sein.

Misa konnte einfach nicht verstehen, wie es möglich war, dass der Mann in so kurzer Zeit zwischen Teilnahmslosigkeit und wahnsinniger Leidenschaft hin- und hergerissen sein konnte. Wahrscheinlich war das aber auch gerade die Erklärung dafür, wie er es überhaupt geschafft hatte, einen der größten Konzerne der Menschheitsgeschichte in einen Haufen Weltraum-Gangster zu verwandeln. Ihr schauderte. Sie dachte an Jobs, wie sie ihn in der marsianischen Weltraumorganisation gemacht hatte. Die meisten Menschen am unteren Ende der Hierarchie ahnten wahrscheinlich nicht das Geringste von den Ereignissen auf Ganymed und Venus. War der Moloch Millennium gar durch seine schiere Größe unsterblich geworden? Sie dachte an figurativ abgeschlagene Schlangenköpfe und sah Yang ratlos an. Womöglich hatte er in einem Recht: Waren die Strukturen geschaffen, spielte es keine Rolle, was der Kopf machte.

Wahrscheinlich lief seine Operation einfach weiter, egal was passierte – das Schicksal des Unternehmenskonglomerats war vollkommen entkoppelt von Yangs Krieg gegen die Menschheit.

Misa schluckte. Der Wächter kam mit einem dampfenden Becher aus einer versteckten Nische des Raumes zurück. Jäh spürte sie die Anspannung zurückkehren, nein, sich grotesk überzeichnet ins Unendliche steigern. Der Plan war klar, doch sie hatte keine

Ahnung, ob es funktionieren konnte. Drei gegen eins war nicht mutig, sondern geradewegs verzweifelt – genau richtig für eine Agentin wie sie.

Der Mann gab Yang den metallisch glänzenden Thermobecher.

»Schön langsam trinken«, sagte der Millennium-Diktator. »Nicht, dass Sie sich verbrennen. Und immerhin sind es ja ihre letzten lebendigen Moment ...«

Misas Konzentration beschleunigte sich in dem Maße, wie die Realität gedehnt zu werden schien. Wie Yang ihr den Becher hinhielt. Die Millisekunden zwischen ihrem Griff danach und dem Versuch des zweiten Mannes, sie unter Kontrolle zu behalten. Wie unter dem Brennglas nahm sie seine Entspannung wahr, als er für den Bruchteil eines Augenblickes unaufmerksam war. Der linke Arm zuckte hervor, schnappte den Becher, verlor dabei wahrscheinlich die Hälfte der wertvollen Flüssigkeit, schaffte es jedoch rechtzeitig, den restlichen Anteil im Gesicht des Mannes hinter ihrer Schulter unterzubringen. Sie spürte, dass er den Arm, den er noch festhielt, zurück auf ihren Rücken drücken wollte, doch der freie Ellenbogen fand seine Magenkuhle auf Misas anderer Seite. Bevor der andere Mann sich auf sie stürzen konnte, rollte sie sich zur Seite ab und erhaschte einen Blick in Yangs Gesicht, das eingenommen von Faszination und Ungläubigkeit in der Zeit gefroren schien.

Rastlos suchten ihre Augen nach dem ihr abgenommenen Helm umher, fanden ihn aber nicht. Misa schätzte ihre Chancen ab und entschloss sich, weiter auf Risiko zu spielen. Sie hatte zwar den Handscanner abgeben müssen, doch natürlich das interne Kommunikationsmodul des Atmosphärenanzugs behalten. Entschlossen robbte sie sich auf dem Boden weiter und drückte den einzigen Auslöseknopf, der ihr blieb – den an ihrem rechten Knie.

Eigentlich für die Verriegelung der magnetischen Stiefel gedacht, bedeutete der hastige, zweifache Druck auf die Schaltfläche, dass er ein einzelnes, vorbereitetes Signal an die *Ludwig II.* sendete, woraufhin drei überschallschnelle Raketen das Schiff verließen und auf die gepanzerten, superharten Fenster des Aussichtsdecks zielten.

In der Sekunde des Wartens fand sie die Zeit, ihre Umgebung zu mustern. Yang blickte sie finster und hasserfüllt an, doch er konnte keine Ahnung davon haben, was passieren würde. Dennoch schien er ihren Blick richtig zu deuten, denn im selben Moment, da Misa ihren Helm erspähte, rannte auch er los.

Die Strahlenpistole gezogen, feuerte er einen einzigen Schuss ab, der Misa deutlich verfehlte, ehe die Detonation die Spitze der Terraforming-Turbine erschütterte.

Es klirrte und knirschte, und längst hatte sie den Atem angehalten, um die verbleibenden wenigen Sekunden des sich einstellenden Überdrucks vielleicht zu überleben.

Doch nichts als Stille erfüllte den Raum und nichts als Furcht erfüllte Misas Herz und Verstand, als sie begriff, dass die Raketen das Glas nicht hatten durchdringen können.

Auf allen Vieren liegend, gelang es Misa von allen Akteuren am schnellsten, wieder auf die Beine zu kommen. Hastig krabbelte sie zu den stöhnenden Wachen, die noch immer mit sich selbst beschäftigt waren, und schnappte sich eine Strahlenpistole. Dann suchte sie nach …

Yang lachte.

Mit gezückter Pistole deutete er auf Misa.

»Suchen Sie das hier?«

Zufrieden schwenkte er Misas Atmophärenhelm in der Hand.

Sie erstarrte.

»Runter damit.«

Yang hatte die Waffe auf sie gerichtet, sie jedoch hielt ihre nach unten.

Wie dämlich.

»Zu langsam«, sagte er. »Wie immer.«

Misa zuckte die Schultern.

»Keine Bewegung«, rief Yang und fuchtelte mit der Energiewaffe herum. »Fallen lassen.«

Misa musterte den Lauf der Waffe in ihrer Hand. Kalt und tödlich und wirkungslos spürte sie den Schaft und ließ sie krachend auf den harten Boden fallen.

Sie hatte versagt. Endgültig.

Die Erkenntnis des Momentes traf sie wie ein wilder Schlag auf den Solarplexus und vermochte es beinahe, sie schwindelig zu machen. Mühsam bewahrte sie Haltung. Nicht, dass Yang sie aus einem Reflex heraus erschoss, anstatt voller Hass und Berechnung. Das wäre doch unwürdig gewesen ...

Etwas knirschte. In der perfekten Stille inmitten der wütenden Venusstürme wirkte das isolierte Geräusch so unwirklich wie der ganze Kampf, den sie ausgetragen hatten. Als ob hier das Schicksal der Menschheit verhandelt werden konnte, am sprichwörtlichen Rande der Zivilisation. Doch das Geräusch war so laut, dass sie unwillkürlich zusammenzuckte, woraufhin Yang gierig und ungeduldig zugleich die Waffe in seiner Hand straffte.

»Was war das?«, fragte sie.

»Keine Bewegung«, insistierte Yang wieder. »Glauben Sie ja nicht, dass ich auf so etwas hereinfalle.«

Starr blickte sie ihn an. Bekam eine Ahnung.

Yang lachte.

»Wissen Sie was?«, fragte er johlend, »Sie hätten es beinahe geschafft. Aber eben nur beinahe.«

Wie beiläufig ging er zum Kommandosessel und klappte einen beweglichen Touchscreen zu sich herunter. Misa sah, dass eine Tastatur angezeigt wurde und er in Ruhe begann, Kommandos einzugeben. Gerade, als ihr Verstand die Chuzpe erwog, nach der auf dem Boden liegenden Waffe zu greifen, räusperte sich Yang.

»Denken Sie nicht einmal daran. Schieben Sie sie mit dem Fuß von sich weg«, sagte er.

Misa zögerte.

»Na los«, meinte er und begann, auf der Konsole zu tippen. »Ich möchte, dass Sie das hier mitbekommen.«

Wieder knirschte etwas. Das Geräusch war so laut, dass Misa eine unheimliche Vorahnung hatte. Doch Yang hatte ihren Helm neben sich abgelegt und schien sich nicht dafür zu interessieren.

Stattdessen fuchtelte er wieder mit der Strahlenwaffe herum und verdeutlichte ihr, dass sie seiner Aufforderung zu folgen hatte.

Leicht zittrig trat sie schließlich gegen die Waffe. Insgeheim hoffte sie, dass sie losging und wie durch ein Wunder Yang traf – doch jetzt lag sie mehr als zwei Meter von ihr entfernt und gab keinen Mucks von sich.

Zufrieden nickte der Millennium-Chef. »Was Sie hier sehen«, sagte er und deutete auf den Bildschirm neben sich, »ist eine Raketenabschussrampe auf einem Merkur-Trojaner, sorgsam versteckt unter halbdurchlässiger, thermisch equalisierter Tarnung, sodass da nichts durchgebraten wird.«

Reglos blickte Misa von Yang zum Bildschirm und zurück.

»Und wenn ich hier drücke«, erklärte er, »beginnt die Startsequenz für eine Raumsonde, die sich in Richtung unseres heißgeliebten Zentralgestirns aufmachen wird. Als … sagen wir mal, Racheengel für alles, was Sie mir angetan haben.«

Noch immer hielt sie vollkommen still und wagte nicht, etwas zu sagen. Aufmerksam folgte sie all seinen Regungen. Die Situation schien vollkommen aussichtslos. Mittlerweile war es ihr fast egal. Würde sie ihr Leben gegen den Start der Rakete tauschen? Gegen Yangs hoffentlich letzte Waffe?

»Sie haben gewonnen«, sagte Misa schließlich. »Nur bringen wir es endlich hinter uns.«

Yang drehte sich um und grinste. »Das haben Sie gut erkannt. Und: Mit dem größten Vergnügen.« Sie konnte sehen, wie ein kleiner Stoß durch seinen Körper ging, als er den Knopf leicht antippte und ein großer, viel zu schnell laufender Countdown auf dem Bildschirm erschien. Er genoss es nicht, nein, mit jeder Zelle zelebrierte er seinen Triumph.

»Wie lange wird es dauern, bis der Sonnensturm ausgelöst wird?«

»Oh, nach dem Start nur ein paar Minuten. Zu lange, dass Sie es noch miterleben könnten, wenn ich recht darüber nachdenke.«

Misa schluckte.

Dachte, dass das letzte, was sie sehen würde, der große, malediktische Countdown sein würde.

00:00:25

»Möchten Sie noch etwas sagen?« Yang blickte sie siegesgewiss an und umfasste die Strahlenkanone fester. Er war bereit.

Misa lachte. Lachte laut und klirrend und unendlich verzweifelt. Dann fing sie sich und sah Yang mit tränenverschleierten Augen an. Oh nein, sie würde nicht um ihr Leben betteln.

»Wenn jetzt nicht noch ein Wunder geschieht«, sagte sie, »bekommen Sie, was Sie wollen. Doch ich bin sicher, dass Sie niemals Frieden finden werden.«

Sie spuckte den letzten Teil geradezu aus und spürte erst jetzt, dass sie sich kaum noch auf den Beinen halten konnte.

Wieder das seltsame Knirschen. Insgesamt, dachte Misa, erzitterte gar das Aussichtsdeck ein wenig. Doch es war zu spät.

Ohne weitere Zeit zu verlieren, legte Yang an, schloss sein linkes Auge und zielte ...

»Es war mir eine Freude, Sie zu besiegen«, presste er zwischen den zusammengeklemmten Zähnen hervor. »Doch alle Freuden enden irgendwann. So wie jetzt Ihr Le...«

Mit einem gewaltigen Krachen wurde die malträtierte Glaswand des Kommandoraumes vom Venus-Luftdruck nach innen gerissen.

Yang schrie und verlor das Gleichgewicht, als die Wucht des Druckausgleichs ihn mit der Kraft von zwei Erdatmosphären an die gegenüberliegende Wand warf.

Der ganze Raum war vom gewaltigen Heulen des Venussturmes erfüllt.

Misa spürte, wie auch ihre Beine den Halt verloren, doch stand sie halbwegs im Windschatten der geborstenen Fenster und hatte etwas mehr Reaktionszeit. Überwältigt sah sie durch die verschwommene Sicht ihrer feuchten Augen, wie Yang die Waffe entglitt. Bevor auch sie zu Boden ging, gelang es ihr, einen Satz auf die verloren geglaubte Strahlenpistole vor ihr zuzumachen. Fest den Lauf des Disruptors umklammernd hielt sie die Luft an und hoffte, dass sie genau wusste, was sie tat.

Mit angstgeweiteten Augen sah sie, wie er von unsichtbarer Kraft an die Wand gepresst versuchte, seine Waffe zurückzuerlangen. Mühsam drehte sie die Pistole in ihren Händen in die richtige Position, während sie langsam mit den Beinen voran auf ihn zu rutschte, und beschwor den wunderbaren Zufall, der nicht nur das Glas zerfetzt hatte, sondern auch dafür sorgte, dass der Sog genau auf den Teil des Raumes gerichtet war, in dem er lag.

Plötzlich kam alles zum Stillstand. Druckausgleich. Wie eine kaputte Marionette kippte Yang von der Wand hinunter.

Misa zögerte nicht. Es gab keine Wahl, es gab nicht einmal eine Entscheidung.

Und während der blassgrüne Energiestrahl seine Brust desintegrierte, begriff sie, dass eine Kraft, stärker als alles, was sie jemals würde aufbringen können, dabei war, ihre Kehle zuzuschnüren.

Sie wusste, dass ihr nur Sekunden blieben, vielleicht weniger, und rappelte sich auf. In einem finalen, hoffnungslosen Willensakt sprang sie auf ihren zu Boden gefallenen Atmosphärenhelm zu und versuchte, ihn aufzusetzen.

Ihre Augen vor brennenden Dämpfen und Staub zugekniffen, fanden die Handschuhe die Verriegelung.

Wie im Wahn lag sie bibbernd und beinahe verrückt vor Angst auf dem schmutzigen Boden der obersten Etage des dunklen Magierturmes und lauschte dem Rauschen des Druckausgleichs ihres Helms, überlagert vom Fiepen und Kratzen der Schäden an ihren Ohren.

Misa war vollkommen egal, ob sie taub werden würde, jetzt galt es zuallererst, das eigene Leben zu retten.

Als die Augen nicht mehr zu verbrennen schienen, wagte sie es, sie aufzumachen. Bald konnte sie die Umrisse des Raumes erkennen und sich aufsetzen.

Durch den Dunst war die Sichtweite auf wenige Meter gefallen, doch es gab keinen Zweifel, dass ihre Augen noch funktionierten, denn der Counter zeigte 00:00:00.

Sie hatte verloren. Sich gerettet, vielleicht, und doch verloren.

Oder?

Im gleichen Maße, wie ihre geschundenen Lungen den Sauerstoff zurückerlangten, wurde ihr Geist wach und versuchte im Schneckentempo zu erfassen, was gerade passiert war.

Misa wusste, dass sie später noch Zeit haben würde, das ungeheure Glück zu würdigen, deretwegen sie anscheinend noch am Leben war. Wenn die Rakete aus der Merkurbahn abgefeuert worden war, dann brauchte sie nur wenige Minuten bis an ihr Ziel, wenn überhaupt.

Ihr Verstand zeigte ihr eine imaginäre Überlastungsfehlermeldung, während Misas Gedanken einfach nur stillstanden und dann, ganz langsam, einzeln eine Idee formten.

Während der Flugzeit der Rakete könnten die Laserpulse der *Ludwig II.* sie erreichen. Vielleicht.

Es taugte nicht zu heroischem Pathos, als Misa sich aufrappelte, mit zittrigen Knien und unsicherem Gang zu dem Loch in der Wand taumelte. Doch dann besann sie sich, festigte ihren Willen und suchte nach einem Handscanner.

Plötzlich war alles ruhig und sie war ruhig und nur das Rauschen in den Ohren blieb – wenn auch vielleicht für immer.

Sie fand, was sie suchte, und Sekunden später schwebte die *Ludwig II.* knapp unter den geborstenen Fenstern der Turbine.

Unsicher sprang sie die kurze Entfernung, wurde vom Wind abgelenkt, doch sie fand sich auf dem Hosenboden gelandet schließlich trotzdem auf der Oberseite ihres Raumschiffes wieder.

Als das Bavaria-Schiff die Venus-Atmosphäre verließ, stand noch lange nicht fest, welchen Ausgang Misas Wettlauf nehmen würde.

Sie wusste: Wenn sie versagte, war ihr Überleben sträflich, nein, schändlich. Aber der Sonnensturm würde sich dann schon darum kümmern.

Ihre Ohren brannten, als ob flüssiges Pech hineingegossen worden wäre, und Misa argwöhnte, dass die Trommelfelle geplatzt waren. Von Adrenalin, Todesangst und törichtem Anstand beseelt, krallte sie sich an ihrem Kommandosessel fest und behielt den Hauptschirm im Auge.

Die Wolken der dichten Atmosphäre teilten sich und ließen erste Sterne erahnen.

Sie zögerte nicht. Scanner auf Maximum.

Zuerst war sie wie im Wahn, stellte Breitband- und Genauigkeitsfilter zugleich ein, doch dann traf es sie: Wenn die Sonde Yang den posthumen Erfolg bringen sollte, den er sich gewünscht hatte und für den er letztlich, endlich, gestorben war, dann war der Bereich, der dafür in Frage kam, einen Sonnensturm auszulösen, der auch in die richtige Richtung strebte, winzig, verglichen mit der gesamten Umgebung des Plasmaballs in der Mitte des *Ludwig II.*-Hauptschirms.

Das Scanner-Programm blinkte auf und erinnerte Misa daran, dass der erste Sweep ihres ultraspektralen Durchlaufs erfolglos geblieben war, doch sie hatte nur Aufmerksamkeit dafür übrig, die neuen Parameter einzugeben.

Alles, was größer als ein paar Meter war, könnte sie jetzt erkennen – wenn es denn auch dort war, wo sie es vermutete.

Der Alarm blinkte nur, doch sie hörte ihn nicht. Düster wischte sie die Aussicht beiseite, dass es für immer so bleiben konnte, doch erinnerte sie sich daran, dass es für den Moment keine Rolle spielte, was mit ihr selbst geschah. Hastig zoomte sie auf den markierten Raumbereich und sah eine stäbchenförmige Silhouette mit einer dezenten Verdickung in der Mitte. Es musste ein EMP-Generator sein. Rasch extrapolierte sie Bahn und Abstand.

Sie wusste nicht genau, wie nah die Waffe an die Sonne heran musste, doch fühlte, dass keine Zeit blieb, abzuwarten, um es herauszufinden. Misa wischte das taktische Interface auf ihr Display.

Der Computer übernahm dankenswerterweise das Vorhalten. »Lichtlaufzeit: 32,8 Minuten«, stand düster über der Zielwahl.

Ganz schön viel. Vielleicht: zu viel.

Nicht wegen der verbleibenden Zeit, sondern auch wegen der Entfernung. Die unfassbaren fünfhundertsiebzig Millionen Kilometer würden Fokussierung und Energie der Laserwaffen auf bemitleidenswertes Niveau abschwächen. Trotzdem musste sie es versuchen.

Misa drückte den Feuerbefehl, spürte ein erneutes Stechen im rechten Ohr und konnte nur noch warten.

Die Zeit bis zum Eintreffen des Lichtes auf der Außenhülle der Rakete dehnte sich in die Unendlichkeit, durch die sie raste, und deren Relativität sich jetzt als ultimative Prüfung herausstellte. Sie hielt sich die Ohren, wischte das medizinische Display herbei und versuchte, die Dienstroboter darauf vorzubereiten, dass sie wahrscheinlich in näherer Zukunft kollabieren würde. Wenn das dann noch eine Rolle spielte.

Eine der Blechbüchsen kam sofort herbeigelaufen und hielt ihr eine Plastikschachtel hin, die augenblicklich wirksames Schmerzmittel enthielt, das sicher auch ihren Kreislauf stabilisieren würde.

In einer düsteren Mischung aus Dankbarkeit und Gleichgültigkeit gefangen griff sie zu und schluckte die Medizin und fühlte sich wie ein tödlich verwundeter Soldat, der Aufputschmittel nahm, um noch einen Moment weiterkämpfen zu können, ehe das unvermeidliche Ende kam.

Irgendwann sah Misa dann schließlich ein rotes Leuchten auf dem Schirm. Die Laser hatten Yangs Rakete erreicht und ihre Reflektion es sogar schon wieder zurückgeschafft. Doch bei aller Freude darüber, dass sie getroffen hatte, wurde ihr auch klar, dass bis auf die leuchtenden Spezialeffekte keinerlei Wirkung beim Projektil auszumachen war. Ungehindert steuerte der EMP-Generator weiter auf die Sonne zu.

Misa spürte, wie ihr schwindlig wurde, doch sie schaffte es, ihre letzten Reste an Bewusstsein zusammenzuhalten. Nur ... noch ... diesen Moment.

Zittrig wischte sie über die Kontrollen. Überlud die Punktverteidigungslaser. Rasch hatte sie herausgefunden, wie sie die Energie der Plasmaumwandler in die Waffensysteme leiten konnte. Sie würde die Hälfte der Schaltkreise des Schiffes ausbrennen, doch es war die letzte Chance.

Als sie den Knopf drückte, um die letzte Patrone aus der Hüfte zu feuern, flackerte die Deckenbeleuchtung genauso wie ihr Bewusstsein bedenklich.

Sie konnte nicht mehr sehen, wie die Laser in einem letzten Aufbäumen der überlasteten Systeme der *Ludwig II.* aufglühten und ihre tödlichen Strahlen durch die Relativität des Raumes schickten.

Sie konnte auch nicht mehr sehen, wie das rote Leuchten auf der Hülle der Sonde schließlich verglühte, ehe sie genauso dunkel war wie die der Sonne abgewandte Seite *der Ludwig II.*, die ruhig und energielos wenige hunderttausend Kilometer vor der Venus hing.

Und in der Dunkelheit dieser erschöpfenden Anstrengung konnte absolut niemand sehen, wie zwei Minuten später das Licht der gewaltigen Sonnenprotuberanz den Energieausbruch ankündigte, den sie zu verhindern gesucht hatte.

Still und leblos hing Misa Vebiletti im Kommandosessel der *Ludwig II.* Der Kopf zur Seite gekippt, fand ein winziges rotes Rinnsal den Weg in ihren Kragen.

Sie hatte gleich zweifach versagt.

Epilog

Als die Materiewelle die *Ludwig II.* traf, fingen die Trägheitsdämpfer den gesamten Impuls einfach ab.

Die malträtierte Außenhülle überstand mühelos die wenigen Partikel, die sie trafen. Wäre dies ein anderes Schiff zu einer anderen Zeit gewesen, so hätte von der winzigen Unannehmlichkeit wahrscheinlich niemand Notiz genommen.

Still blinkten die Kontrollen vor sich hin. Auch auf der *Ludwig II.* war niemand da, der von irgendetwas Notiz nahm.

Ebenso interessierte es nicht, wie Bavaria-Schlepper die *Ludwig II.* aufbrachten und zurück zur Erde zogen, und auch nicht, dass eine vereinzelte, im Grunde unbedeutende Nachricht das Schiff erreichte.

»*Von der Marsianischen Weltraumagentur. Meldung an alle stellaren Raumfahrzeuge.*

Die Phase ungewöhnlich starker Solaraktivität hält an. Bei Universalzeit 07:23:44 gab es einen erneuten Materieauswurf der zweithöchsten Klasse, der der Erde und ihren Satelliten leichten bis mittelschweren Schaden zufügen und die äußeren Magnetfelder stören könnte.

Kommunikationsausfälle sind hierbei vereinzelt zu erwarten.

Erhöhte Vorsicht gilt nur für orbitale Operationen.

Weitere Unannehmlichkeiten gibt es bis auf weiteres nicht.«

###

»Ah, Sie können mich hören.«

Misa schreckte hoch.

Ein volles, zufriedenes Gesicht hing über ihr und musterte ihren Ausdruck.

»Was ...«

»Langsam«, sagte die Gestalt, deren Züge ihr zugleich entfernt bekannt und doch eindeutig fremd vorkamen.

Misa nickte, hustete und setzte sich auf. Orientierte sich. Vergewisserte sich, dass sie sicher saß. Ignorierte die in der Ferne wabernden Türme, die sie durch das große Fenster sehen und doch nicht zuordnen konnte.

»Es schwankt alles«, sagte sie verwirrt.

»Das ist normal zu Anfang«, sagte der Mann. »Künstliche Akustikkoppler brauchen eine gewisse Eingewöhnungszeit.«

»Künstliche …?« Misa verstand nichts.

Der Mann lächelte freundlich. »Der Venusluftdruck hat Ihre Ohren irreparabel beschädigt. Ich habe in Ihrem Sinne entschieden, eine Ersetzung zu veranlassen.«

»Und Sie sind?«

»Ludwig Mayr«, sagte der Mann und lächelte distanziert. »Aber Sie können mich M nennen.«

Fragend blickte sie ihn an.

»Vorstandsvorsitzender der Bavaria«, sagte er ohne weitere Erklärung zu seiner Vorrede und hielt ihr die Hand hin.

Misa drückte mit zittrigen Fingern die kräftige Hand des Mannes und versuchte sich klar zu machen, dass sie in einer Art Krankenbett saß und einer der fünf mächtigsten Männer der Welt sie besuchte.

»Yang …«, stammelte sie.

Mayr nickte. »Sie haben ganze Arbeit geleistet.«

Sie erinnerte sich. Er hatte mit großem Loch im Brustkorb in der Venusturbine gelegen und dann hatte sie die Sonde gejagt …

»Der Sonnensturm«, brachte sie hervor.

»Alles in Ordnung«, sagte Mayr. »Sie haben zwar einen mehrere Millionen Credits teuren Schaden auf der *Ludwig II.* angerichtet, indem Sie das Energienetz durchbrannten, aber es hat funktioniert.«

»Es hat funktioniert?« Fassungslos blickte sie den Mann an. Das konnte doch nicht …

Wieder nickte er. »Der EMP ging los, aber die Außenhülle der Sonde war so sehr aufgeheizt, dass sie der Sonnenkorona nicht lange genug standhalten konnte. Es gab einen Sonnensturm, aber er fiel um zwei Größenordnungen zu klein aus, um den geplanten Schaden anzurichten.«

»Puh«, sagte Misa und verstand noch immer nicht. Sie beschloss zu raten. »Alles gut?«, fragte sie.

»Alles gut«, sagte Mayr. Dann kratzte er sich an der Wange.

»Hören Sie … ich habe freilich noch andere Dinge zu tun. Die Bavaria wird sich nun, da sicher ist, dass Sie wieder auf die Beine kommen, abermals großzügig und erkenntlich zeigen.«

»Ja?«

»Ja«, sagte Mayr. »Auf Wiedersehen Mrs. Vebiletti. Genießen Sie Ihre Reha-Zeit.«

Dann zwinkerte er, öffnete die Tür zu einem in sterilem Eierschalen-Weiß gehaltenen Klinik-Flur und deutete eine Verbeugung an.

»Wir werden gewiss voneinander hören.«

Die Bestimmtheit seiner Stimme wirkte noch lange nach, während Misa die süße Gewissheit genoss, dass sie doch davon gekommen war.

»Mehr Glück als Verstand«, hörte sie die Stimme ihrer Großmutter sagen, sobald sie ihre Geschichte erzählen würde, und nickte. Was für ein törichtes Abenteuer.

Dann musterte sie die blinkenden Türme der Stadt unter ihr, deren Dächer in der Sonne glänzten.

Gold-grüne Zwiebel-Kuppeln dominierten das Ensemble vor ihr und schienen die Welt für einen Moment weniger schwanken zu lassen.

War das München?

Einerlei.

Misa Vebiletti schloss die Augen und lauschte dem leisen, beruhigenden Rauschen in ihren neuen Ohren.

Die Welt stand still und diesmal fühlte es sich gut an.

Mehr Glück als Verstand.

'Für einen Spion', dachte sie plötzlich, 'ist das keine gute Losung.'

Und dann, zu ihrer eigenen Überraschung: 'Das nächste Mal bin ich besser vorbereitet.'

Dann lächelte sie.

Wenn sie ohne Sinn und Verstand die ganze Welt hatte retten können, dann würde es erst richtig Spaß machen, wenn sie wusste, was sie tat.

Misa Vebiletti öffnete die Augen und sah eine andere Welt. Sah sie mit den Augen der Geheimagentin.

Misa Vebilettis nächstes Abenteuer

Das Vebiletti-Vermächtnis

Gerade noch erholt sie sich von den Wirren um Henry Yang und den Millennium-Konzern, da wird der Landsitz ihrer Großmutter zum Schauplatz eines weiteren Rätsels galaktischer Ausmaße. Als Unbekannte alte Familienerbstücke stehlen und einen seltsamen Hinweis auf einen mysteriösen Kometen hinterlassen, weiß sie sofort, dass sie noch lange keine Ruhe finden wird.

Der Newsletter

Ich weiß, ich kann unmöglich so schnell schreiben, wie Du liest, aber ich versuche es trotzdem. Auf meinem Blog findest du ein Kontaktformular, mit dem Du ganz schnell ganz persönlich Vorschläge, Anmerkungen und Kritik anbringen kannst.

Ich beantworte jede einzelne Mail meiner Leser. Versprochen!

Außerdem kannst Du Dich unter

www.fwgt.de/newsletter

für den Newsletter anmelden. Du bekommst dann eine Mail, wenn ich etwas auf dem Blog schreibe oder auf Vergünstigungen / Gewinnspiele u. ä. hinweisen möchte. Nichts davon passiert üblicherweise öfter als einmal im Monat – schließlich bin ich meistens damit beschäftigt, zu schreiben!

Ines Schultheiss' erstes Abenteuer

Verfall

Sie besiegen Krankheit.

Sie besiegen das Altern.

Sie besiegen schließlich auch den Tod.

Doch gegen Hass gibt es keine Medizin.

Wie weit werden sie gehen, konfrontiert mit dem Ende ihrer Spezies?

> 2082. Als in der Megacity Ulm-Stuttgart eine Frauenleiche gefunden wird, ruft man die Hamburger Profilerin Ines Schultheiss nach Süddeutschland, denn die Umstände sind alles andere als normal. Das Opfer arbeitete für den mächtigsten Biotechnologie-Konzern weltweit, Geneworks Inc. Geneworks hält das Patent für die gentechnologischen Veränderungen, welche einen Teil der Menschheit wahrhaft unsterblich gemacht hat; wer es sich leisten konnte, kaufte sich in die Riege der Unsterblichen ein.
>
> Schon bald wird klar, dass der Mord nur dazu diente, ein bevorstehendes, viel größeres Verbrechen zu verdecken: Ein unbekannter Gentechniker droht, die Alten auf einen Schlag auslöschen zu können. Die Ermittlerin verheddert sich in einem undurchsichtigen Spiel aus Schweigen und Lügen, in dem nicht nur Geneworks gezinkte Karten hält…

Ebenfalls von F.W.G. Transchel erschienen

Misa Vebiletti

#1 BURST (Teil I): Das Rätsel um Ganymed
#2 BURST (Teil II): Katastrophe am Jupiter
#3 Das Yang-Kopfgeld
#4 Das Vebiletti-Vermächtnis (in Vorbereitung)

Verfall-Zyklus

#1 Verfall
#2 Vergessen

Procyon-Universum

- Die Procyon-Konspiration
- Protokoll 4190 – Eine Kurzgeschichte vom Procyon

Lyrik

#1 Robotergedichte

Übrigens: Unter www.fwgt.de/ebooks/ findest Du jederzeit eine aktuelle Liste meiner Veröffentlichungen.